愛經典

閱讀經典，成為更好的自己。

芥川龍之介

林青華——譯

緣起

愛經典

卡爾維諾說：「『經典』即是具影響力的作品，在我們的想像中留下痕跡，並藏在潛意識中。正因『經典』有這種影響力，我們更要撥時間閱讀，接受『經典』為我們帶來的改變。」因著經典作品獨具的無窮魅力，時報出版公司特別引進「作家榜」品牌母公司大星文化策劃的「作家榜經典名著」，推出「愛經典」書系，期能為臺灣的經典閱讀提供最佳選擇。

這一系列作品，已出版近百本，累積良好口碑，榮登各大長銷榜。這些作家都經時代淬鍊，作品雋永，意義深遠。我們所選的譯者，許多都是優秀的詩人或作家，譯文流暢通順好讀，更能傳遞原創精神與文采意涵。因為經典，時報特別對每部作品皆以精裝裝幀，更顯質感，絕對是讀者閱讀與收藏經典的首選。

現在開始讀經典，成為更好的自己。

目次

附錄

地獄變

一

像堀川大老爺這樣的人物，恐怕是前無古人後無來者的吧。據傳聞，這位大老爺出生之前，大威德明王曾現身於其母枕畔，總而言之，他生來就不尋常。所以，他做的事情，無一不出乎我們意表。直截了當地說，看看堀川府邸的規模，其宏偉、壯麗，就不是我們凡慮所能及。此外還可舉出大老爺許多性情、行為堪比秦始皇、隋煬帝的例子，但正如老話所說，無非群盲摸象而已。那位大老爺心中所想，絕非為一己之榮華富貴，而是為了底層黎民百姓，正所謂與天下同樂的胸懷抱負。

正因如此，即便大老爺在二條大宮遭遇百鬼夜行[1]，也不算大事件。另外，傳說以模仿陸奧塩竈的景色而聞名的東三條河源院，融左大臣的幽靈每天夜裡跑出來，亦屢遭大老爺呵

1 百鬼夜行，日本民間傳說，指夏日夜晚中的妖怪大遊行。

斥，必也消失無蹤了吧。正因其如此之威嚴，那時候京中男女老少一提起大老爺，無不誠惶誠恐，彷彿神明再世，這麼形容是絕不為過的。甚至於大老爺某次自大內梅花宴歸來時，拉車的牛脫韁，傷及一位過路的老人，那老人竟然雙手合十稱謝，以撞上了大老爺的牛為幸事。

如此這般，大老爺這一輩子，產生了許許多多流傳於後世的談話材料。有說他在天皇酒宴上，獲賜三十匹白馬的；有說他寵愛的童子為長良橋奠基做出犧牲，埋身橋柱的；甚至還有說他得到華佗親傳的高僧為其開刀療治腿瘡的……要一一說來，真就沒完了。而在那眾多的逸事中，最嚇人的，莫過於現今已成為鎮宅之寶的「地獄變」屏風的由來了吧。就連平日裡不動聲色的大老爺，在當時也確實受到了驚嚇。更別說在身邊服侍的我們，簡直是魂飛魄散！其中我呢，跟了大老爺二十年，得遇如此稀罕之事，也沒有第二次。

不過，要說這故事，還得先從繪製這個「地獄變」屏風的良秀畫師說起呢。

二

說到良秀，也許有人至今還記得他吧。他是一位著名畫師，那時候論繪畫，無人能出其右。事情發生的時候，他大約也該有五十歲了。一眼看去，他也就是一個個子矮、乾瘦、一根筋的倔老頭而已。他來大老爺府上時，常常穿一件淡紫色狩衣，戴一頂軟烏帽；他神態謙卑，但不知為何不像個老人家，而嘴唇紅得刺眼這一點，則有些令人害怕，讓人覺得他像野獸。也有人說，那是舔畫筆時沾上了紅色，但誰知道呢。還有說話刻薄的人說良秀的舉動像猴子，甚至給他取了「猿秀」的外號。

提起「猿秀」，還有這樣的故事：那陣子，在大老爺的府邸裡，良秀十五歲的獨生女兒當了小侍女，而她又長得不像親生父母，是個可愛的姑娘。加上也許是母親死得早吧，她體貼他人，天生說話伶俐，辦事周全，所以以太太為首，家中管事的人也都寵著她。

恰巧此時，丹波國進獻一隻與人親近的猴子，淘氣的大少爺就給牠取了「良秀」的名字。這猴子原本就逗趣，又取了這麼個名字，全府上下人人忍俊不禁。單單好笑也就罷了，大家總是半開玩笑地捉弄牠，呼喝著「良秀、良秀」，哄這小猴子爬院子的樹，或者在房間的榻榻米上搗亂。

然而有一天，前面提過的良秀的女兒正手持繫書信的梅枝走過長廊，看見小猴子良秀從遠處拉門的另一頭一瘸一拐逃過來。牠大概是傷了腳吧，沒有了平時躥上柱子的神氣。隨後緊追而來的大少爺揮舞著鞭子，喊著：「偷橘賊，你給我站住！站住！」良秀的女兒見狀遲疑了一下，此時小猴子正好逃過來，扯她的衣裾，哀聲連連。姑娘突然感覺小猴子可憐。她一隻手舉著梅枝，另一隻手一抖淺紫色袿袖，輕輕抱起那隻小猴子，在大少爺跟前微微鞠躬，用清澈的聲音說：「畜生而已，您饒了牠吧。」

大少爺是很生氣地衝出來的，他繃著臉，跺了兩三下地板，說道：

「你為什麼護著牠？那猴子正是偷橘子的賊！」

「畜生而已啦……」

姑娘又重複道，隨即幽幽地微笑著說：

「而且牠也叫良秀，我感覺就像我爹受責罰似的，不忍心袖手旁觀。」難為她說了這番話，就連大少爺也只好屈服了。

「是嗎？既然你為父親求饒，那就饒過牠吧。」

大少爺很不情願地說道。他把鞭子一扔，返回拉門的另一頭去了。

三

自此之後，良秀的女兒跟這隻小猴子的關係就好起來了。姑娘從小姐那裡得到一個黃金鈴鐺，她用一根紅線綁著，掛在小猴子的脖子上。小猴也不論什麼情況，都極少離開姑娘身邊。有一次姑娘感冒臥床，小猴規規矩矩坐在她枕畔，顯得憂心忡忡，不停地咬著指甲。

這麼一來，又出現了奇特的情況：再沒有人像以往那樣戲弄小猴了——不，大家反倒喜愛牠了。到最後，據說連大少爺也時不時扔給牠柿子或者栗子，甚至有侍從用腳踢牠時，大少爺也大發脾氣。後來，大老爺特地讓良秀的女兒抱著小猴前來覲見，據說也是他聽完大少爺發脾氣的原因，順帶就知道了姑娘寵愛小猴的原因了吧。

「這女兒有孝心，該獎勵。」

承蒙大老爺的美意，當場賞賜了姑娘一件紅色中衣。但小猴卻有樣學樣，恭恭敬敬地領取了獎品，據說大老爺越發開心了。由此可見，大老爺偏愛良秀的女兒，完全是因為讚賞姑娘愛護小猴、有孝心，絕非世間種種流言所說，是好色之故。流傳這種說法的起因，倒也可以理解，後面的事情，請讓我慢慢道來吧——在這裡，我只需說明大老爺並非為一個畫師的女兒神魂顛倒、金屋藏嬌，就行了吧。

且說良秀的女兒覲見之後，得了面子，但她原本就是個伶俐的女孩子，所以並沒有被其他粗俗的女管家嫉妒，反而自那以後，和小猴一起受歡迎。尤其是小姐都離不開她，以至於她從沒有缺席過節慶陪伴、坐車遊覽之類的活動。

女兒的事情且放一放，接下來再說說父親良秀的情況吧。小猴子就這樣很快得到了眾人的歡心，但問題是良秀仍被人人討厭，人家一轉過臉就罵他「猿秀」。而且那情況不單單是在大老爺府邸裡，現在就連橫川的僧都大人一提起良秀，也臉色一變，恨恨不已，彷彿遇上了魔障似的。（不過，有說是因為良秀將僧都大人的行為畫成了滑稽漫畫，但這總歸是民間傳說的，不足採信。）總而言之，那傢伙聲譽不佳，各方都盡是這樣的說法。要說不說他壞話的，充其量就是兩三個畫師同行，以及只見過其畫，並不識其人的人而已。

但是，實際上良秀不單形容猥瑣，還有一些討人嫌的壞毛病，所以沒其他法子，這完全是他自作自受。

四

提到他的壞毛病，就是吝嗇、刻薄、不知羞恥、懶惰且貪得無厭——其中尤其過分的是傲慢。他總是一副「老子乃本朝第一畫師」的神氣。如果只論畫藝，那還好說，但那傢伙脾氣一上來，就全不把世間習俗慣例放在眼裡了。據一名跟隨他多年的弟子說，某日大老爺府上的著名女巫被檜垣神靈附體，發布令人敬畏的神諭時，那傢伙卻聽而不聞，以手頭的筆墨仔細畫下了那名女巫的可怕面孔。在他看來，神靈作祟充其量只是騙孩子的把戲吧。

良秀就是這麼個人。他畫吉祥天[2]時，模仿了一個下作的妓女的臉；而他畫的不動明王[3]，則像一個無罪釋放的無賴漢——有此種種冒犯行為。但當有人質疑他時，他卻滿不在乎：「我良秀所畫的神佛，反而要懲罰我良秀，豈不奇怪？」對此，就連他的弟子也無可奈何，當中害怕將來出事，匆匆請假離開者也不在少數。一言以蔽之，他就是放蕩不羈，認為當時「普天之下，老子第一」。

也就是說，良秀的畫藝如何高超，已經不用說了。只不過他的畫作無論是水墨或者彩色，都與眾不同，所以在關係不好的畫師之中，似乎也有不少人說他是「騙子」。那些人說，川成[4]也好金岡[5]也罷，說起從前的名家之作，或「板窗之梅花」月夜芬芳，或「屏風之王公吹笛」隱約可聞，等等，無不伴隨優美傳說。到了良秀的畫作，則總是陰森可怖，唯有怪誕邪說。例如，他在龍蓋寺的大門上畫了〈五趣[6]生死圖〉，據說深夜走過大門的人，還能聽見天人的歎息和啜泣。甚至有人說，能聞到死人腐爛的氣味。還有人說，大老爺吩咐他為家中女性畫像，被畫的人不到三年，就個個得了失魂之症，死掉了。據說壞話的人說，這些就是良秀的畫作墮入邪門歪道的最好證據。

之前我們就說過，他這個人蠻不講理，常常大言不慚。某次大老爺開玩笑說：「看起

2 吉祥天，佛教裡給予眾生福德的美女之神。

3 不動明王，密教中的降魔者。不動明王周身呈現青藍色，右手持智慧劍，左手拿金剛鎖，右眼仰視，左眼俯視，周身火焰。一般都以憤怒的形象示人。

4 川成，即百濟川成(七八二—八五三)，日本平安時代畫家。

5 金岡，即巨勢金岡，生卒年不詳。日本平安時代畫家，人稱「大和繪之祖」。

6 五趣，根據佛教的信仰，人死後根據生前的善惡輪入地獄、餓鬼、畜生、人、天等所應生所往生之地，「趣」就是嚮往、歸向的意思。

來你喜歡醜陋的東西吧？」這時，良秀一咧跟他年齡不相稱的紅唇，令人毛骨悚然地笑著說道：「正是如此。一般說來，沒成熟的畫師，不可能認識到醜陋東西的美。」他就這樣狂妄地作了回答，就算是本朝第一畫師，又怎麼能在大老爺跟前出言不遜。之前作為例證的那位弟子，私下裡給師傅取了「智羅永壽」的外號，諷刺他自大，也是有道理的。眾所周知，所謂「智羅永壽」，是從前從中國來的天狗的名字。

然而，就這麼個蠻橫的良秀，卻有其很人性的、有情有愛的一面。

五

這裡要說的，是良秀簡直像瘋子似的疼愛獨生女。像先前說的，女兒也極溫柔體貼，有孝心，但良秀為孩子操的心卻絲毫未減。涉及女兒的衣著、髮飾，這個哪座寺廟都不曾施捨過的男人，卻全然不吝嗇金錢，完全叫人看不懂。

但良秀寵女兒是寵女兒，卻完全沒想過該找個女婿。非但如此，如果有人不懷好意跟他攀關係，他馬上就會召集小混混，天黑時將對方揍一頓。那姑娘受大老爺賞識，成為小侍女時，做老爸的大為不滿，愁容滿面。傳言說大老爺被姑娘的美貌吸引，也不顧其父母意願就召見等等——從這些傳言能夠推測大致情況吧。

儘管傳言都是假的，而良秀為孩子操心，盼著讓女兒回家倒是確實的。某次按照大老爺的吩咐，良秀畫了孩童時代的文殊菩薩，臉部是大老爺喜愛的孩子的臉部，很成功，所以大老爺滿心歡喜，難得地說了這樣的話：「你儘管說想要什麼賞賜！不必顧慮，你說吧！」於是，良秀心裡盤算要說什麼。

「懇求大老爺放小女回家。」良秀不識好歹地說道。其他的府邸還好這樣說，在堀川大老爺家當差多麼榮幸，不顧一切去求，成何體統呢？對此，器量大的大老爺看似有點不高興了，好一會兒只盯著良秀的臉，不作聲。過了一會兒，他吐出兩個字：「不行。」

說完，他站起來就走。這種情況出現過四、五次了吧。現在想來，大老爺看良秀的目光，似乎一次比一次冷淡。而在此事上，女兒也擔心著父親的安全，退回女官房間時，常常咬著衣袖哭好一會兒。於是，大老爺看上了良秀女兒的傳言，就越發傳開去了。其中有說「地獄變」屏風的由來，其實也是出於姑娘不肯順從大老爺什麼的，但根本就不可能。

在我等眼中看來，大老爺之所以不放良秀的女兒回家，完全是因為大老爺的好心腸。他可憐姑娘的身世，與其放她回到冥頑不化的父親身邊，不如讓她住在王府裡來得輕鬆自在。他偏心這個好脾性的姑娘，是肯定的。好色一說，恐怕是牽強附會的吧。無中生有的謊話也該適可而止了。

無論如何，因為良秀女兒的事情，大老爺對良秀的感覺變得很差。不知出於何種思處，大老爺突然召見良秀，命他繪製「地獄變」屏風。

六

一說起「地獄變」屏風，感覺那個恐怖的畫面就浮現在我眼前，歷歷在目。

同樣是「地獄變」，與其他畫師比較起來，良秀之作首先是構圖不同。他在一帖屏風的小小一角畫了十王[7]及其手下的模樣，其餘就是一大片淒厲的烈火捲起漩渦，彷彿劍山刀樹也熔化其中。除了冥官的中式衣著打扮點綴著的黃色、藍色之外，滿眼都是熊熊烈焰，正中央帶火屑的黑煙和金粉飛舞，如同一個「卍」字。

其筆勢僅此已令人瞠目，但通常表現地獄的畫應該有的——被業火焚燒、痛苦掙扎的罪人卻一個也沒有。原因就是良秀在這眾多罪人中，將上至王室公卿、下至乞丐賤民，一切身分的人都畫了上去：冠帶整齊的殿上人、打扮妖豔的侍女、頸掛念珠的念佛僧、著高齒木屐的侍從學生、穿細長兒童和服的少女、手持幣帛[8]的陰陽師——如果一一數出來，就沒完沒了了。總而言之，這種種人物在漫捲的煙火之中，被牛頭馬頭的獄卒欺凌，如同大風吹散的落葉，向四面八方紛紛逃散。這個被鋼叉纏住頭髮、手腳蜷縮如蜘蛛的女子，或許是神巫之類的吧。那個被利矛穿胸、倒掛如同蝙蝠的男子，應該是一名新任國司吧。除此之外，有人被鐵鞭鞭打，有人被壓於千鈞磐石之下，有人被怪鳥啄食，有人被毒龍吞噬——對應罪人數目的刑罰，不勝枚舉。

其中，有一處尤其顯得淒絕的，是一輛牛車掠過獸牙般的刀樹頂（刀樹樹梢上有死者被貫穿五體、層層堆疊），從半空中掉落下來。車簾子被地獄熱風刮起，車窗內那名衣著華麗的女官宛如女御或更衣，黑色長髮在烈焰中飄動，雪白的脖頸後仰，難受地扭動著。無論是女官的姿態，還是熊熊燃燒的牛車，無一不令人聯想到炙熱的地獄之苦。說起來，大幅畫面的可怕之處，可謂集中體現在了這個人物身上。在刻畫入神的作品的震撼下，目睹者耳畔幾乎都不由得響起了淒厲的哀聲。

噢噢，就是這裡！為了描繪這裡，發生了那件可怕的事——否則，即便是良秀，也不能栩栩如生地畫出地獄的艱辛吧。那傢伙完成這幅屏風畫的代價是遭遇悲慘，幾乎丟掉老命。也就是說，這幅畫的地獄，就是本朝第一畫師良秀自己終要墜入的地獄……

由於急於講述那件稀罕的「地獄變」屏風的故事，我也許將故事順序顛倒了。那麼，下面我就接著說良秀奉大老爺之命，繪製「地獄變」屏風的事情。

---

7 十王，即十殿閻王，是唐朝時期佛教中國化後衍生出來的一種陰司信仰，十閻羅王掌管地府，負責審判陰魂，將其投入六道輪迴。

8 幣帛，用於祭祀、進貢、獻神物品的統稱。

七

之後的五、六個月時間裡，良秀全部心思都在畫屏風上，幾乎不上大老爺府邸。那麼為女兒操心的人，一旦說要畫畫，連想見女兒一面的感覺都消失了，豈不怪哉？之前良秀弟子說的話中，提過此人一旦投入工作，簡直就是神狐附體了。不，據當時的社會流言，有人甚至說，良秀之所以在繪畫上成名，是因為他對福德大神發誓了。其證據是若悄悄從暗處觀察，那傢伙作畫之時，必可見其前後左右有成群靈狐的身影。到了這種程度，良秀一旦拿起畫筆，除了作畫，其餘事情一概置之度外。他白天黑夜都把自己關在一間屋子裡，極少見天日。尤其是繪畫「地獄變」屏風的時間裡，如此沉迷其中，真是非同尋常。

他大白天也放下格子窗，藉著檯燈的光，自己或祕密調製顏料，或安排弟子穿上水干[9]、狩衣等各種衣飾，一一仔細地畫下其模樣。這是個小小的怪癖，即便不是在畫「地獄變」屏風時，只要是工作，他隨時都會這麼做。現實中畫龍蓋寺的〈五趣生死圖〉時，既然要畫真實的人，他視線一轉，就在大街上的棄屍前悠然坐下，把腐爛了一半的臉和手腳分毫不差地畫好帶回來。那麼，他最為癡迷的方法究竟是怎麼回事呢？肯定有人不知道吧。現在也沒有餘裕一一道來，且說一下主要情況的話，大致如下：

某日，良秀的一名弟子（這位就是之前提到過的）正在調製顏料，師傅急急地走過來，說道：

「我想睡一下午覺，這陣子晚上做的夢不好。」這不是什麼稀罕事情，所以弟子手也沒停，就規規矩矩地應道：

「是這樣啊。」

但良秀臉上少有地顯出淒涼神色，說道：

「我睡覺的時候，想請你坐在枕邊。」

師傅還挺客氣地請求他呢。弟子覺得師傅難得這麼在乎做夢，滿奇怪的，但也不是什麼麻煩事，就說：

「好的。」

師傅還是擔心地說：

「那馬上來後面吧。稍後我睡下的時候，其他弟子來了，也別讓他們進來。」師傅遲疑著，做了吩咐。所謂「後面」，是那傢伙畫畫的房間。據說那裡白天也跟晚上一樣門窗緊閉，在朦朧的燈光下，只用炭筆畫了構圖的屏風就擺放在那裡。進了房間後，良秀把手肘當枕，就像個疲憊不堪的人一樣隨即睡著了。可是不到半個時辰，坐在枕邊的弟子耳朵裡開始

9 水干，狩衣禮服的一種，以下襬掖入和服裙襬中為特色，後為武家禮服。

聽見令人毛骨悚然的聲音。

八

那些聲音開頭只是些聲響，過了一會兒，逐漸變成斷斷續續的話，就像是溺水的人在水中呻吟。

「什麼？你叫我過來？——去哪裡——過來哪裡？來地獄。過來炙熱地獄。——你是誰？說那種話？——你到底是誰？——要我說你是誰嗎……」

弟子不禁停下調製顏料的手，膽戰心驚地窺探師傅的臉：只見這張滿是皺紋的臉變得蒼白，還滲出大粒的汗珠，大張著雙唇乾涸、牙齒稀疏的嘴巴喘著氣。而他嘴裡似乎有東西被線扯著，飛快地轉動——竟然是他的舌頭，斷斷續續的話原來就發自那舌頭。

「我以為是誰——嗯，是你啊。我原先就覺得是你。什麼？你說來接我？那麼來吧，來地獄吧。在地獄裡——我女兒在等著。」

據說在當時，弟子的眼前彷彿有一片模模糊糊的怪影從屏風上面掠過，停在上面，令人毛骨悚然。弟子當然馬上使足勁去推良秀，但師傅仍舊自言自語說著夢話，一時沒有醒過來的跡象。於是，弟子一狠心，將身邊洗筆的水全澆在師傅臉上。

「等著你呢，來搭這輛車吧——搭乘這輛車，來地獄——」說出這句話的同時，他像被扼住咽喉似的，發出了呻吟聲。良秀這時終於睜開了眼睛，他像被針刺了似的慌忙蹦了起來，應該是夢中的怪物還沒從眼前消失吧。好一會兒，他仍帶著恐懼的眼神，大張著嘴巴，呆滯地望著空中。稍後，看來他終於清醒了，說道：

「我沒事了，你走吧。」這回是十分冷淡的腔調。這種時候不順從的話，肯定會挨訓斥，所以弟子馬上走出師傅的房間。他說，當他重見外面明亮的日光時，感覺大大鬆了一口氣，彷彿自己從噩夢中醒了過來。

然而，類似這樣的還算好的。之後約過了一個月，又有別的弟子被特地叫到後面去。良秀在昏暗的油燈光中，咬著畫筆，突然轉向弟子，說道：

「辛苦你了，把衣服脫光了，好嗎？」

這種事情之前也是全照師傅吩咐進行的，所以弟子也就迅速脫掉衣物，赤裸著身體。這時，那傢伙皺著眉頭說：

「我想看看用鐵鍊子鎖住的人，你就按我弄的樣子委屈一會兒吧。」他冷冷地說著，臉上絲毫沒有委屈了別人的表情。據說這名弟子原本就不擅長拿畫筆，更喜歡舞刀弄槍，是個魁梧的小夥子。但他這回也被嚇壞了，時隔許久再說起這事時，還反反覆覆說：「我覺得師傅瘋了，要殺我呢。」在良秀看來，對方嘟嘟囔囔的，令人心煩。他不知從哪裡弄來一條細鐵鍊，在手上嘩啦啦掛飭著，幾乎是猛撲到弟子後背上，不管三七二十一將弟子雙手反剪，捆綁起來，還狠心將鐵鍊子的一頭拉得緊緊的。弟子的身體失去平衡，猛地踉蹌幾步，側身摔倒在地板上。

九

弟子那時的模樣，可以說，簡直就像一個翻倒的酒甕，手腳都彎曲著被捆死了，能動彈的只有脖子。那壯實的身軀被鐵鍊捆綁著，血液不能循環，臉上身上的皮膚漲紅。但看樣子良秀對此並不特別在乎，他在酒甕似的人體旁走來走去觀察，畫了好幾張寫生畫。這期間被捆綁的弟子身體有多痛苦，就不必說了吧。

如果什麼事也沒有發生，這種痛苦恐怕還得再持續。所幸（或者說是「不幸」亦未可知）沒過多久，從房間一角的一個瓶子後面，彎彎曲曲流出一道黑油似的東西。那東西一開始還黏糊糊的，動作很緩慢，但漸漸就順滑了，不一會兒就閃亮著，遊動到弟子面前。弟子看清楚了，不禁倒吸一口氣，叫喊起來：「有蛇啊——有蛇！」那弟子說，當時他差一點全身血液都凝固了——這也是可以理解的——只差一點點，那條蛇涼涼的信子，幾乎就觸到他的脖子了。出乎意料的情況把蠻橫的良秀也嚇了一跳，他慌忙丟下畫筆，一彎腰迅速揪住蛇尾巴，將蛇倒提起來。蛇被倒吊著，卻仍折疊著蛇身，往上探頭，但搆不到良秀的手。

「就因為你，我沒能一揮而就。」

良秀恨恨地說道，將蛇甩回屋角的罐子裡，然後心有不甘地解開了捆綁弟子身體的鐵鍊。但是他解開就算沒事了，對驚嚇不小的弟子一句安慰的話都沒有。大概弟子遭蛇咬，也比不上誤了他完成寫生惱人吧。後來聽說，這條蛇也是他為了寫生而養著的。

說了這麼些事情，您大概對良秀熱衷的那種瘋子似的、令人毛骨悚然的方式比較瞭解了吧。但最後還有一件事情：這回是一個才十三、四歲的弟子，也是因為良秀繪製「地獄變」屏風而倒了大楣，幾乎送命。那名弟子天生膚色白皙，像個女孩子。一天晚上，他被叫進師傅的房間，只見良秀在燈火之下，手掌上托一塊腥肉，正在餵一隻陌生的鳥。那鳥的大小，也就常見的家貓那麼大吧。說來牠兩邊向外翹起的羽毛形似耳朵，呈琥珀色，而又大又圓的眼睛，也像一隻普通的貓。

十

要說良秀此人，是最討厭別人對他做的事情說三道四的，像剛才說的養蛇畫畫等等，自己房間裡有什麼東西，他從不跟弟子說。所以，時而桌上擺個骷髏，時而排列著銀碗或高腳漆盤，都是根據當時畫的對象而定，往往出人意料。據說這些東西平時收藏在哪裡，誰也不知道。傳說他受到福德大神的冥助，這事算是確認了吧。

所以，弟子也就以為桌上那隻異樣的鳥是對繪製「地獄變」屏風有幫助的。他自顧自想著，來到師傅跟前，恭恭敬敬地說：「請師傅吩咐。」良秀一副充耳不聞的樣子，他舔舔紅嘴唇，向鳥的方向翹翹下巴說：「怎麼樣，牠很乖吧？」

「這鳥兒叫什麼呀？我還從沒見過呢。」

弟子說著，仔細打量著這隻有耳朵、長得像貓的鳥。良秀仍舊以平時那副嘲笑的腔調說：

「什麼？你沒見過？畢竟是城市人啊，真麻煩。這是兩三天前，鞍馬獵人給我的鳥，叫貓頭鷹。這麼乖的不多見吧？」

那傢伙一邊說，一邊緩緩抬起手，自下而上輕撫剛咽下食物的貓頭鷹的背毛。就這一下子，鳥兒突然短促地尖叫一聲，隨即從桌上騰起，張開兩腳的利爪，猛抓向弟子的面部。如果他不是慌亂中抬袖遮擋，臉上肯定被抓出一兩道血痕了。眨眼間，揮動衣袖抵擋的弟子又遭嘴裡咕咕響的貓頭鷹凶猛地一啄，連師傅就在跟前的事都忘了，在狹窄的房間裡奔逃，或站著遮擋，或坐著撥開。怪鳥也跟隨著他，時高時低飛著，尋找空隙撲下來襲擊他的眼睛。每次翅膀扇動的可怕聲音都帶來怪異的動靜∴或落葉的氣味，或瀑布的飛沫，或食物變餿的酸味，令人毛骨悚然。據說那個弟子嚇壞了，甚至還把昏暗的油燈當成了朦朧月色，把師傅的房間當成了瘴氣彌漫的山谷。

但是，弟子害怕的，並不單是被貓頭鷹襲擊，更讓他覺得毛骨悚然的，是師傅良秀冷眼旁觀這場騷動，慢慢展開畫紙，舔舔筆頭，畫下了女孩般的少年被怪鳥狂虐的過程。弟子瞄了一眼，隨即處於無可言喻的恐懼之中，他說，他當時感覺師傅要置他於死地。

十一

實際上，被師傅害死也並非不可能。現在看來，他那天晚上把弟子叫去，就是要唆使貓頭鷹襲擊他，然後畫下他四處奔逃的樣子的。所以，弟子只望了師傅一眼，就忍不住一聲驚呼，雙袖遮頭，躲到房間一角的拉門之下，蜷縮不動了。與此同時，良秀也不知何故慌慌張張喊了一聲，站了起來。隨即貓頭鷹撲扇翅膀的聲音也比之前更加猛烈了，東西倒地摔碎的尖銳聲音不絕於耳。對此，就連弟子也再次慌了神，不由得抬頭張望。但見房間中已漆黑一片，傳來了師傅呼喚眾弟子的焦躁聲音。

不久，遠處有一名弟子回應了，然後掌燈匆匆過來。藉著帶煤煙的燈光一看，檯燈倒了，弄得地板上、榻榻米上都是煤油，剛才那隻貓頭鷹痛苦地撲扇著一隻翅膀打轉。良秀在桌子對面欠起了身子，呆若木雞，嘴裡嘟噥著不知什麼話——那也不奇怪，那隻貓頭鷹身上，從脖子到一隻翅膀上緊緊纏繞著一條黑蛇。這恐怕是弟子蹲下的時候，弄翻了那裡的罐子，蛇就爬了出來。貓頭鷹去抓牠，才弄出了這麼大動靜。兩名弟子面面相覷，呆望著這番不可思議的情景好一會兒，然後低頭退出了師傅的房間。之後蛇和貓頭鷹怎麼樣了，誰也不知道……

這類事情除此之外還有好幾件。前面說過，領命繪製「地獄變」屏風是在初秋，自那以後直至冬末，良秀的眾弟子不斷被師傅的怪招折騰。但那個冬末，良秀似乎因為某個屏風畫上的問題卡住了，他比之前模樣更顯陰沉，說話也更加煩躁。與此同時，屏風畫的草稿也停留在完成了八成的樣子，沒有進展的跡象。說不定迄今畫的地方，他也要抹掉。

但誰也不知道，屏風畫卡在哪裡了，而且，也沒有人想知道。因為弟子之前都被好一番折騰，簡直就像跟虎狼共處一室似的，誰也不想靠近師傅。

十二

也就是說，關於這期間的事情，沒有可特別拿出來說說的地方。硬要說的話，也就這麼點事：那位頑固的老爸不知何故變得很脆弱，時不時待在沒人的地方垂淚。據說某天，一名弟子因事來到庭院，見師傅站在外廊，呆呆眺望著即將開春的天空，熱淚盈眶。弟子見此情景，反倒覺得不好意思，悄悄退了回來。為了繪製〈五趣生死圖〉，他可以對著路邊的棄屍寫生，但當不能如願畫出屏風畫時，傲慢的他卻像個孩子似的哭泣，這也太反常了吧。

然而，就在良秀這一邊因沉迷繪製屏風畫，不像正常人時，另一邊他的女兒不知何故也漸漸變得陰鬱，甚至在我們面前也強忍眼淚的樣子，十分引人注目。由於這膚色白皙的女孩原本就羞澀多愁，這麼一來，睫毛變得低垂，眼袋也很重，更顯得寂寞。大家剛開始猜想她是想念爸爸，或者害了相思病。到後來，就開始傳聞是大老爺看上她了，自此之後，大家就像忘記了她一樣，誰也不提她了。

正好是那時候的事情吧。一天晚上，夜已深，我一個人正走過外廊，小猴良秀突然跳出來，不停地扯我的裙褲腳。那是一個月光朦朧的溫暖夜晚，隱約飄蕩著梅花的芬芳。在月光之下，只見小猴子露出雪白的牙齒，鼻尖上堆著皺紋，正嗷嗷叫呢。我本就有三分不痛快，加上新裙褲被拉扯，生了七分的氣，最初想一腳踢開牠，直接走開，但轉念又想起有侍從因責打小猴惹大少爺不高興的例子。而且看小猴的舉動，似乎事情不簡單。於是我也就下了決心，不自覺地朝牠扯我的方向走出了十幾公尺遠。

這時，在外廊拐了個彎，夜幕之下，好看的松樹前方白白的水池一覽無遺——就在此時，附近房間似有發生爭執的動靜，慌亂而隱祕的聲響悄然鑽進我耳中。四周萬籟俱寂，月夜朦朧中，除了魚躍的聲響之外，沒有任何人聲。此時又傳出動靜了，我不禁止步，心想若有粗野胡來的人，就讓他吃吃苦頭。我屏息悄然挨近那扇拉門。

十三

然而，小猴是嫌我的舉動緩慢吧，牠在我腳下轉了幾圈，一邊發出被扼住咽喉似的叫聲，一邊猛地躥上我的肩頭。我不禁一縮脖子，躲過牠爪子的抓撓。小猴又咬著我水干禮服的袖子，避免從我身上滑落——這下子弄得我不由自主地踉蹌了幾步，身體向後猛撞在拉門上。事已至此，一刻不能遲疑了！我馬上打開拉門，打算跳進月光照不到的屋裡頭。但這時候，有東西擋住了我的視線——不，是與此同時從房間裡衝出一名女子，嚇了我一跳。女子差一點與我迎頭相撞，她摔出了屋外，但她不知為何就地跪下，一邊喘氣一邊驚恐地仰望著我，像看什麼可怕的東西似的。

她就是良秀的女兒，這一點就不必特別說明了吧。那天晚上的她生氣勃勃，簡直像換了一個人，眼睛大而明亮，雙頰緋紅。她的裙褲和袿衣凌亂，臉上也與平時的稚氣不同，甚至更添嬌豔。這就是那個文弱，而凡事小心翼翼的良秀的女兒嗎？——我倚在拉門上，打量著月光下姑娘的美麗身影，指指慌張遁去的腳步聲的方向，用眼神示意：是誰？

姑娘緊咬著雙唇，默默地搖頭，神情也顯得十分懊惱。

於是，我彎下身子，挨近姑娘耳旁小聲問：「他是誰？」但姑娘只是搖頭，沒有任何回應——不，與此同時，她長長的睫毛掛滿了淚珠，牙關咬得更緊了。

我天生遲鈍，除了說白了的事情，其他一概領悟不了。所以，我一時不知說什麼好，只是呆立著，彷彿聽得見姑娘的怦怦心跳。不知為何，再往下追問讓我於心不安……

也不知過了多久，我一邊關上打開的拉門，一邊回頭看不再那麼面紅耳赤的姑娘，盡量和藹地說：「回房間去吧。」而我自己也像看了不該看的東西似的，帶著不安而沉重的心情，悄悄原路返回。然而，我走了不到十步，又有誰從後面小心翼翼扯我的褲腳。我吃驚地回過頭去。你們想想，會是什麼？

我一看，腳下是那隻小猴良秀，牠像人一樣雙手扶地，鄭重其事地一再叩頭，脖子上的黃金鈴鐺「叮鈴叮鈴」地響。

十四

自那晚的事情之後，又過了約半個月。一天，良秀突然上門，請求立即晉見大老爺。他雖然身分低下，但屬於平日裡大老爺特別重視的人。難得見人的大老爺那天也爽快地答應了，於是馬上召他進來。那傢伙照例穿著淺紅色狩衣，戴一頂軟烏帽，臉繃得比平時更緊了。恭敬地叩拜之後，他用沙啞的聲音說：

「奉大老爺之命繪製『地獄變』屏風，在下日夜用心，已見進展，目前已完成了概略。」

「那很好，值得慶賀。」

但是，大老爺說這話的聲音，不知何故顯得乾巴無力。

「不，還不值得慶賀，」良秀一直低著頭，有點氣惱的樣子，「雖然已經有了概略，但還有一個地方，在下還畫不了。」

「什麼？還有你畫不了的地方？」

「是的。總而言之，在下沒見過的東西，就畫不出來。勉強去畫也畫不好，跟不會畫是一樣的。」

聽良秀這麼說，大老爺臉上浮現出嘲笑般的微笑：

「照你那麼說，要畫『地獄變』屏風，不看看地獄是不行的了。」

「正是。若干年前發生大火災時，我目睹了猶如炙熱地獄般的烈火。拙作〈火焰四躥卻不為所動〉裡面的火焰，實在是因為有那次火災才畫成的。大老爺也知道那幅畫吧？」

「但罪人又如何畫呢？你也沒見過獄卒吧？」大老爺彷彿沒聽見良秀的話，接連質疑。

「在下見過被鐵鍊子銬住的人，也對被怪鳥攻擊的人做過寫生。如此說來，也不能說在下不知罪人遭呵斥之苦。另外，獄卒——」良秀露出了令人毛骨悚然的苦笑，繼續說道，「還有，獄卒呢，在下真切地夢見過好多回。或者牛頭或者馬頭，又或者三頭六臂的鬼，拍著沒有掌聲的手，說著沒有聲音的話，幾乎每日每夜地來折磨在下——在下畫不了的，不是這些。」

聽了這話，就連大老爺也為之動容。他焦躁地瞪著良秀的臉好一會兒，眉頭一皺，愛理不理地說：

「那你說，你畫不了什麼？」

十五

「在下想在屏風中央，畫一輛有蒲葵車篷[10]的上等牛車從空中墜落。」良秀說著，銳利的目光望向大老爺的臉。據說他這傢伙一碰到畫畫的事，就跟瘋子一樣——他這時候的眼神，就頗有那種令人生畏的味道。

10 蒲葵車篷，日本古代上流社會所用牛車，將蒲葵葉切成細條，曬乾葺於車篷上。

「在車子裡頭，一個華麗的貴婦人在烈火中痛苦掙扎，頭髮凌亂。她臉上煙火繚繞，雙眉緊皺，仰望著上方的車篷。她的手撕扯著幔簾，似要遮擋漫天飛舞的火星子。在她的周圍，十餘隻、二十餘隻怪鷲叫囂著，環繞著飛舞。——啊，牛車裡的貴婦人，在下怎麼都畫不出來。」

「那你——想怎麼樣？」

不知為何，大老爺倒是和顏悅色地催促起良秀來了。良秀那紅紅的嘴唇像發燒似的顫抖著，用夢囈般的腔調再次重複道：

「在下就是畫不出那種情形。」

突然，他咬牙切齒說道：

「請在在下眼前，把一輛蒲葵車篷的車子放火燒掉！只要能做到這一點——」

大老爺的臉色略一陰沉，隨即變得喜笑顏開，還笑得有點喘不過氣來。他說：

「呵呵，一切都按你說的安排！能不能做到不是你的事。」

聽了大老爺的話，不知怎的我有點不寒而慄。現實中，大老爺的樣子也頗不尋常：嘴角聚積著白泡，眉毛四周青筋暴起如閃電乍現，簡直就像被良秀的瘋狂傳染了。稍停一下，他隨即又像什麼東西爆裂似的，喋喋不休起來：

「放火燒掉一輛蒲葵車篷的車子！還得有一名豔麗女子，打扮高貴地坐在車上！在煙熏火燎之下，車裡的女人掙扎著死去——想要繪畫出這番情景的，不愧是天下第一畫師！好啊！哈哈，好啊！」

聽了大老爺的話，良秀頓時臉色蒼白，喘息起來，只有嘴唇在顫動。不一會兒，他緩過氣來了，猛地雙手扶地叩頭謝恩：

「榮幸之至。」他聲音低沉，幾乎聽不見。這恐怕是隨著大老爺的話，自己構思的可怕之處歷歷浮現於眼前了吧。我這一生之中，唯有此時感覺良秀是個可憐人。

十六

兩三天後的一個夜裡，大老爺如約召見良秀，讓他就近觀看燒掉蒲葵車篷的車子。不過燒車地點不在堀川府邸，而是在俗稱的「雪融莊」，從前大老爺妹妹所在的京郊山莊。

這個所謂的「雪融莊」已很久無人居住，寬闊的庭院也已荒廢。這種沒有人跡的樣子，目睹者的感受可想而知。關於在此去世的妹妹的身世，早已有種種流言蜚語，其中有說，每逢月黑之夜，就有一個身穿紅色裙褲的身影，腳不著地走過外廊——這也並不過分。這裡大白天也都很靜寂，一旦日暮，園中水流聲就更顯陰森，星光下飛翔的夜鷺也彷彿是一種怪鳥，令人毛骨悚然。

正巧那個晚上也是月黑之夜，一片漆黑。在大殿煤油燈的光線之下，大老爺在靠近簷廊處設了座，他一身淺黃色便服，配深紫色提花指貫[11]，盤腿高高坐在白底錦邊的圓座上。前後左右有五、六個人在身邊恭恭敬敬伺候著，就沒有必要特地說明了吧。其中一位看起來特別眼熟的，是那名大力侍衛。前些年陸奥一戰，他因飢餓食人肉，而據稱力能扯開鹿角。大力侍衛身穿護腹鎧甲，刀把朝上佩戴長刀，嚴肅地蹲守在簷廊下。夜風吹動下，燈光時明時暗，眾人置身夢和現實難分的氣氛之中，不知何故，一切都歷歷在目。

除此之外，拉到院子裡的蒲葵車篷的車子，被高高的車篷遮擋得一片漆黑。車子沒有套牛，黑黑的轅木斜擱在榻[12]上。遠遠望去，金屬配飾如星光般亮閃閃，不由得令人感到春寒侵肌。不過，那車子被用提花綾織裏邊的青簾遮擋得密不透風，無法知道裡頭有什麼。車子周圍的雜役人人手執燃燒的松明，小心伺候，留意著不讓煙飄向簷廊方向。

良秀本人離得稍遠，跪坐在簷廊正對面。他一如既往穿熏香狩衣配一頂軟烏帽，人顯得比平時更小，彷彿處於星空的重壓之下。他身後還蹲著一個人，也同樣烏帽加狩衣，大概是他帶來的弟子吧。因為兩人都遠遠地蹲在昏暗之中，從我所在的外廊之下，連其狩衣的顏色也看不真切。

十七

時間已近深夜了吧。昏暗籠罩著庭院，四下裡寂靜無聲。眾人屏息靜氣，唯有夜風吹過發出的微弱聲響，松明燃燒送來煤煙的氣味。大老爺好一會兒沉默，凝望著這番奇景。未幾，他的身體向前傾，厲聲喊道：「良秀！」

良秀似乎應了一聲，但我耳中只聽見喃喃的聲音。

「良秀，今晚就按你請求的，放火燒車子給你看看。」大老爺這麼說著，斜眼看了身邊人一圈。我感覺當時大老爺跟其中的某人之間，交換了一個意味深長的微笑，但也有可能是我的心理作用吧。這時，良秀膽戰心驚地抬起頭，望了下簷廊上面，仍舊低著頭沒說話。

「仔細看看，那就是我平日乘坐的車子，你認得吧？我——接下來就放火燒車，就在你的眼皮子底下，重現炙熱地獄。」

大老爺又打住話頭，向身邊人使了個眼色，接著突然用極不愉快的腔調說道：

「有一個犯罪女官，被捆綁著放在車裡。也就是說，放火燒車的話，那女人必定骨肉成

---

11 指貫，一種褲腿肥大、褲腳有束帶的和服褲子。

12 榻，車或轎停下時，放置車轅的臺。上下車時，則作為踏臺。

灰、痛苦萬分地死去。對於你繪製屏風畫，再沒有比這更好的範本了。你可要看仔細了：白雪肌膚焦爛，黑髮飛舞成煙！」

大老爺第三次沉默。不知他在想什麼，這回他只是晃著肩膀笑，然後說：

「這可是末代都難得一見的奇觀，我也在此欣賞吧。對了對了，掀開簾子，讓良秀看看裡面的女人嘛。」

一名僕人領命上前，一隻手高擎松明火把，一隻手冷不防掀開簾子讓人看。熊熊燃燒的松明劈啪作響，紅紅的火光搖擺著，隨即鮮明地照亮了車廂裡面。而被淒慘地捆綁在車座上的女官——噢噢，誰會看錯呢——柔順黑亮的長髮披散在絢麗刺繡的櫻花唐衣上，金釵斜插，美麗地閃爍著，小巧的身子裝束別致，被堵口捆綁的頸子之上，是恭謹而淒涼的側臉——她正是良秀的女兒！我差一點喊出聲來。

就在此時，我對面的侍衛連忙站起身，一手按住刀把，眼瞪著良秀的方向。我吃驚地望過去，良秀這時候幾乎瘋了吧。他原本蹲著，一下子蹦了起來，雙手前伸，無意識地要撲向車子的方向。前面提過，不巧他在遠處陰影之中，我看不清他的表情。但轉瞬之間，良秀大驚失色的面容，不，他如同被無形的力量拉到空中的身影，隨即劃破黑暗，歷歷呈現在我眼前。這時，隨著大老爺一聲「點火！」雜役一齊投下松明火把，載著姑娘的蒲葵車篷的車子頓時熊熊燃燒。

十八

烈焰瞬間籠罩了車頂，車篷上垂下的紫流蘇「呼」地飄起，看得見自下而起的濛濛白煙把簾子、金飾，或車頂的金屬配件都粉碎、刮起來，漫天飛舞著雨點般的火星——實在太可怕了。不，更厲害的是烈焰纏繞著車子兩邊，火舌升騰到半空中，簡直就像紅日落在地面，迸發一場天火。剛才差點驚呼的我此刻腦子空白，目瞪口呆，目光無法離開這番可怕的情景。但是，姑娘的父親良秀——良秀此時的面容，我至今忘不了。他無意識地想要奔向車子，但大火燒起的同時，他停住腳步，手仍前伸著，雙目炯炯凝視，彷彿被吞噬車子的濃煙烈焰吸引住似的。他全身沐浴於火光之中，那張皺紋縱橫的醜臉，就連鬍子也清晰可見。良秀瞪大雙眼，嘴巴扭曲著，雙頰肌肉不住地震顫，他心中交織著的恐懼、悲傷和驚愕，都清楚地刻畫在臉上——即便是砍頭前的盜賊，乃至於被拖到閻王殿的十逆五惡罪人，也沒有那麼痛苦的面容吧。甚至那名大力侍衛也不禁為之色變，戰慄地望向大老爺。

大老爺緊閉雙唇，時不時浮現令人毛骨悚然的笑容，眼睛一直緊盯著車子那邊。而那車子裡頭——啊，我實在沒有勇氣詳述當時所見的，姑娘在車裡的樣子——那張嗆著煙後仰的蒼白的臉、烈焰掠過變得凌亂的長髮，以及眼看著變成一團火的美麗唐衣——那是多麼慘烈的一幕啊。尤其當夜風向下刮、吹開濃煙時，撒了金粉似的紅色烈焰之中，呈現出一個姑娘被堵口捆綁、扭動著要掙脫鎖鏈的身影，令人懷疑自己生生目睹了地獄的苦難，不僅是我，就連大力侍衛也都毛骨悚然。

這時，一陣夜風吹過庭院樹梢——誰都感覺到了吧。正當以為那風聲將消失無蹤時，忽然躥出個黑漆漆的東西，不著地也不飛上空中，而像一顆球似的彈跳著，從屋簷一躍，筆直地跳到熊熊燃燒的車子前。就這樣，在劈啪燃燒塌陷的木格子車中，它抱著後仰的姑娘的肩頭，一聲無可言喻、如裂帛般的痛苦長嘯，傳出黑煙之外。接著，第二聲、第三聲——眾人不由自主「啊」地喊出聲來。不顧火簾阻隔，摟住姑娘肩膀的，竟是被綁在堀川府邸，外號「良秀」的小猴。牠是怎麼悄悄來到這裡的，誰也不知道。為了平日裡疼愛自己的姑娘，小猴也縱身火海。

十九

小猴的身影一閃而過。隨著火星子啪地躥上半空炸成了滿天星，別說小猴，就連姑娘的身影也都隱沒在黑煙裡，庭院中央只有一輛燃燒的車子，發出淒厲的聲音，熊熊燃燒。不，與其說是燃燒的車子，毋寧說那是一根沖天火柱更加準確吧。

面對這根火柱，良秀凝固般呆立著——多麼不可思議的事情啊。直至剛才仍受著地獄般煎熬的良秀，此刻皺紋滿面的臉上卻呈現出無法言喻的光輝——心醉神迷般的法悅[13]之光輝。他似乎也忘記了自己在大老爺跟前，抱著雙臂佇立。看來，呈現在他眼裡的，似乎已不是女兒掙扎著死去，只有那美麗的火焰之色和在其中痛苦掙扎的女人身影，此情此景讓他無限喜悅。

而且，不可思議的是，良秀竟然開開心心地望著獨生女兒痛苦死去。不僅如此，此時的良秀身上，有一種非人類的奇異莊嚴，類似夢中所見的獅子王之怒。因此，就連被火勢驚動、聒噪著盤旋的無數野鳥也有意不接近他的軟烏帽周圍似的，恐怕在無心的鳥兒眼中，那傢伙頭頂的無形光環，有一種不可思議的威嚴吧。

連鳥兒都這樣，我們這些雜役就更不用說，全都屏息靜氣，內心震撼著，心中充滿異樣的感激之情，如同看著開眼大佛一樣，目不轉睛地凝視著良秀。響徹天空的燒車之火和為之攝魂奪魄、呆立的良秀——是何等莊嚴、何等歡喜呀！當中只有一個人，只有那簷廊上的大老爺，像是換了一個人似的，他臉色鐵青，嘴角堆積著唾沫，雙手揪著紫色貴族裙褲的膝部，如同一隻口乾舌燥的野獸般喘著氣……

13 法悅，原指聆聽佛法後的無上歡喜。

二十

那個晚上大老爺在「雪融莊」燒車的事，不知是誰透露到了外面，社會上對此事議論紛紛。首先，關於為何大老爺要燒死良秀的女兒，以求愛不成發洩怨恨的說法最多。而我覺得，大老爺的心思，肯定是打算懲罰畫師不惜燒車殺人也要畫出屏風畫的邪念吧——我是聽他親口說過的。

後來，儘管女兒在眼前被燒死，仍想著描繪屏風畫的良秀，其鐵石心腸也頗受議論。當中甚至有人罵他為了畫畫而拋棄父女之情，是人面獸心的壞人。橫川的僧都大人是持這種觀點的人之一，他常常說：「即便有一技之長，作為人若不懂五常，只能墮入地獄。」

然而，大約一個月之後，「地獄變」屏風一完成，良秀便馬上攜屏風前往大老爺家，請大老爺御覽。碰巧僧都也在，他看了一眼屏風畫，果然也被那一帖可怖的瘋狂火海震驚了。之前他一直繃著臉瞪良秀，此時也情不自禁拍一下膝頭，說了聲「畫得好！」大老爺聽他這麼說，一臉苦笑，這情景我至今也忘不了。

自此之後，至少在府邸裡頭，就沒有人再說那傢伙的壞話了。因為任何人只要看過那幅屏風畫，無論平日裡如何恨他，都不可思議地被那種莊嚴的心境打動，真正感受到炙熱地獄的大苦大難。

到了此時，良秀已不在世上了。在完成屏風畫的第二個晚上，他就在自己房間懸梁自盡。獨生女兒先他而去，恐怕他也無法安度餘生了。遺骸歸葬在他家原址上，至今仍在。那塊小小石碑之後經歷了數十年風雨，肯定長滿了青苔，不知是誰的墳墓了吧。

大正七年（一九一八）四月

鼻子

說到禪智內供[1]的鼻子，在池尾無人不曉。他的鼻子長達五、六寸[2]，從上唇之上垂至下巴之下，形狀則頭尾一般粗。也就是說，一條跟香腸一樣細長的東西，從禪智內供的臉盤正中垂掛下來。

年過五十的內供，從做沙彌起，至晉升為內道場供奉之職的今日止，心裡頭始終為這鼻子所苦。當然，表面上他表現得不太在意。這不只因為自己身為一心篤信來世淨土的僧侶，不該太在乎鼻子，更在於他討厭人家知道他自己在乎鼻子的事。在日常談話中，內供最怕跑出「鼻子」一詞。

內供懊惱鼻子的理由有二：一個是長鼻子在現實中帶來不便。首先，他不能獨自一人吃飯，一個人吃的話，鼻尖會碰到碗裡的飯。於是，內供就讓一名弟子坐在飯桌對面，在他吃飯期間，弟子用一塊寬一寸、長二尺[3]的板子抬起他的鼻子。可是，這樣子吃飯，對於抬板子的弟子也好，對於被抬起鼻子的內供也好，絕非輕而易舉之事。曾由十二、三歲的中童子[4]替換過這名弟子，結果中童子打噴嚏時手一抖，內供的鼻子落在了粥裡頭，此事一時傳遍京都。然而，這對於內供而言，絕非是受苦於鼻子的主要理由。其實，內供是苦於被這鼻子傷了自尊心。

對於有這麼個鼻子的禪智內供，池尾町的人說，幸虧內供不是俗人。因為他有那麼個鼻子，哪個女人會想嫁他呀。其中甚至有評論者說，他是因為有那鼻子才出家的吧。但是，內供卻不認為作為僧人，因這鼻子而來的麻煩事就減少了。因為事關最終能否娶妻，內供的自尊心格外敏感。所以，積極也好、消極也好，他都嘗試恢復遭損毀的自尊心。

內供首先考慮的是，尋找讓長鼻子看起來短一些的辦法。在沒有人的時候，他對著鏡子左照右照，煞費苦心。看來，僅僅改換臉的角度，不能保證有效。他也曾很有耐心地照鏡子，嘗試一手托腮，或者數指掩嘴。但是，讓鼻子看起來短一點的嘗試，迄今沒有一次是令自己滿意的。有時越是想方設法，反而越使鼻子顯得長了。這種時候，內供只好把鏡子收進匣子裡，心有不甘地歎口氣，悻悻地返回經臺前，誦讀《觀音經》。

除此之外，內供還時常留意別人的鼻子。池尾的寺院經常舉行講經說法的活動，寺內

1 禪智，人名。內供，指內供奉僧，供職於宮中內道場的僧官。

2 寸，長度單位，一寸約為三．三三公分。

3 尺，長度單位，一尺約為三十三．三公分。

4 童子，為寺院做事的少年，也隨僧人外出。有上童子、中童子、小童子，根據年齡安排不同工作。

僧舍一間連一間建起來，澡堂裡寺僧天天燒水，出入的僧俗之人林林總總。內供很有耐心地想從這些人中物色哪怕一個有像自己這種鼻子的人出來，他也就能釋然了。所以，在內供眼中，藏青水干禮服也好，白單和服也好，都無所謂，更遑論黃色帽子或者老鼠灰色的僧衣，他都視若無睹。內供不看人，只看鼻子。然而，即便有鷹鉤鼻子的，但像內供那樣的鼻子，卻一個也沒有見著。因為怎麼也找不到，內供的心逐漸變得不愉快了。他跟人說話時，就不由自主捏捏垂掛的鼻子尖，不顧自己一把年紀了，臉紅起來，這純粹是這種不愉快造成的。

最後，內供甚至想，從佛典或儒籍中找出和自己同樣鼻子的人物，自我安慰一番吧。但是，任何經文上，都沒有寫著目連或舍利佛鼻子長。內供聽說中國故事的序裡提及蜀漢劉玄德的耳朵長時，心想若那是鼻子，對自己會是多麼大的寬慰啊。

內供如此一邊消極地冥思苦想，一邊積極地嘗試弄短鼻子的方法，也就不必特地說了。在這方面，內供幾乎把能做的事情都做過了。他試過煎服王瓜湯，試過在鼻子上塗抹老鼠尿。然而，弄來弄去，鼻子仍舊五、六寸長，從嘴唇上方懸吊下來。

終於，某年秋天，內供的一名弟子上京辦事，從一位熟人醫生處學到了弄短鼻子的辦法。據說那位醫生原是中國來的，做了當時長樂寺的僧人。

內供一如往常，並不表露出在乎鼻子什麼的，沒有立即問對方要怎麼辦。但同時，每次吃飯的時候，他都說給弟子添麻煩了，心裡難受。在他心裡頭，自然是等著弟子說服自己，讓自己嘗試這個法子。僧人弟子當然明白內供的這個策略，他因內供這樣做產生了更多的同情。如內供所料，僧人弟子竭力勸說內供嘗試這個法子。於是，內供自己也如預期一樣，最終聽從了這個熱心的勸告。

說到這個辦法，也極簡單，就是用熱水燙鼻子，再讓人踩踏。

寺院伙房每天燒開水。於是，僧人弟子將燙得放不下手指的熱水迅速裝進桶裡給內供送來。但是，立即將鼻子浸入桶裡的話，他擔心熱水燙傷臉部，於是就在木托盤上挖了個洞，當作桶蓋，讓鼻子從托盤的洞裡浸入熱水中。雖然鼻子浸入熱水中，內供卻一點也感受不到燙。過了一會兒，僧人弟子說道：

「該燙好了吧？」

內供苦笑，因為他心想：單聽這麼說，誰也不知道在說鼻子吧。鼻子被熱水熏蒸著，像被跳蚤咬了似的發癢。

僧人弟子把內供的鼻子從托盤洞裡拉出來，雙腳就開始用力踩踏還熱氣騰騰的鼻子。內供躺著，把鼻子擱在地板上，眼看著僧人弟子的腳在眼前上上下下地動。僧人弟子不時同情地俯視著內供的光頭，這樣說道：

「很痛吧？醫生說得用力踩，但這樣子很痛吧？」

內供搖搖頭，示意不痛。可是因為鼻子被踩著，脖子動不了。於是他眼珠子上翻，看著僧人弟子腳上的皸裂，氣呼呼似的答道：

「不痛！」

實際上，因為鼻子癢處被踩踏著，與其說痛，不如說還有點舒服。

踩了一會兒，不久，鼻子開始出現玉米粒似的東西。說來那鼻子的形狀就像一隻脫了毛的小鳥被整隻燒烤了一樣。僧人弟子看了，停下腳，自言自語般說道：「說是得用鑷子拔掉的。」

內供不滿似的鼓著腮，默默地任由僧人弟子處置。當然，僧人弟子並非不懂得體貼——但即便弟子體貼，而把他的鼻子完全當物品一樣處置，他還是不愉快的。內供就像一個患者在接受不可靠的醫生做手術，勉勉強強地看著僧人弟子用鑷子從鼻子的毛孔中取出脂肪。脂肪的形狀就像小鳥的羽毛管，約四分長，脫落下來。

不久，這邊告一段落時，僧人弟子鬆了一口氣似的說道：

「再浸一次就行了。」

內供仍舊皺著眉頭、一副不滿的樣子，任由僧人弟子擺布。

二次浸燙的鼻子確實與往常不同，變短了。這樣子，可就與常見的鷹鉤鼻沒有多大不同了。內供撫摸著變短的鼻子，戰戰兢兢地窺看僧人弟子遞過來的鏡子，很是尷尬。

鼻子——原先垂掛到下巴的鼻子，難以置信地萎縮了，此刻只縮在上嘴唇之上苟延殘喘。鼻子到處發紅，恐怕是被踩踏的痕跡吧。變成這樣子，肯定沒有人取笑了——鏡子裡的內供看著鏡子外內供的臉，滿意地眨眨眼。

但是，那一整天，內供都在擔心：鼻子不會又變長吧？於是，他誦經時也好，吃飯時也好，只要空閒就會伸手去輕觸鼻子。但鼻子規規矩矩收在嘴唇之上，並沒有要特別垂掛下來的意思。睡了一個晚上後，第二天一早醒來，內供首先摸摸自己的鼻子——依然短短的。於是，內供終於輕鬆愉快起來。這可是多年難得的，就彷彿積了抄寫《法華經》的功德。

然而，過了兩三天，內供發現了意外的情況。一名時不時來池尾寺辦事的武士，話也不多說，只是盯著內供的鼻子看，一副比以前更覺可笑的模樣。不僅他這樣，那個曾讓內供的鼻子掉進粥裡的中童子，在講堂之外與內供相遇時，起初還低下頭憋著笑，有一次終於沒忍住笑出了聲。內供吩咐下級法師做事時，他們即便面對面時恭敬地聆聽，但只要內供一轉身，就立即發出嘻嘻的竊笑聲——這也不是一次兩次的事了。

一開始，內供將此解釋為是自己的臉變了的緣故，然而光是這樣解釋，似乎還不能充分說明問題——當然了，中童子和下級法師發笑的原因，肯定是那個方面。但即便同樣是發笑，與從前鼻子長時相比，可笑之處似乎並不一樣。相較於看慣了長鼻子，看不慣短鼻子，覺得滑稽，說來也就這點小事而已。不過，這裡頭似乎還有別的原因。

「以前也沒笑得那麼放肆啊……」

內供停下念了開頭的經文，不時歪著禿了頂的頭嘟囔道。到了這種時候，天真的內供必定怔怔地望著掛在一旁的普賢畫像，回憶起四、五天前鼻子長時的事，感覺鬱悶，猶如「今朝落魄人，回想榮華日」。對於內供而言，很遺憾他欠缺回答這個問題的智慧。

人的心裡，存在兩種相互矛盾的感情。當然，人皆有同情之心。然而，當某人經由努力，得以擺脫不幸時，旁觀者就有點失落了。稍微誇張地說，甚至有希望該人重蹈覆轍的心態。於是乎不經意間，也就對此人抱有消極的敵意了——內供儘管不知緣由，卻不由得感到不快，肯定是因為他從池尾寺僧俗的態度中，感受到了這種旁觀者的利己主義。

於是，內供每天的心情變得很壞，他動輒訓斥人。到最後，就連為他治療鼻子的僧人弟子，也私下裡說他壞話了：「內供會因刻薄無情受報應的。」尤其惹怒內供的，是那個惡作劇的中童子。一天，因為狗亂吠，內供便外出看看，只見中童子揮舞著長約二尺的板條，追打一隻瘦削的長毛獅子狗。他並不單單是追打，還邊追打邊大喊：「我就打你鼻子，我就打你鼻子！」內供從中童子手上搶過板條，狠狠打在他臉上——那板條正是以前托起內供鼻子的板子。

內供後悔不已，反而怨恨鼻子變短了。

一天夜裡，天黑下來之後突然起風了，塔上風鈴的響聲傳到枕邊，擾人入睡。加上寒冷更甚，年老的內供輾轉反側。正當他躺在床上瞪著雙眼時，突然感覺鼻子難得地發癢了。

用手摸摸看，略微浮腫了似的，似乎還有點燙。

「勉強弄短的，可能有毛病吧。」

內供以佛前供花般的恭敬方式，邊按住鼻子邊嘀咕道。

第二天早上，內供跟往常一樣早早醒來一看，寺內的銀杏和橡樹掉了一個晚上的葉子，庭院裡像鋪了黃金似的閃亮亮一片。是下霜的緣故吧，塔頂在淡淡晨光照射之下，九層寶輪耀眼閃爍。禪智內供站在升起了吊窗的外廊，深深吸一口氣。

正是此時，一種幾乎已遺忘了的感覺，重新回到內供身上。

內供慌忙用手去摸鼻子。手觸碰到的，並不是昨夜的短鼻子。而是一個長五六寸、從上唇之上垂掛到下巴之下的，從前的長鼻子。內供知道，一個晚上，鼻子又變回原來的長度了。與此同時，他感到與鼻子變短時同樣的、開朗愉快的心情回來了。

「這麼一來，肯定沒人會笑了。」

長鼻子在拂曉的秋風裡晃蕩著，內供在心裡對自己說道。

大正五年（一九一六）二月

竹林中

檢非違使[1]訊問樵夫的口供

是的，發現那具屍骸的，正是我。今天一早，我跟平常一樣，上後山伐杉，這時，在山背陰的竹林中，我看見了那具屍體。是在什麼地方？離山科的驛道有個四、五百公尺遠吧。是個竹子與細杉交雜的林子，荒無人跡。

那具屍體仰躺著，頭戴皺烏帽，身穿藍色水干禮服。雖說是一刀斃命，但因為胸部傷口流血，所以屍體周圍的竹葉被染成了暗紅色。不，已經不流血了。傷口也凝結了吧。傷口上還有一隻馬蠅，連我的腳步聲也不理會，黏得死死的。

有沒有看見刀或者什麼？沒有，什麼都沒有。只是旁邊的杉樹根部，丟著一根繩子。然後——對了，對了，除了繩子，還有一把梳子。屍體周圍的東西，就這兩件而已。一大片雜草和竹葉遭到了踩踏，所以，一定是那男人被殺之前，拚命掙扎了吧。什麼，有沒有馬？那地方馬是進不去的，離馬走的路，還隔著一片茂密的樹叢。

檢非違使訊問行腳僧的口供

我昨天確實遇見過死者。昨天的——嗯,是中午吧。地點是從關山去山科的途中。當時那名男子和騎馬的女子一起走去關山那邊。因為女子頭戴帷笠,所以我看不清她的臉,能看見的只有藍紫搭配的衣服。馬好像是剪過鬃毛、夾雜紅色的菊花青馬吧。馬的身高嗎?身高足有四寸吧——我是出家人,這些事情就不清楚了。男子——不是空手的,他既有刀,也攜帶著弓箭。尤其是染黑的箭囊裡,插了二十餘支箭,我現在還記得清清楚楚的。

我做夢也沒想到那名男子會遭遇橫禍。真是命運無常,如朝露也如閃電。唉,可悲的事情啊,真不知怎麼說好,可憐啊。

檢非違使訊問差役的口供

我逮到的傢伙嗎?正是著名的盜賊多襄丸。不過,我捉住他時,他正在粟田口的石橋上呻吟,是從馬上摔了下來吧。時間嗎?時間是昨晚初更前後。不久前我差一點捉住他時,

1 檢非違使,官職之一,日本平安時代初期為掌管京城治安和司法的官職,權力較大。

他也是這副藏青水干禮服、佩一把打製長刀的打扮。現在除此之外，正如大人所見，他還有弓箭，沒錯，正是那具屍體上的那種——下手殺人的，正是多襄丸沒錯。牛皮弓、黑箭囊、鷹羽利箭十七支——這些都是那傢伙攜帶的東西。對，如大人所說，馬是剪過鬃毛的菊花青。他被那畜生甩下來，肯定事出有因。馬當時在石橋稍前處，繫著長長的馬韁繩，正在吃路邊的芒草。

在京城盜賊裡，這多襄丸算是好色的一個。去年秋天，在秋鳥部寺的賓頭盧後山上，有來參拜神社、寺院的一名女子和女童一起遇害，據說就是這傢伙所為。這傢伙殺了男人，把那個騎菊花青的女子怎麼處置的，我就不知道了。我多說一句：請繼續予以追查。

檢非違使訊問老嫗的口供

是的，那具屍體正是我女婿。但他不是京城裡的人，是若狹官署的武士，名叫金澤武弘，年齡是二十六歲。不，他性格溫和，不可能遭人報復尋仇的。

我女兒嗎？女兒名叫真砂，年僅十九歲。她很好勝，不比男人差。她從沒跟武弘以外的男人發生過關係。她膚色淺黑，長著小小的瓜子臉，左邊眼角有一顆黑痣。

昨天，武弘和女兒一起去若狹，事情竟變成了這樣子，究竟是造了什麼孽啊？女婿已經沒了，女兒究竟怎麼樣了啊？我真是擔心死了。這是我老太婆一輩子的心血啊，即便踏遍一草一木，也求求您查出我女兒的下落吧。我恨死這個叫多襄丸的盜賊了，不但害死我女婿，還把我女兒……（後面只是哭泣，沒有說話）

多襄丸的供詞

殺死那男人的是我，但我沒殺女的。那她去哪裡了？我也不知道。慢著，請等一下。無論如何拷問，我不知道的事情也說不了吧？而且我都這樣了，也不打算卑鄙地加以隱瞞。

昨天正午過後一點，我遇到了那對夫婦。那時恰巧一陣風吹過，掀起了女人帷笠的垂紗，我一晃眼看見了女人的面容。也就一晃眼——感覺看見的瞬間就已經看不見了，但也許正因為這樣吧，在我看來，女人的面容就像是女菩薩似的。就在那一瞬間我下了決心：不惜殺掉那男的，也要搶走那女人。

什麼？殺掉那男的並不像你們想的那樣很費事。要搶走女的，男的就得死。我殺人用的是腰間長刀，你們不用刀，但是用權力去殺人，用金錢去殺人，有時僅僅用吹捧的話語，也能殺人吧。不錯，不見血，人好好的——但也能置人於死地。考究一下罪行大小的話，我不知道是你們罪大還是我罪大。（嘲諷的微笑）

但是，如果不殺男的也能奪走女的，也挺完滿的。不，以當時的心態，我決心盡可能不殺男的就奪走女人。但在那山科的驛道上，實在是不可能。於是，我就設法把那對夫婦帶進山裡。

這也不費事。我偶遇那對夫婦之後，就騙他們說對面山裡有古墓，我打開看過，發現了許多古鏡和長刀。我把東西埋在後山竹林中，誰也不知道。如果有人想要，我就便宜出手。男的慢慢被我說動了。然後——怎麼樣，欲望這玩意很可怕吧？然後半個時辰之後，那對夫婦就牽馬跟我一起走進了山裡。

我來到竹林前，說過來看吧，寶物埋在這裡頭。男的發財心切，當然沒有二話。但女的沒下馬，說她等著。從竹林的情況看，這樣說也很有道理。說實在的，我感覺對方已落入圈套，就丟下女的，跟男的一起進入竹林中。

竹林中好長一段路盡是竹子。走了約五十公尺遠，是較為疏落的杉樹叢——要下手的話，沒有比這裡更好的地方了。我分開樹叢，信誓旦旦地撒謊說：「寶貝就埋在杉樹下。」聽我這麼說，那男的就向著隱約可見的細杉衝過去。很快我們就看見竹子稀疏處，並立著好幾棵杉樹。一到那裡，我就突然將對方按倒了。男的也是佩刀之人，似乎也很有力氣，但被我打了個出其不意。我隨即將他綁在一棵杉樹的根部。繩子嗎？繩子是盜賊必備的，隨時用於翻牆，所以在我的腰間繫著。當然了，為了讓他出不了聲，塞了他滿嘴竹葉，沒有其他麻煩。

我收拾好男的，回頭又去找女的，對她說男的好像突發急病了，快來看看。不用說，她也上當了。女的脫下帷笠，由我牽著手走到竹林裡。來到那裡一看，男的被綁在樹根上——女的見此情景，猛地從懷裡摸出一把小刀。我這輩子都沒見過如此性格剛烈的女人，當時如果一不小心，肚子就要被捅上一刀了。躲是躲過了，她拚了命猛扎猛刺時，我沒有受傷。我多襄丸也不是吃素的，都沒有拔刀，就將小刀打落在地。無論多麼好勝的女人，沒有了熟手的武器，也就沒招了。我終於如願以償，沒要那男的性命，就把女的弄到手了。

沒要男的性命，就是——沒錯，我沒打算在此之後要殺掉那男的。然而，在我要帶著女人逃出竹林外時，女人突然像瘋子似的拖住我的手臂。而且她斷斷續續地哭喊，說的是：「要不你死，要不我丈夫死，總得有一個人死掉。在兩個男人面前蒙羞，比死還難受！」她還氣喘喘地說：「你們決定好了，我就跟活下來的男人。」那時，我猛然間有了殺掉那男人的心。（陰鬱的興奮）

我這麼說，一定顯得我殘酷無情吧。但是，那是因為你們沒有看到那女人的臉，沒有看到她那一瞬間燃燒般的眸子。我跟她四目相對時，就想道：我即便被雷劈死，也要娶她為妻！我要娶她為妻——我產生了這個念頭，就為這一件事情。這並不是你們所認為的，是卑下的色欲。如果除色欲之外沒有任何企圖的話，我會一腳踢翻女子，溜之大吉，男的也就不會血染我的刀口。我在有點昏暗的竹林中看見那女人的面容時，便已做好心理準備：不殺掉這男的，我不會離開這裡。

但是，即便要殺這傢伙，我也不想靠卑鄙的手段。我解開綁他的繩子，說：「來較量吧！」（落在樹根處的，就是當時扔下的繩子）男子神色一變，拔出了粗大的長刀，也不說話，怒沖沖地就向我撲來。這場較量怎麼樣了，也用不著我多說了吧。我的長刀在第二十三個回合刺中了對方胸膛，第二十三個回合——千萬別忘記了這一點。直到現在，這一點仍讓我佩服。因為能和我交手二十個回合的，天底下就他一人而已。（快活的微笑）

男子倒下的同時，我提著染血的刀，回頭尋那女人。可是——那女人不見了，怎麼回事？我在杉樹叢裡尋找，看女人逃到哪裡去了。竹子的落葉上也沒有留下痕跡。我又側耳傾聽，聽見的只有男子咽喉發出的垂死的聲音而已。

或許是開始打鬥時，那女子為了呼救，鑽出竹林逃走了——那麼一想，這可事關我的性命，我搶過刀箭，馬上返回原來的山路。在那裡，女人的馬仍在安靜地吃草。之後的事情我說了也白說吧。只是我進京之前，已經把刀賣掉了——以上是我的供詞。我早晚得把腦袋掛在樹梢上的，您就判我個極刑吧。（態度昂然）

來到清水寺的女人的懺悔

那個穿藏青水干禮服的男子對我施暴之後，望著被捆住的我的丈夫，嘲諷地笑。我丈夫真是追悔莫及呀！但無論他怎麼掙扎，捆住身體的繩索只會更緊。我不禁向我丈夫連滾帶爬衝過去——不，我想靠近過去，但是那男子飛出一腳把我踢倒了。就在那一瞬間，我察覺到丈夫眼中閃爍著無可言喻的光輝。實在是無法形容——我現在回想起那雙眼睛時，也會不由自主地顫抖。丈夫嘴裡說不出話，但那一剎那他的眼神傳達出了他全部的心思。當時他眼中閃爍的，不是憤怒也不是悲傷——只是輕蔑我的冷冷的光。與其說被踢，毋寧說是被那目光抽擊似的，我莫名地大喊一聲，失去了意識。

等我終於醒來了一看，那個穿水干禮服的男子已經不知所蹤，只留下被綁在杉樹根的我丈夫。我從竹葉上欠起身，注視著丈夫的臉。丈夫的眼神跟剛才一樣一點沒變，在冰冷的輕蔑底下，顯露出憎惡的神色。當時，羞恥、悲傷、生氣——充斥在我心中，我不知說什麼好。我搖搖晃晃站立起來，走到丈夫身邊。

「當家的，都已經這樣了，我不可能再跟你一起過了。我下決心死掉，但是——但是，請你也死了吧。你目睹了我的恥辱，我不能讓你就這樣留下來。」

我拚了命說出這番話來。儘管如此，我丈夫仍只是厭惡地盯著我而已。我按住像要裂開似的胸膛，尋找丈夫的長刀——應該是被那盜賊搶去了吧，竹林中不用說長刀，就連弓箭也找不到。所幸小刀就掉在我腳旁，我舉起那把小刀，再次對丈夫說道：

「那麼，把命交給我吧，我也馬上追隨你而去。」

丈夫聽到這話時，終於動了一下嘴唇。當然，因為他嘴裡塞滿了竹葉，一點聲音也發不出來。見此情形，我立即悟到了那句話。丈夫仍舊蔑視我，說的是兩個字「殺吧」。我幾乎是在夢幻之中，向著丈夫綴綢水干禮服的胸口猛刺了一刀。

這時候，我又失去了意識。等我終於又環顧四周時，見丈夫被綁著，已經斷了氣。一縷夕陽透過竹子杉樹交雜的林子，落在他蒼白的臉上。我飲泣解開了屍體的繩索。然後——然後我要怎麼辦？我已經沒有力氣往下說了。總而言之，我實在無力去死。小刀刺喉、跳進山塘之類的，做了種種嘗試，也都沒死成，這也沒法引以為榮吧。（寂寞的微笑）像我這樣的窩囊廢，大慈大悲的觀世音菩薩也不會理會我吧。可是，殺了丈夫的我、被盜賊糟蹋的我究竟該怎麼辦才好啊？究竟我……我……（突然強烈抽泣起來）

死靈藉巫女之口陳述

盜賊強姦了我妻子，然後坐下來，開始安慰她。我當然說不了話，身體被捆在杉樹根上。當時，我好幾次給妻子使眼色，希望傳達這樣的意思：別把他說的當真，他說什麼都是騙人的！但是，妻子不作聲地坐在竹葉上，怔怔地盯著膝蓋，看樣子她還把盜賊的話聽進去了啊。我嫉恨地扭動著身體。盜賊巧妙地東拉西扯，說服她。「身子一旦髒了，跟丈夫的關係就好不了了。與其跟著這樣的丈夫，不如做我的妻子，如何？我覺得你好可愛，才如此膽大妄為的。」盜賊終於大膽地說出了這番話。

聽了盜賊的話，妻子愣愣地抬起頭。我從沒見過妻子那麼美麗。但是，美麗的妻子在被捆綁的我面前，是怎麼回答盜賊的？我即便在地獄之中，每次想起妻子的回答，依然憤恨不已。妻子確確實實是這樣說的——「那麼，我跟你走。」（長時間沉默）

妻子的罪過不單單如此——假如僅此而已，我也不會像此刻這樣，在黑暗中受折磨。但是，當妻子夢遊般被盜賊牽著手要往竹林外走時，她猛然臉色一變，指著杉樹根的我說：「殺了那個人，他要是活著，我不能跟你在一起！」妻子像瘋了一樣，一再地叫喊道：「殺掉他！」這句話此刻也像風暴一樣，一下子把我刮入了無底深淵。這麼狠的話語，怎麼可能出自人之口？這麼毒的咒語，誰曾經聽過？起初聽聞這句話時（突然迸發出嘲笑）就連那盜賊也大驚失色。「殺掉那個人！」妻子一邊這樣喊叫，一邊扯住盜賊的手腕。盜賊直直地盯著妻子，沒有回答殺還是不殺。未及多想，妻子被一腳踢翻在竹葉上（再次迸發出嘲笑）。盜賊靜靜地抱著手臂，盯著我說道：「那女的你打算怎麼辦？殺掉她，還是饒她一命？回答

只要點個頭就行。殺掉她嗎？」就憑這句話，我就想饒恕他的罪。（再次長時間沉默）

在我猶豫之時，妻子大喊一聲衝進了竹林深處。盜賊也猛撲了過去，但似乎連她的袖子也沒抓住。我像做夢般地看著這一切。

妻子逃走之後，盜賊撿起長刀和弓箭，將綁我的繩子切斷了一處。「這回該顧我自己的命了。」盜賊往林子外走，邊走邊這麼嘀咕著，逐漸看不見了身影。之後四處一片寂靜。不，我聽見了哭聲。我一邊解開繩子，一邊豎起耳朵傾聽。但仔細聽的話，這不是我自己在哭的聲音嗎？（第三次長時間沉默）

我終於從樹根欠起疲憊不堪的身體。在我跟前，妻子落下的小刀閃了一下。我撿起小刀，一下子猛插在我的胸口上。一股血腥的味道衝口而出，可是一點也不難受。只是胸口變冷，周圍更加安靜了。噢噢，多麼安靜啊，在這山背陰的樹林上空，連一聲鳥叫都沒有，只有寂寞的日影，在杉頂和竹梢上漂移。日影——它也漸漸淡薄了。我也看不見杉和竹了。我倒下了，被深深的寂靜擁抱。

這時，有人踮著腳，來到了我身邊。我想看看他是誰，但我周圍不知何時籠罩在昏暗之中。有人——那人看不見的手輕輕拔出了我胸口的小刀。與此同時，我口腔裡再次血潮湧起，我就此永久地沉入了陰間的黑暗中……

大正十年（一九二一）十二月

河童

序

這是一名精神病院的患者——第二十三號病人逢人就說的故事。他已經年過三十了吧，乍看之下，他實在是一個年輕的瘋子。他半生的經驗——不，這一點倒無所謂。他只是雙手抱膝靜靜待著，時不時望向窗外（裝了鐵格子的窗戶外，一棵掉光了葉子的櫟樹向雪前陰霾的天空伸展出枝杈），持續著與院長S博士和我的漫長聊天。他也並非沒有身體動作。例如，當他說「吃了一驚」時，臉就猛地向後閃躲……

我覺得自己相當準確地記下了他的故事。假如有人對我的筆記不滿足，不妨親自探訪東京市外××村的S精神病院。第二十三號病人看起來比實際年齡顯得年輕，他首先會鄭重致意，然後指一下沒有墊子的椅子。最後——我記得他說話時的臉色。最後，他還沒站直，就猛揮拳頭，對所有人怒吼：「滾出去！壞蛋！你也是愚蠢、嫉妒、猥褻、狡猾、極端自以為是、殘酷、只顧自己的動物而已吧！滾出去！壞蛋！」

一

這是三年前夏天的事情。我像別人一樣，背起一個背囊，打算從上高地的溫泉民宿登上穗高岳。要登穗高岳，眾所周知只能從梓川上溯，別無他法。別說穗高岳，因為我之前連槍岳都登上過，所以我不用嚮導，就從朝霧籠罩下的梓川谷地登上去。朝霧籠罩下的梓川谷地，大霧卻沒有散去的意思，不僅如此，還變得更濃厚了。我走了約一個小時之後，曾想過是否退回上高地的溫泉民宿。然而，即便我返回上高地，也須等待霧散天晴，但大霧卻只是每一刻變得更濃而已。「好吧，乾脆直接上去！」我這麼想著，分開小竹叢往前走，打算離開梓川谷地。

然而，濃霧依然妨礙著我的視線，不過，還是看得見山毛櫸和冷杉樹枝在霧中垂下的青青葉子。還有放牧的牛馬也突然在我面前露面，然而，牠們露一下面，馬上就又隱沒在濃霧之中。沒多久，我的腿發麻，肚子也餓了——加上被霧氣溼透的登山服和毛毯等等，可不是一般的沉重。我終於屈服，決定跟著沖擊岩石的水聲下到梓川谷地。

我在水邊岩石上坐下，先吃東西。我打開鹹牛肉罐頭，找枯樹枝生火——這樣一弄，也過去十分鐘了吧。其間，原來有心作對的大霧，也在不知不覺中散開來了。我一邊啃麵包，一邊瞄一眼手錶，時間已是一點過二十分。更加令人吃驚的，是一張令人不快的臉在玻璃錶盤上一晃而過。我驚訝地回頭看。這時，我實實在在第一次看見了叫做「河童」的東西——在我身後的岩石上，一隻跟畫裡一模一樣的河童，一手摟著白樺樹幹，一手搭在眼睛上方，新奇地俯視著我。

我目瞪口呆，一時間動彈不得。看樣子河童也很吃驚，眼睛上方的手也沒動。未幾我一躍而起，撲向岩石上的河童。與此同時，河童也逃走了——噢，應該是逃走了吧，實際上，牠一閃身就消失了。我越發驚訝，環顧小竹林，只見河童做出準備逃走的樣子，在前方兩三公尺處回頭看著我。那也不算太奇怪。但讓我感到意外的，是河童身體的顏色。在岩石上看我的河童是灰撲撲的，但現在全身都變成了綠色。我大喊一聲「畜生！」，再次撲向河童。不用說，河童逃掉了。之後的三十分鐘左右，我穿過竹叢，躍過岩石，不顧一切地追趕河童。

河童奔跑之快絕不亞於猴子。我拚命追趕期間，好幾次差點跟丟了。不僅如此，我還不斷腳滑摔倒。當我跑到一棵枝繁葉茂的大橡樹下時，恰好有一頭放牧的牛擋住了河童的去路，而且是一頭眼帶血絲、牛角粗壯的公牛。河童一見這頭公牛，就發出了一聲驚叫，翻跟斗似的躍入高高的竹叢中。我——我心想「好極了！」，也猛地跟著躍入。竹叢裡似乎有個不為人知的洞吧，就在我指尖要觸到河童滑溜溜的後背時，突然頭朝下摔進深深的黑暗之中。也就我們人類的心，會在這種千鈞一髮之際思考離譜的事：我「啊」地想起了，上高地溫泉民宿旁邊有條橋叫做「河童橋」。然後——後面的事情記不住了，我只感覺到閃電似的東西在眼前掠過，不知不覺失去了意識。

二

我終於醒過來了。我一看，自己正仰躺著，身邊圍繞著一大群河童。不僅如此，還有一隻大嘴巴之上戴夾鼻眼鏡的河童跪在我身邊，拿聽診器按在我的胸部。這隻河童見我睜開眼睛，向我做了個「別出聲」的手勢，然後向身後某隻河童說「Quax, quax」。這時，一隻河童不知從哪裡拿來了一副擔架。我被放在擔架上，在一大群河童的簇擁下靜靜地前行了數百公尺。我兩旁呈現的街市，絲毫無異於銀座大道——都是在山毛櫸樹的樹蔭下，各種店家撐起遮陽篷，林蔭道上跑著汽車。

不久，抬我的擔架拐入一條窄小的橫巷，進入一戶人家。據事後瞭解，這是戴夾鼻眼鏡河童的家——即醫生查克的家。查克讓我躺在一張小巧的床上，然後讓我喝一種透明的藥水。我躺在床上，任由查克處置。實際上，我身上各處都很痛，幾乎翻不了身。

查克一天兩三回來察看我的病情。還有，那個我最先遇見的河童——漁夫巴格，每三天左右也來探訪一次。比起人類對河童的瞭解，河童對人類的瞭解多得多。這是因為河童捕獲人類，比人類捕獲河童多得多吧。說「捕獲」也不盡然，就在我之前，我們人類就不時出現在河童國。不僅如此，一輩子住在河童國的人也很多。你說說是為什麼，就因為我們不是河童，是人類，在這裡就有特權，就能不勞而食。據巴格說，一名年輕的築路工人偶然來到這個國度之後，娶了雌性河童為妻，住到死為止。且那雌河童是這個國家的第一美女，在哄築路工丈夫方面，可謂極盡其妙。

過了一週左右，根據該國法律，我作為「特別保護居民」，住在查克家旁邊。我的房子小而精巧。當然，這個國家的文明——與我們人類國家的文明——至少日本的文明差別不大。向街的客廳一角，放著一架小小的鋼琴；牆上懸掛的畫框裡，裝的是銅版畫。只是從這至關緊要的房子，到桌椅用具，都是按照河童身材做的，我就像進入了兒童房間裡，感覺到諸多不便。

每到日暮時分，我就在房間裡等候查克或者巴格，跟他們學習河童的語言。作為受到特別保護的居民，誰都對我感到好奇，所以格爾社長在查克每天來檢查血壓時，也會來我房間——他是玻璃公司的社長。但是，最初的半個月，跟我最熟的還是那個叫做「巴格」的漁夫。

一個微暖的傍晚，我在房間裡和漁夫巴格隔桌相對而坐。這時，不知巴格在想什麼，他突然沉默了，大眼睛還瞪得大大的，直直盯著我。我當然覺得奇怪，就說：「Quax, Bag, quo quel quan？」翻譯成日語的話，是說「哎，巴格，你怎麼了？」但巴格沒有回答，不僅如此，他突然站起身，還伸出舌頭，模仿青蛙跳躍的樣子。我越發感覺可怕，便從椅子上站起來，打算一躍蹦到門口去。幸虧此時醫生查克出現了。

「喂，巴格，你要幹什麼？」

查克戴著夾鼻眼鏡，瞪著巴格說道。於是，看樣子巴格認輸了，一再抱著腦袋向查克道歉：

「實在是非常抱歉。我本來是想嚇一下這位先生玩的，不知不覺就忘乎所以搞起惡作劇了。也請先生原諒。」

三

我說下面的事情之前，必須先解釋一下河童是什麼東西。河童是尚未確定是否真實存在的一種動物，但既然我自己已經住在他們之中，理應沒有任何質疑的餘地了。那麼，若問他們是什麼動物，則頭有短毛不用說，手腳有蹼這些，也與《水虎考略》說的差別不大。身高大致也就一公尺上下吧。體重方面，據醫生查克說，從二十磅到三十磅——偶有重達五十餘磅的大河童。此外，河童的腦袋正中央有一個橢圓形凹痕，這凹痕隨著年齡增長漸漸變硬。實際上，一把年紀的巴格的凹痕跟年輕的查克的凹痕手感方面完全不同。但是，最不可思議的是河童的皮膚顏色了吧。河童不像我們人類，有固定的皮膚顏色。河童的皮膚可變成與周圍同樣的顏色——例如在草叢中時，變成草的綠色；在岩石上時，變成岩石的灰色。這當然不單是河童，變色蜥蜴也會。也許河童的皮膚組織也有接近於變色蜥蜴之處。

我發現這一事實時，回想起《民俗學》上記載：「西國河童綠色，東北河童紅色」。不僅如此，我回想起，我追趕巴格時，他突然消失，看不見了。而且河童看起來有相當厚的皮下脂肪，儘管這個地下國度氣溫較低（平均華氏五十度左右），他們卻不曉得穿著。當然，每隻河童或戴眼鏡，或攜菸盒，或有個錢包。而且河童都像袋鼠一樣腹部有袋子，所以收納這些東西時還算方便。我唯一覺得可笑的，是他們腰部周圍全不遮蔽。我有一次嘗試問巴格這習慣是怎麼回事，巴格聽了，仰臉笑個不停，還回了一句：「我覺得你的遮掩很好笑。」

四

我漸漸學會了河童的日常用語，也能明白河童的風俗習慣了。其中最不可思議的，是河童覺得我們人類認真思考的事情很可笑，而我們人類認為可笑的事情，他們卻要認真思考——如此不可靠的習慣。例如我們人類認真思考「正義」、「人道」，河童一聽這種事情就捧腹大笑。也就是說，他們對滑稽的概念，跟我們的完全不同。我有一次跟查克醫生談起限制生育的事，結果他狂笑，夾鼻眼鏡幾乎掉下來。我當然生氣了，質問他有什麼好笑。我記得查克的回答大概是這樣——儘管會有一些細節上的出入，因為那陣子我還沒完全理解河童的語言：

「但是，只考慮父母，是很可笑的吧。實在是太只顧自己了。」

反過來從我們人類來看的話，河童的生育也太可笑了。現實中，我過了不久，就去巴格的小屋，參觀巴格的妻子生孩子。河童生孩子時也和我們人類一樣，是借助於醫生和接生婆生產的。不過到了快生出來時，當父親的要像打電話那樣，嘴巴貼著產婦的生殖器，大聲詢問：「你要不要出生到這個世界上來？想好了再回答！」巴格也是雙膝跪著，把這樣的話說了好幾遍，然後用桌上的消毒劑漱口。他妻子腹中的孩子多少有些拘謹地小聲回答：

「我不想出生。首先我爸爸的遺傳精神病很嚴重，加上我覺得河童的處境不妙。」

巴格聽到這個回答時，難為情地抓著頭。在場的接生婆突然往他妻子的生殖器裡插進一根粗玻璃管子，注射了某種液體。於是，巴格的妻子輕鬆下來似的長歎一聲，與此同時，之前大大的肚子也像洩氣的氫氣球似的縮小了。

能夠這樣回答問題，說明河童的孩子一生下來就會走路、說話了。據查克說，有河童的孩子出生第二十六天，就能做演講，談論有沒有神——只不過那孩子在第二個月就死掉了。

既然說了生育，我就順便說說來到這個國度的第三個月，偶然在街頭看見大海報的事。那張大海報的下方，畫了十二、三隻吹喇叭或者持劍的河童。而畫的上方，則排列著許多河童使用的螺旋文字，就像鐘錶的發條似的。要說明這些螺旋文字的意思，大體上如下——也許細節上有點差異，但總之是一名陪我一起走的、叫拉普的河童學生大聲念出來，我一一記錄的：

招募遺傳的義勇隊!!!
健全的男女河童!!!
為了防止壞遺傳，
與不健全的男女河童結婚吧!!!

當然，我當場就向拉普說明，這種事情不可行。於是，不僅拉普，就連海報周圍的河童也都哈哈大笑起來。

「不可行？我覺得照你所說，你們也跟我們一樣正在做這樣的事吧？貴公子迷上女傭、大小姐迷上司機，你覺得是為什麼？那都是無意識之中，在防止壞遺傳啊。首先，比起之前你說的人類的義勇隊——為了爭奪一條鐵路而互相殺戮的義勇隊，比起這樣的義勇隊，我覺得我們的義勇隊高尚得多吧？」

拉普說得很認真，而且他的大肚皮很好笑地波浪式起伏著。但我不但笑不出來，而且慌慌張張想抓住一隻河童。因為我發現，他趁我疏忽，偷走了我的鋼筆。但是，皮膚滑溜溜的河童可不容易抓住。那隻河童也趁我手一滑，一溜煙逃走了，他那瘦如蚊子的身體像要倒下似的向前傾。

五

這名叫拉普的河童對我的關照，也不下於巴格。其中難以忘懷的，是將我介紹給叫托克的河童。托克是河童裡的詩人，詩人長髮飄飄——這與我們人類一樣。我時不時去托克家消遣解悶。托克總是在狹窄的家裡擺弄盆栽裡的高山植物，或寫詩或抽菸，日子過得很愜意。他房間裡有另一隻雌河童（因為托克是自由戀愛家，所以沒有妻子），打著毛線什麼的。托克一見我，就笑著說（不過河童微笑可不是什麼好事情，至少我最初感覺毛骨悚然）：

「嘿，你來了。來，坐那把椅子。」

托克經常說起河童的生活呀，河童的藝術呀之類的。他認為，沒有比正經的河童生活更荒唐的了。所謂父母孩子、兄弟姊妹、夫妻之類，全都是以互相折磨為唯一樂趣。尤其是家族制度，更是荒唐加荒唐。托克有時指一指窗外，很不屑地說：「您瞧，那種蠢樣！」——窗外的大街上，有一隻年輕河童，肩脖上掛著以父母為首的七、八隻雌雄河童，步履艱難地走著。但是，我因為敬佩年輕河童的犧牲精神，反而讚賞他年少剛毅。

「哼，您都有資格成為這個國家的公民了……對了，您是社會主義者嗎？」

我當然答以「qua」（這是河童話的「是」）。

「那麼，自然是為一百個凡人不惜犧牲一個天才了。」

「那你是什麼主義者呢？有人說過，托克君的信條是無政府主義……」

「我嗎？我是超人（直譯的話，就是超河童）。」

托克坦然斷言。這麼個托克在藝術上也有獨特的思考。據他認為，藝術要為藝術，不受任何東西支配，也就是說，所謂藝術家首先必須是超絕善惡的超人。這並不僅是托克一隻河童的意見，托克的詩人朋友也大抵持相同意見。現實中，我也不時跟托克一起，去超人俱樂部玩。聚集在這裡的，有詩人、小說家、戲曲家、評論家、畫家、音樂家、雕刻家、藝術上的外行等等，然而全都是超人。他們總是在燈火明亮的沙龍裡愉快交談。不僅如此，他們還時不時相互展示一下自己的超人本事。例如某雕刻家在高大的鬼蕨盆栽之間按住一隻年輕河童，不斷賣弄男色。又有一隻雌小說家站在桌子上，當眾喝下六十瓶苦艾酒——只不過她剛喝下第六十瓶，就從桌上摔下來，隨即了卻此生。

一個月明之夜，我和詩人托克手挽手從超人俱樂部回家。托克少有地沉默著，一言不發。路上我們走過一個映照燈光的小窗前。窗內是貌似夫婦的雌雄兩隻河童和三隻小河童一起圍坐在晚餐桌前的情景。這時，托克一邊歎息，一邊突然對我說話了：

「我想做一個超人戀愛家，但一見那種其樂融融的家庭，還是感到羨慕啊。」

「但你這樣想是互相矛盾的吧？」

然而在明月之下，托克抱著雙臂，注視著窗子那頭一家五口河童圍坐在晚餐桌前。又過了一會兒，他這樣回答道：

「桌上的煎蛋總比戀愛對身體好吧。」

六

實際上，河童的戀愛跟我們人類的相比，甚是有趣。「就是他！」雌河童一旦看上了雄河童，便會不擇手段去捉雄河童。最誠實的雌河童就不管三七二十一追逐起雄河童。不僅如此，不用說年輕雌河童自己，就連她的父母兄弟也一起來追捕。雄河童可就慘了，他拚命逃窟，運氣好的即便沒被抓住，也得臥床兩三個月。有一次，我正在家裡讀托克的詩集，那個名叫拉普的學生衝了進來。拉普一闖進來，就倒在地板上，斷斷續續地說：

「糟了！我被抱住了！」

我把詩集一扔，鎖上大門。但是，從鑰匙孔窺看，可見一隻臉上塗了硫黃粉、個子矮矮的雌河童仍在我門口徘徊。從那天起，拉普在我家地板上躺了好幾個星期。不僅如此，拉普的嘴巴慢慢就完全腐爛了。

並非沒有拚命追雌河童的雄河童。但是，那其實也是不得已而為之，是雌河童設計好的。我也見過雄河童瘋子似的追趕雌河童，雌河童逃跑之時，時而故意站住，或者趴下。到了合適的時機，雄河童就筋疲力竭似的輕鬆抓住了她。我看見雄河童抱著雌河童，就地躺了好一會兒。等他站起來一看，模樣好可憐，說不清是失望還是後悔。但那還算好的。我還見過一隻小小的雄河童追雌河童。雌河童照例勾引似的逃走。這時，對面街上走來一隻高大的雄河童，鼻腔裡哼著。雌河童猛然一見這隻河童，便大聲尖叫起來：「不得了了！救命啊！那隻河童要殺我！」不用說，那隻高大的河童馬上抓住小河童，將他按倒在路中央。小河童帶蹼的手在空中抓了幾下，就死掉了。此時再看那隻雌河童，她正嘻嘻笑著，掛在高大河童的脖頸上。

我認識的雄河童全都不約而同被雌河童追逐過。當然，有妻子的巴格也被追過。不僅如此，他還被抓住過兩三次。唯獨一個叫馬古的哲學家（他是詩人托克的鄰居）一次也沒被抓住過。原因之一，是像他這麼醜的河童很少有。另一個原因是馬古甚少出門，總待在家裡。我也不時去這位馬古的家中聊天。馬古總在他晦暗的房間裡點上七色玻璃的燈籠，面桌讀一本厚書。有一次，我跟馬古議論起河童的戀愛：「為何政府不更加嚴厲地禁止雌河童追雄河童呢？」

「原因之一，是政府官員中雌河童少。雌河童比雄河童嫉妒心更強，只要雌河童官員多起來，她們就一定不會像現在這樣，要追逐雄河童才能過日子了吧。但是，其效力也可知的吧。要問為什麼，您看吧，因為在官員之間，雌河童也追雄河童。」

「那麼，像你這樣生活，是最幸福的了。」

馬古一聽，站起來緊握我的雙手，歎息著說道：

「你不是我們河童，所以不明白，這是很自然的。但是，我也時常希望被那些可怕的雌河童追呀。」

七

我還時不時跟詩人托克出席音樂會。我至今難忘的，是第三次去聽的音樂會。會場布置與日本的沒有什麼不同，也是在漸次上升的座席上，坐了三、四百隻河童，他們手持節目單，安靜地傾聽。第三次出席音樂會時，除了和托克、托克的雌河童之外，我還和哲學家馬古一起，坐在最前排。這時，在大提琴獨奏之後，一隻眼睛奇小的河童隨意地抱著樂譜，走上舞臺。按節目單介紹，這隻河童是著名作曲家克拉巴克。節目單說……不，不必看節目單了。因為克拉巴克是托克所屬的超人俱樂部的會員，所以我是認得的。「Lied-Craback」（這個國度的節目單也大抵是德語）。

克拉巴克在熱烈的掌聲中，向我們鞠了一躬，靜靜走到鋼琴面前，然後隨意地彈起了自己創作的藝術歌曲。據托克說，在這個國家出生的音樂家中，克拉巴克是空前絕後的天才。我除了佩服他的音樂才能，還對他作為業餘愛好寫的抒情詩感興趣，所以熱心傾聽其大弓形狀的鋼琴演奏的聲音。托克和馬古陶醉於其音樂中，或更勝於我吧。唯有那隻美麗的雌河童（至少據眾河童說）手中緊握節目單，時不時焦躁地伸出舌頭舔嘴邊。據馬古說，自十年前她沒能抓住克拉巴克後，至今仍視之為眼中釘。

克拉巴克全身充滿激情，戰鬥般地彈奏鋼琴。這時，會場中響起了雷鳴般的怒吼：「禁止演奏！」我被這聲音嚇了一跳，不禁回頭望。毫無疑問，發聲者是坐最後一排的、身材魁梧的警察。我回望時，他仍舊悠然坐著，用比之前更大的聲音吼道：「禁止演奏！」然後——

然後就是大混亂。「警察無理！」「克拉巴克，彈吧！彈呀！」「笨蛋！」「畜生！」「撤銷禁令！」「撐住！」——在這樣此起彼伏的喊聲中，椅子倒地，節目單亂飛，加上不知誰扔的——汽水瓶、小石子、半截的黃瓜從天而降。我目瞪口呆，想問托克是怎麼回事。但眼見托克也很激動，站在椅子上，不停地叫喊：「克拉巴克，彈呀，彈呀！」不僅如此，連托克的雌河童也彷彿忘記了敵意，喊叫「警察無理」的聲音不亞於托克。我不得已轉向馬古，打聽道：「怎麼回事？」

「這個呀？是這個國家常見的情況啊。繪畫呀，文藝呀，原本就……」

有東西砸過來時，馬古就縮一下脖子，臉色不變地解釋道：

「繪畫呀，文藝呀，原本就很明白表現什麼，在這個國家是絕不會禁止的。取而代之的是禁止演奏——唯有音樂這東西，無論多麼傷風敗俗的曲子，沒有耳朵的河童是不明白的呀。」

「可是，那個警察有耳朵嗎？」

「不知道啊，那是個疑問呢。大概剛才聽旋律時，回想起與妻子親熱時的心跳吧。」

對話之間，混亂越發嚴重。克拉巴克邊彈鋼琴，邊傲然回望著我們。但無論如何驕傲，還是得躲避橫飛的雜物。也就是說，每隔兩三秒鐘，表情就要改變一下。但總而言之，他大體上保持著大音樂家的威嚴，小眼睛光芒四射。我——當然，我為了避開危險，以托克為擋箭牌。但我仍為好奇心所驅使，繼續跟馬古聊下去。

「這樣的審查豈不是很粗暴嗎？」

「哪裡！比起任何國家的審查都進步哩。例如，看看某某吧，大約一個月前……」

話沒說完，只見一個空瓶子正巧落在馬古頭頂上，他只喊了一聲「quack」（這只是一個感歎詞），就失去了意識。

八

很奇怪，我對玻璃公司的格爾社長抱有好感。格爾是資本家裡的資本家。在這個國家的河童裡頭，恐怕肯定沒有比格爾肚子更大的河童了。但是，瞧他穩坐安樂椅，左有荔枝般水靈的妻子，右有黃瓜般鮮嫩的孩子，簡直就是「幸福」兩字本身。法官佩普或醫生查克時不時帶我去格爾家吃晚餐。我又持格爾的介紹信走訪與他或者他的朋友多少有些關係的種種工廠。這種種工廠之中，我尤其有興趣的是書籍印製工廠。我和年輕的河童工程師進入這家工廠，看見一種以水電為動力的大型機械時，再次驚歎於河童國在機械工業方面的進步。據說這家工廠一年印製七百萬本書。我吃驚的不是書的冊數，而是這些書輕而易舉就印出來了。因為這個國家要製作一本書，只須往機器的漏斗形入口放入紙張、油墨和灰色粉末即可。這些原料放入機器裡頭之後，不到五分鐘時間，就變成了A5開本、B6開本、A6開本等的無數的書籍送出來。我望著瀑布般源源不斷出來的書籍，問挺著胸脯的河童工程師，那些灰色粉末是什麼東西。這時，工程師佇立在黑亮的機器前，淡淡地回答道：

「這個嗎?這是驢的腦髓呀。噢，也就是經過乾燥，加工為粉末而已吧。時價是一噸兩三錢吧。」

當然，這樣的工業奇蹟並不僅僅發生在書籍製造業，在繪畫製造業、音樂製造業也都發生了。實際上，據格爾說，在這個國家，平均每個月推出七、八百種機器，什麼東西都可以無需人手就大量生產。於是，相應就有不下於四、五百隻工人被解雇。儘管如此，每天早上讀報紙，一次也沒有遇上「罷工」二字。我覺得奇怪，便在和佩普、查克獲邀赴格爾家晚餐時，打聽這事情的原因。

「他們全都被吃掉了。」

格爾叼著飯後雪茄，輕描淡寫地說道。但是，我不明白「吃掉」是怎麼回事。這時，戴眼鏡的查克看出我的疑惑，從旁加以解釋：

「那些工人被殺掉，肉作為食材了。你看看這份報紙——本月正好有六萬四千七百六十九隻工人被解雇，所以相應地，肉類價錢下降了。」

「工人沉默著挨宰嗎?」

「鬧也沒用，因為有《工人屠宰法》。」

佩普背對著山桃盆栽，苦著臉說道。我當然感到不快。但是，似乎主人格爾不用說了，就連佩普、查克也覺得理所當然似的。這時，查克嘲笑般對我說：

「也就是說，是全國性地省去了餓死啊、自殺啊的麻煩了。嗅一下有毒瓦斯就結束了，沒有什麼痛苦。」

「但要吃下那種肉……」

「別說笑話了。要是問那位馬古，他一定哈哈大笑吧。在你的國家裡，第四階級的女兒不是以賣笑為生嗎？對食用工人的肉表示憤慨，這是感傷主義嘛。」

格爾聽著這些對話，一邊請大家吃桌上的一碟三明治，一邊滿不在乎地這樣對我說：

「怎麼樣？來一個吧？這也是工人的肉呢。」

我當然謝絕。不，不僅如此，我還衝出格爾家客廳，將佩普和查克的笑聲置於身後。那正是一個家家戶戶的上空都不見星月、要起風暴的夜晚。我在黑暗中一邊往家裡走，一邊沒完沒了地嘔吐。黑夜裡看，一路是白白的嘔吐物……

九

但是，玻璃公司的格爾社長肯定是一隻人人喜歡的河童。我時不時跟格爾一起去他所屬的俱樂部，度過一個個愉快的晚上。原因之一，是這個俱樂部較之托克所屬的超人俱樂部，要與人為善得多。不僅如此，儘管格爾說話不如哲學家馬古深刻，但給我呈現了一個全新的世界——廣闊的世界。格爾總是用純金的茶匙攪動著咖啡杯，快活地說各種各樣的事情。

一個起大霧的深夜，我在有冬薔薇花瓶的房間裡，聽格爾說話。記得整個房間，就連桌椅也是白色的，鑲著細金邊，是分離派的風格。格爾滿臉堆笑，比平時還要興奮，談論著當時剛剛贏得天下的 Quorax 黨的內閣。因為 Quorax 是一個沒有意思的感歎詞，所以也只能翻譯為「喔噢」。這個黨派是標榜「河童整體利益優先」的政黨。

「領導著 Quorax 黨的，是著名政治家羅貝。『誠實是最好的外交』，這話是俾斯麥說的吧。但是，羅貝將誠實也用在了治理內部方面……」

「可是，羅貝的演說……」

「哎，請聽我說吧：那個演說當然全是胡說，但就因為誰都知道是胡說，所以還算是誠實吧。將之一概視為撒謊，只是你們的偏見而已。我們河童可不像你們那樣子……但是，怎麼樣都行吧。我想說的是羅貝。羅貝領導著 Quorax 黨，而領導羅貝的，是《Pou Fou 報》

（「Pou Fou」這個詞，也是沒有意思的感歎詞，如果硬要翻譯，只能譯作「啊」了）的社長庫衣庫衣。但庫衣庫衣也說不上是他自己的主人。領導庫衣庫衣的，就是你面前的格爾。」

「可是——我這樣說也許是失禮的，《Pou Fou 報》不是站在工人一邊的報紙嗎？你說庫衣庫衣社長也是受你領導……」

「《Pou Fou 報》的記者肯定都是站在工人這邊的。但是領導記者的人，只有庫衣庫衣吧。而且，庫衣庫衣還非得有我格爾的後援才行。」

格爾仍舊微笑著，擺弄著手裡的純金茶匙。我看著眼前的格爾，與其說討厭他，毋寧是同情起《Pou Fou 報》的記者。這時，格爾似乎突然對我的無言產生了同情，挺著大肚子這樣說道：

「就說《Pou Fou 報》的記者，也不全是站在工人那邊的啦。至少我們河童這種東西，要說站在哪一邊，首先就是站在自己這一邊了……不過，更麻煩的是，甚至我格爾本人，也是受他人領導的。你知道那是誰嗎？那就是我妻子了。是美麗的格爾夫人嘛。」

格爾大笑起來。

「那肯定是幸福的呀。」

「總而言之，我很滿足。但是，這也唯有在你面前——唯有在不是河童的你面前，才無所顧忌地吹噓一下。」

「也就是說，Quorax 內閣是受格爾夫人領導的了？」

「噢，也可以這麼說吧……但是，七年前的戰爭，肯定是因為雌河童而開始的。」

「戰爭？這個國家發生過戰爭？」

「當然發生過啊，將來還會有。總之只要有鄰國……」

實際上，直到此時，我才知道河童的國家也不是孤零零存在的。據格爾解釋，河童一直以水獺為假想敵。而水獺也擁有不下於河童的軍備。我對水獺與河童的戰爭很感興趣。（因為水獺是河童的強敵這件事，無論是寫《水虎考略》的作者還是寫《山島民譚集》的柳田國男都不知曉，屬於新發現。）

「那次戰爭爆發前，兩國都提高警覺監視著對方，因為雙方都同樣懼怕對方。這時候，一隻在這個國家的水獺去拜訪一對河童夫婦。而雌河童正打算殺掉丈夫，因為她丈夫是隻不務正業的河童——可能人壽保險也多少成了一種誘惑吧。」

「你認識那對夫婦嗎？」

「噢——不，只認識雄河童。我妻子把這隻河童說得跟惡人似的。但要我說的話，與其說他是惡人，毋寧說更多是患了被害妄想症的瘋子，害怕被雌河童捉住……於是，那隻雌河童就在丈夫的可可杯裡放入了氰化鉀。不知出了什麼差錯，竟然讓客人水獺喝下了氰化鉀。水獺當然死掉了，然後……」

「然後就開戰了？」

「對啊，很不巧，因為那隻水獺是勛章得主。」

「哪邊打贏了戰爭呢？」

「當然是這個國家贏了。為此，有三十六萬九千五百隻河童英勇捐軀。但是，與敵國相比，這點損失不算什麼。這個國家所有的皮毛基本上都是水獺皮毛。戰爭時期，我除了生產玻璃之外，也向戰地輸送煤渣。」

「煤渣用來幹什麼？」

「當然是用作糧食。我們河童肚子餓了，肯定什麼都吃的。」

「那——請你千萬別生氣。給戰地的河童吃……在我們國家，這是醜聞啊。」

「在這個國家也絕對是醜聞。但是，只要我自己大方承認的話，就誰也不會認為這是醜聞了。哲學家馬古也說了吧：『你的惡你自己說吧，惡必自行消滅。』……而且，我在利潤之外，還有一顆燃燒的愛國心啊。」

正好此時，俱樂部的侍者進來了。侍者向格爾鞠了一躬，然後朗誦般地說道：

「貴宅的鄰居發生了火災。」

「火……火災?!」

格爾吃驚地站起來。當然，我也站了起來。然而侍者很淡定地補充了如下的話：

「但是，火已經撲滅了。」

格爾目送侍者離去，哭笑不得。我看著他這副面孔，發現自己不知何時開始憎恨起這位玻璃公司的社長。但此刻他不是大資本家或者其他，僅僅只是一隻河童而已。我抽出花瓶裡的冬薔薇花，遞到格爾手上。

「火災雖然滅了，但你夫人一定受驚嚇了吧。你拿上這個回家去吧。」

「謝謝。」

格爾握著我的手，然後他突然笑了笑，小聲對我說：

「鄰居家房子是我出租給他們的，我可以拿到火災理賠金。」

此刻格爾的微笑——我既不能蔑視、又不能憎惡的格爾的微笑，至今仍歷歷在目。

十

「怎麼了？今天又莫名地鬱悶了嗎？」

發生火災的翌日，我叼著一根菸，對坐在我客廳椅子上的學生拉普說道。拉普還是左腳架在右腳上，低頭呆呆看著地板，連腐爛的嘴巴也幾乎看不見。

「拉普君，說說是怎麼了？」

「嗯，滿無聊的事情……」

拉普終於抬起頭，鼻腔發出悲傷的聲音。

「我今天看著窗外，無心地說了一句：『咦，捕蟲堇開花了。』結果我妹妹臉色一變，就拿我出氣了，說：『我就是捕蟲堇嘛！』加上我那老媽偏心妹妹，也來說我。」

「說捕蟲堇開花了，為什麼你妹妹不開心呢？」

「我也不明白。大概她理解為捉雄河童的意思吧。於是，跟我媽關係不好的嬸嬸也吵了起來，鬧得越發不可開交。而且，一年到頭都醉醺醺的老爸聽見吵架，不分青紅皂白亂揍一通。就這樣還沒收場時，我弟弟竟然趁機偷走了老媽的錢包，去看電影了。我……我真是……」

拉普雙手掩面，無言地哭泣。我當然同情他，與此同時，自然又回想起詩人托克對家族制度的輕蔑。我拍拍拉普的肩頭，極力想安慰他：

「這種事情哪裡都有的呀，拿出勇氣來！」

「可是……可是，如果我嘴巴沒爛的話……」

「這事只好不去想了。來吧，我們去托克君家。」

「托克瞧不起我。因為我做不到像托克那樣，大膽地拋棄家庭。」

「那就去克拉巴克君的家吧。」

自那次音樂會以來，我跟克拉巴克成了朋友，所以決定帶拉普到這位大音樂家的家裡去。克拉巴克跟托克比起來，過得奢侈多了——這樣說，並不意味著他跟資本家格爾的過法一樣。他的各種骨董——古希臘塔納格拉[1]陶俑和波斯陶器擺了一屋子，中間擱一張土耳其式長椅，他總在自己的肖像畫下跟孩子玩耍。但今天不知為何，他抱著手臂，滿面愁容地坐著。不僅如此，他腳下碎紙屑散落一地。拉普也跟詩人托克一起時不時來找克拉巴克，但今天這情況有些嚇人，他鄭重致意之後，就默默坐在房間一角。

「怎麼了，克拉巴克君？」

我問大音樂家，幾乎是以發問代替寒暄了。

「這是怎麼回事？那些愚蠢的批評家！他們竟然說我的抒情詩跟托克的抒情詩無法比！」

「但你既是音樂家，也是……」

「僅此而已的話我還能忍受，但難道我跟洛克比的話，音樂家的名氣也不值一文嗎？」

要說洛克，可是常常與克拉巴克相提並論的音樂家。但他不是超人俱樂部的會員，所以我從沒跟他說過話。他那張嘴巴上翹，且富有個性的臉不時能在照片上看到。

「洛克肯定也是個天才，但是，他的音樂不像你的音樂那樣洋溢著現代的熱情。」

「你真這麼認為？」

「我當然是這麼看的。」

克拉巴克一站起來，就抓起一個塔納格拉陶俑，猛砸在地上。拉普嚇壞了，喊了一聲，幾乎逃出門去。但克拉巴克向拉普和我輕輕做了一個「別怕」的手勢，這回是冷冷地說話了：

「那是因為你也跟俗人一樣，沒有耳朵吧。我怕洛克……」

「你？你就別裝謙虛了。」

「誰裝謙虛了啊？首先，如果在你們面前裝，我還不如在評論家面前裝。我──克拉巴克是天才，在這一點上，我不怕洛克。」

「那你在怕什麼呢？」

「某種不明正身的東西──比如說，支配著洛克的星星。」

「我似乎理解不了。」

「那這樣說就明白了吧：洛克不受我影響。而我呢，不知不覺中受了洛克的影響。」

「那是因為你善於感受……」

1 塔納格拉，古希臘城市，出土的陶俑有研究價值。

「你聽我說：不是感受性的問題。洛克總是安安穩穩地做只有他才能做的事情。但是，我卻焦躁不安。這在洛克的眼裡，或許只是一步之差，但在我看來，卻相差了十里。」

「但是，先生的《英雄曲》……」

克拉巴克的小眼睛更小了，他凝重地瞪著拉普。

「別說了，你懂什麼？我瞭解洛克，比那些崇拜洛克的傢伙更加瞭解洛克。」

「噢，請少安毋躁。」

「假如我能安靜下來……我總是想，我們所不知道的某個東西，為了嘲笑我——克拉巴克，將洛克放在我面前。哲學家馬古完全明白是怎麼回事，儘管他總是在裝著彩色玻璃的燈籠下讀舊書。」

「為什麼？」

「看看馬古最近寫的書《瘋子的話》吧……」

克拉巴克遞給我一本書——毋寧說是扔過來的。然後他抱著手臂，生硬地宣布：

「那麼，今天就失陪了。」

我跟垂頭喪氣的拉普一起回到了馬路上。馬路上人來人往，山毛櫸樹的樹蔭下，店鋪一家接著一家。我們默默走著，無話可說。這時，正好詩人托克路過。托克看看我們的神色，從腹部口袋裡掏出手帕，一再擦拭額頭：

「噢，有一陣子沒見了。我今天想時隔許久，去拜訪一下克拉巴克……」

我心想不宜搞得藝術家吵架，便委婉地對托克說了克拉巴克如何不開心。

「是嗎？那我不去也罷。畢竟克拉巴克精神衰弱……我這兩三週也沒睡好，狀態不佳。」

「怎麼樣，跟我們一起散步？」

「不了，今天就算了。呀！」

托克喊聲未落，一把抓住我的手腕。而且他不知何時起，身上流著冷汗。

「怎麼了？」我問。

「怎麼回事？」拉普也說。

「我看見那輛汽車的車窗裡露出了一個猿猴似的綠色腦袋。」

我多少擔心起來，勸他無論如何去看看查克醫生。但托克說什麼也不答應。不僅如此，他還懷有戒心似的輪番看著我們的臉，甚至說出了這樣的話：

「我絕不是無政府主義者，請千萬別忘記這一點——那就再見了。找查克的事就免了。」

我們呆呆地站著，目送托克遠去的背影。我們——不，並不是「我們」——學生拉普不知何時站在馬路中央，岔開兩腿，彎下腰，從胯下觀看車水馬龍。我心想這隻河童也瘋了，吃驚地把他拖走。

「你開什麼玩笑！這是幹什麼？」

可是，拉普一邊揉眼睛，一邊出奇淡定地回答我：

「不，因為太鬱悶了，我就顛倒過來看這個塵世。但還是一樣的。」

十一

這是哲學家馬古寫的《瘋子的話》裡的一些章節——

瘋子總是相信，除他之外的人都是瘋子。

我們之所以愛自然，也許是為了自然不憎恨、不嫉妒我們吧。

最聰明的生活——就是一邊輕蔑時代的習慣，一邊又完全不打破這習慣地過日子。

我們最想誇耀的東西，只是我們未擁有的東西而已。

誰都對毀掉偶像沒有異議。與此同時，誰也都對成為偶像沒有異議。但是，能夠安坐於偶像寶座的人，是最受眾神眷顧者——或瘋子，或惡人，或英雄。(克拉巴克在此段留下了指甲痕。)

我們的生活所需要的思想，也許於三千年前已經窮盡。我們只是徒勞地在舊柴上點新火而已。

我們的特色是我們總能夠超越自己的意識。

假如幸福伴隨痛苦，和平伴隨倦怠的話……

為自己辯護比為他人辯護困難。對此有懷疑的，請看看律師吧。

矜誇、愛欲、疑惑——三千年來，一切罪惡皆由此三者發起。與此同時，恐怕一切德行也如此。

減少物質上的欲望未必帶來和平。我們為了得到和平，還必須減少精神上的欲望。（克拉巴克在此段也留下了指甲痕。）

我們比人類不幸，因為人類進化得不如河童。（我閱讀此段時不禁失笑。）

完成就是成事，成事就是完成。畢竟我們的生活不能脫離這樣的循環論——也就是說，不合理貫穿始終。

波特萊爾變成了白癡之後，他的人生觀可用一詞以蔽之——「女陰」。不過，談論他自己卻未必要用這個詞。也許他是為了信賴他的天才——足以維持他生活的詩意天才，而忘記了「腸胃」一詞。（克拉巴克在此段也留下了指甲痕。）

假如要以理性貫穿始終，我們當然必須否定我們自身的存在。以理性為上帝的伏爾泰幸福地結束一生，正顯示了人類進化得不如河童。

十二

一個稍覺寒冷的下午，我讀《瘋子的話》也煩了，就出門去拜訪哲學家馬古。在一個寂靜的街角，我看見一隻瘦如蚊子的河童呆呆地倚在牆上——千真萬確，他就是之前偷走我鋼筆的河童。我心想這下子好了，便喊住了恰巧路過那裡的一個魁梧的警察。

「請查查那隻河童。大約一個月之前，他偷走了我的鋼筆。」警察舉起右手的棍子（這個國家的警察攜帶水松木的棍子代替刀），對那隻河童說：「喂，你！」我心想那隻河童會逃竄吧，但他卻出奇鎮定地走到警察面前。不僅如此，他還雙手環抱在胸前，傲氣地盯著我和警察的臉。然而，警察並沒有生氣，他從腹部口袋掏出筆記本，迅速詢問起來：

「你的名字呢？」

「古力科。」

「什麼職業？」

「兩三天前為止，是郵局的郵差。」

「好。現在，據這個人投訴，你偷走了他的鋼筆。」

「對，我大約一個月之前偷的。」

「你為什麼要行竊？」

「我想用來給孩子當玩具。」

「那個孩子呢？」

警察銳利的目光注視著對面的河童。

「一個星期前死了。」

「你帶死亡證書了嗎？」

瘦削的河童從腹部口袋取出一張紙。警察掃視一下紙張，突然笑了笑，拍拍對方的肩頭，說道：

「好了。辛苦你了。」

我目瞪口呆地看著警察的臉。這時，那隻瘦削的河童嘴裡喋喋不休地走掉了。我好不容易清醒過來，這樣問警察道：

「怎麼不逮捕他呢？」

「那隻河童無罪呀。」

「可是他偷了我的鋼筆呀……」

「他是為了給孩子當玩具嘛。不過，那孩子死了。如果你有什麼疑問，請查閱《刑法》一千二百八十五條。」

警察丟下這麼一句，隨即走掉了。我沒有辦法，嘴裡念叨著「《刑法》一千二百八十五條」，匆匆往馬古家走去。哲學家馬古好客，今天他晦暗的房間裡也聚集了法官佩普、醫生查克和玻璃公司的格爾社長，七色玻璃的燈籠下香菸的煙霧騰騰。法官佩普也在場的話，對我來說正好。我在椅子上一坐下，就趕緊問佩普《刑法》一千二百八十五條是怎麼回事。

「佩普君，十分失禮，我想問：這個國家不懲罰罪犯嗎？」

佩普先吸了一口香菸的金色濾嘴，悠悠吐出一口煙霧，然後頗無奈似的答道：

「當然懲罰，甚至會判死刑的。」

「可是，我在約一個月之前……」

我說了詳情，詢問那個《刑法》一千二百八十五條是怎麼回事。

「哦，是這樣的：『無論干犯何罪，在該犯罪事實消失後，不得處罰該犯罪者。』也就是說，就你這種情況而言，那隻河童曾是父親，但現在已經不是父親了，所以，所犯罪行也自然消失了。」

「那實在是不合理啊。」

「這可不能說笑。把曾是父親的河童和現在不是父親的河童看作一樣，才不合理呢。對了，在日本的法律裡，是視為同一的——在我們看來太滑稽了。哈哈哈哈、哈哈哈哈。」

佩普扔掉菸蒂，不經意地微微一笑。這時，開口的是與法律搭不上邊的查克。查克正一正眼鏡，這樣問我：「日本也有死刑嗎？」

「當然有，在日本是絞刑。」

我對冷冰冰端起架子的佩普多少有點不滿，趁此機會挖苦他一下。

「這個國家的死刑，比日本的要文明一點吧？」

「當然是文明一些的。」

佩普依舊很淡定。

「在這個國家，不會採用絞刑之類的，偶爾會採用電擊。但是，大體上是電擊也不用，只是告訴他所犯罪名而已。」

「僅僅這樣，河童就會死？」

「當然會死了。因為我們河童的神經作用比你們的微妙呀。」

「那手法不僅用於死刑，殺人時也用這一手……」

格爾社長整張臉被彩色玻璃染成紫色，他展現出親切的笑容。

「我前不久也被某個社會主義者說了『你是賊！』，差一點引發心臟麻痹。」

「這種情況意外地多呢，我認識的一位律師就因此死了。」

我回過頭看插嘴的河童——哲學家馬古。馬古一如往日，臉上帶著譏諷的微笑，說話時誰也不看。

「那隻河童被說是青蛙，正如您所知，在這個國家裡，被人說是青蛙，就等於被說是畜生。他每天想著『我是青蛙嗎？我不是青蛙吧』，終於死掉了。」

「那等於是自殺啊。」

「把那隻河童說成是青蛙的傢伙，是想殺掉對方的。假如在你們看來，還認為那也是自殺……」

馬古說到這裡的時候，房間牆壁另一邊——就是詩人托克的家，突然響起一聲尖銳的槍聲，在空氣中震盪。

十三

我們衝進了托克家。托克右手握槍，腦袋流著血，仰臉倒在高山植物盆栽之中。他身邊有一隻雌河童，把臉埋在托克胸前，大聲哭泣著。我一邊把雌河童抱起來（總體而言，我不大喜歡觸摸河童滑溜溜的皮膚），一邊問：「怎麼了？」

「我不明白怎麼了。我以為他在寫東西，他突然就用手槍打了頭。嗚嗚，我怎麼辦呀？qur-r-r-r-r, qur-r-r-r-r（這是河童的哭聲）。」

「托克君就是這麼固執啊。」

玻璃公司的格爾社長悲傷地搖頭，對佩普法官這樣說道。這時，一直跪著檢查托克傷口的查克用醫生的口吻對我們五人宣布（其實是一人和四隻河童）：

「已經不行了。因為托克君原本有胃病，僅此就容易得憂鬱症。」

「說是他在寫什麼東西的。」

哲學家馬古辯解似的自言自語著，拿起了桌上的紙。我們都伸長脖子（不過只有我例外），隔著馬古的寬肩膀窺看那張紙。

「來吧，起來走吧。前往塵世外的山谷。

「前往岩石凹凸不平、山水清淨、藥草之花芬芳的山谷。」

馬古回頭看著我們，帶一絲苦笑說：「這是剽竊歌德的《迷娘曲》嘛。這麼說來，托克君之所以自殺，是因為他也疲於做一個詩人了。」

偶然驅車到來的，是那位音樂家克拉巴克。克拉巴克見此番光景，在門口站了一會兒。然後他走到我們面前，怒吼似的對馬古說話：

「那是托克的遺書嗎？」

「不，是他最後寫的詩。」

「詩？」

馬古不動聲色地把托克的詩稿遞給怒髮衝冠的克拉巴克。克拉巴克不顧周圍一切，熱情地朗誦了那份詩稿。而且他幾乎沒有回答馬古的話。

「你怎麼看待托克君的死？」

「來吧，起來……我也不知道自己什麼時候死……前往塵世外的山谷……只是托克很不幸……岩石凹凸不平……」

「他很不幸？」

「山水清淨……你們是幸福的……岩石凹凸不平……」

我同情仍哀哭不已的雌河童，便輕扶著她，去房間一角的長椅上坐下。這裡有一隻兩三歲大的河童一無所知地笑著。我代替雌河童哄那隻小河童。不知不覺中，我感到自己也淚水盈眶。我居住在河童國度流淚的時候，空前絕後僅有此次。

「可是，跟如此固執的河童成為一家人，好可憐啊。」

「他也真是，都不想想以後的情況。」

佩普又點燃一支菸，回應了資本家格爾的話。這時，震驚我們的，是音樂家克拉巴克的大喊大叫。克拉巴克手握詩稿高呼：

「太棒了！我作了一首偉大的送葬曲！」

克拉巴克的小眼睛熠熠生輝，他輕輕握了一下馬古的手，突然衝出門。不用說，此時鄰居河童已經大批聚集在托克家門口，好奇地窺探著家裡。但克拉巴克將這些河童左右推開，一下子躍上汽車。車子隨即發出爆音，一溜煙開走了。

「喂喂！不許這樣子偷窺！」

佩普法官像個警察那樣，將大量聚集的河童往後推，然後關上托克家的門。也許因為這樣，房間裡突然靜下來。我們在這樣的安靜之中，在混雜高山植物的花香和托克的血腥味中，談論如何安排後事。然而，唯有哲學家馬古望著托克的屍體，呆呆地思索著。我拍拍馬古的肩頭，問他：「你在想什麼呢？」

「我在想河童的生活。」

「河童的生活怎麼樣呢？」

「無論如何，我們河童為了完成河童的生活……」

馬古多少有點害羞似的小聲補充道：

「總而言之要相信我們河童以外的某種力量吧。」

十四

馬古的話讓我想到了宗教。我當然是個唯物主義者，肯定從沒認真考慮過宗教。但此時因托克之死，我受到某種震撼，思考起河童的宗教究竟是什麼。我馬上問了學生拉普這個問題。

「流行的有基督教、佛教、回教、拜火教等等。而最有影響力的是近代教吧。也叫生活教。」（「生活教」這個譯法可能不對。它的原文是 Quemoocha。cha 相當於英語的 ism 的意思吧。Quemoo 的原型 Quemal 的譯法與其單單作「活下去」，毋寧作「吃吃飯、喝喝酒、上上床」更好。）

「那麼，在這個國家裡，也有教堂、廟宇之類的吧？」

「別開玩笑了。近代教的大教堂是這個國家的第一大建築物呢。怎麼樣，去參觀一下？」

一個溫暖的陰天下午，拉普得意洋洋地帶我前往這個大教堂。果然，這是比尼古拉大教堂[2]大十倍的巨大建築物。不僅如此，它還是將一切建築樣式融合為一的大建築。我站在這座大教堂前，眺望高高的塔和圓頂時，感覺有點毛骨悚然。實際上，這教堂看起來，就像伸向天空的無數觸手。我們佇立在玄關之前（與這玄關相比，我們是何等渺小！），仰望這與其說是建築物，毋寧說是近乎怪物的、史上罕見的大教堂好一會兒。

大教堂內部也很寬闊。那種科林斯式圓柱之間，好些參觀者在漫步，但他們也像我們一樣看起來非常小。之中，我們遇上了一隻弓腰的河童。這時，拉普向這隻河童略一鞠躬，

2 尼古拉大教堂，位於日本東京千代田區神田駿河臺的日本東正教復活大教堂的通稱。

鄭重地開了腔：

「長老，您身體健康，我們有福了。」

這隻河童也鞠躬還禮，鄭重地回答道：

「是拉普先生嗎？您也（剛開口即察覺拉普的嘴巴腐爛了吧）……哦哦總之還好吧。嗯，您今天為何事光臨……」

「我今天是陪伴這位先生來的。您恐怕已經知曉這位……」

然後，拉普便滔滔不絕地說起我的情況來了。這似乎也成了他很少來這大教堂的辯解。

「懇請長老為這位先生作個介紹吧。」

長老大方地微笑著，先向我致意，再靜靜地指著正面的祭壇說道：

「說是介紹，我也做不了什麼了。我們信徒禮拜的，是位於正面祭壇的『生命之樹』。如您所見，『生命之樹』上結了金色和綠色的果子。金色的果子叫『善果』，綠色果子叫『惡果』……」

在這樣的說明之中，我感覺到無聊，因為長老刻意的說明聽起來就像是老套的比喻。當然，我裝出專心聽的樣子，時不時瞄幾眼大教堂的內部。

科林斯式柱子、哥德式拱頂、阿拉伯風格的格紋地板、仿分離派的祈禱桌，這些東西營造的和諧，奇特地呈現出一種野蠻之美。但是，吸引我的毋寧是兩側龕中的大理石半身像，我感覺似乎見過這些雕像——那也並非不可思議。那隻弓腰的河童解釋完「生命之樹」後，就帶著我和拉普一起走向右側的龕前，對龕裡的半身像這樣解釋道：

「這是我們的一位聖徒——反叛一切事物的聖徒史特林堡[3]。這位聖徒被認為在歷經苦難之後，被瑞典的哲學所拯救。但實際上沒有被拯救，這位聖徒只是像我們一樣信了生活教——他除了信之外，也別無他法了吧。請閱讀這位聖徒給我們留下的《傳說》一書吧。這位聖徒坦白說，自己曾是自殺未遂者。」

我有點鬱悶，望向下一個龕。下一個龕的半身像是個大鬍子德國人。

「這是寫《查拉圖斯特拉如是說》的詩人尼采。這位聖徒向自己創造的超人尋求救贖，但依然未獲救贖，變成了瘋子。假如他沒有變成瘋子，說不定不能進入聖徒之列……」

長老稍作沉默，領我們到第三個龕前面。

「第三位是托爾斯泰。這位聖徒苦行最多。他原是貴族，不願把痛苦呈現給好奇心強的公眾。這位聖徒努力要信事實上不可信的基督——他曾公開說信基督，但是，到了晚年，他無法再忍受做一個悲壯的撒謊者了。不過他既然名列聖徒，當然不是自殺的。」

3 史特林堡，即奧古斯特·史特林堡（一八四九—一九一二），瑞典劇作家、小說家，一生寫了六十二部劇本，被視為「現代戲劇之父」。

第四個龕裡的半身像是我們日本人之一。我看著此人的臉，有一種親切感。

「這位是國木田獨步。他是詩人，很清楚被火車輾死的搬運工的心情。但是，您肯定不需要再更多的解釋了。那麼，我們來看看第五個龕裡的——」

「這不是華格納嗎？」

「正是。一位曾是國王的朋友的革命家。聖徒華格納到了晚年，甚至飯前必作祈禱。但是，他當然是一位生活教信徒而非基督教徒。據華格納留下的信上說，塵世之苦多少次把他推到死亡面前。」

我們那時已經站在了第六個龕之前。

「這位是聖徒史特林堡的朋友。他是出身商人的法國畫家，有很多孩子，娶了一名十三、四歲的塔西提女子做妻子。這位聖徒粗大的血管裡流著水手的血液。嗯，請看他的嘴唇——留著砒霜之類的痕跡。第七個龕裡的是……您已經累了吧，那請到這邊來吧。」

我已經累了，便和拉普一起，跟長老來到香氣繚繞的走廊上的一個房間裡。那小房間的一個角落裡，黑色的維納斯像下供著一串山葡萄。我原以為僧房是什麼裝飾都沒有的，所以略感意外。這時，長老應是察覺到我的心情，請我們坐下前帶點可憐地解釋道：

「請千萬別忘記我們的宗教是生活教呀。我們的神——『生命之樹』的教誨是『旺盛地活下去吧』，所以就……拉普先生，你請這位先生看過我們的聖經了嗎？」

「沒呢……其實我自己也幾乎都沒讀過。」

拉普撓著腦袋，誠實地回答道。但長老仍舊靜靜微笑著，接著說下去。

「所以你們就不明白了吧。我們的神在一天裡創造了這個世界，（儘管說『生命之樹』是棵樹，但也不是不可能做到。）不僅如此，還創造了雌河童。但這隻雌河童太無聊了，就要求有雄河童。我們的神可憐她，便取雌河童的腦髓，創造了一隻雄河童。我們的神祝福這兩隻河童『吃吧，交合吧，旺盛地活下去吧』……」

在長老的言談中，我想起了詩人托克。很不幸，詩人托克和我一樣是無神論者。我因為不是河童，不知道生活教也不為過，但是，生於河童國度的托克理應知道「生命之樹」。我可憐不信這教的托克的結局，就打斷長老的話，說了托克的情況。

「噢噢，是那位可憐的詩人啊。」

長老聽了我的話，長歎一聲。

「決定我們命運的，只不過是信仰和境遇，偶然而已。（不過你們除此之外還算上了遺傳吧。）不幸的是，托克先生沒有信仰。」

「托克君羨慕你吧。不，我也羨慕。拉普君你們既年輕，又……」

「我如果嘴巴好好的，或許會是個樂天派吧。」

聽我們這樣說，長老再次長歎一聲。他眼中含淚，一直凝視著黑色的維納斯。

「我其實也——這是我的祕密，所以請千萬不要對別人說——我其實也不信我們的神。但是，不知不覺中我的祈禱——」

正當長老說到這裡，房間門突然打開了，一隻大個子雌河童突然撲向長老。我們當然想拉住這隻雌河童，但雌河童一下子就把長老摔倒在地上。

「老傢伙！你今天又從我錢包裡偷錢去喝酒！」

約十分鐘之後，我們就逃跑似的丟下長老夫婦，出大教堂的門走了。

「照那樣看，那位長老也不信『生命之樹』吧？」

沉默著走了一會兒，拉普對我說道。我沒有回答，倒是禁不住回望那座大教堂。大教堂仍將高塔和圓頂像無數觸手般伸向陰沉的天空，彷彿在沙漠天空所見的海市蜃樓，帶著一種恐怖的味道……

十五

之後約過了一週，我從醫生查克那裡聽說了一件奇聞，說是托克家出了幽靈。那陣子雌河童已經離開，我們詩人朋友的家變成了攝影師的攝影棚。據查克說，在這個攝影棚拍的照片，總有托克的身影朦朦朧朧出現在人物身後。不過因為查克是唯物主義者，所以並不相信人死後仍有靈魂之類的事情。現實中，當談到這些事情時，他仍帶著一絲惡意的微笑，補充解釋道：「靈魂這玩意，看來仍是物質性的存在呢。」

我也不相信幽靈，這一點跟查克基本上一樣。但因為親近詩人托克，就立即衝進書店，買來關於托克幽靈的報導和刊出托克幽靈照片的報刊。看那些照片，果然有一隻像是托克的河童的模糊身影在男女老少河童的後面現身。但讓我吃驚的，比起托克幽靈的照片，毋寧是關於托克幽靈的報導——尤其是關於托克幽靈的心靈學協會的報告。我差不多逐字逐句譯出了那份報告，以下是其大略（不過括弧裡的內容，是我自己加的注釋）：

關於詩人托克君的報告（心靈學協會雜誌第八千二百七十四期刊載）

本心靈學協會先前在自殺詩人托克君的舊居——現為攝影師的攝影棚之××街第二百五十一號召開臨時調查會。列席會員如下（姓名略）。

我們十七名會員和心靈學協會會長貝克先生一起，於九月十七日上午十點三十分，連同我們最信任的媒體、荷普夫人，齊集於該攝影棚一室。荷普夫人一進入該攝影棚，即感受到靈魂的氣息，促發全身痙攣，以至於嘔吐數次。據夫人所言，因詩人托克君嗜菸，其靈魂的氣息也都含有尼古丁。

我們會員和荷普夫人圍繞圓桌默坐。夫人坐了三分二十五秒之後，急劇陷入夢遊狀態，並且成為詩人托克君的心靈憑靠之處。我們會員按年齡次序，與憑靠夫人的托克君的心靈開始如下問答：

問：你為什麼以幽靈的形態出現？

答：因為不知死後名聲如何。

問：你——或者心靈諸君，貪圖死後名聲嗎？

答：至少我不能不圖。但我遇見的一個日本詩人，輕視死後的名聲。

問：你知道他的姓名嗎？

答：遺憾的是我忘記了。唯一記得的，是他所作、並且很喜歡的一首十七音詩。

問：該詩如何？

答：「古池塘／青蛙跳入其中／水的聲音[4]。」

問：你認為這首詩是佳作嗎？

答：我認為確實不同凡響。唯一「青蛙」若作「河童」，則更加煥發光彩。

問：這是什麼理由？

答：我等河童無論何種藝術都要痛切追求自我表現。

就在此時，會長貝克先生提醒我們十七名會員，這是心靈學協會的臨時調查會，而不是集體評論會。

問：心靈諸君的生活如何？

答：與大家的生活無異。

問：你後悔自殺嗎？

答：不後悔。我若厭倦心靈性生活，必取手槍「自活」。

問：「自活」易否？

托克君的心靈在回答這個問題時用了反問——對認識托克君者而言，這是相當自然的應對。

答：自殺容易嗎？

問：你們的生命永遠延續嗎？

答：關於我們的生命，眾說紛紜，不可信。幸勿忘記我們之中有基督教、佛教、回教、拜火教等諸教。

問：你自身信的是？

答：我通常是懷疑主義者。

問：但你至少不懷疑心靈的存在吧？

4 日本著名俳人松尾芭蕉的名句。

答：未能像你們那麼確信。

問：你交友多少？

答：我交友貫通古今東西，不下三百人。若舉其著名的，有克萊斯特、邁蘭德、魏寧格……

問：你交的朋友都是自殺者嗎？

答：不一定。像為自殺辯護的蒙田是我的一位畏友。我唯一不與不自殺的厭世主義者——叔本華之輩往來。

問：叔本華健在嗎？

答：目前他正在創立心靈性厭世主義，討論是否可以自活。然而當他明白霍亂也屬於黴菌病，就安心了。

我們會員相繼提問，關於拿破崙、孔子、杜斯妥也夫斯基、達爾文、克麗奧佩脫拉、釋迦牟尼、德摩斯梯尼、但丁、千利休等心靈的訊息。但不幸的是托克君沒有詳細回答，反而問及關於他自己的種種小道消息。

問：我死後名聲如何？

答：某批評家說你是「平庸小詩人之一」。

問：他應是我沒有贈予詩集而懷恨在心者之一。餘之全集是否已經出版？

答：你的全集已經出版，但不暢銷。

問：我的全集三百年後——即失去著作權後，將萬人爭購。我的同居女友如何？

答：她已成為開書店的拉克君的夫人。

問：很不幸，她還不知道拉克的眼睛是義眼吧。我兒如何？

答：據說在國立孤兒院。

托克君一陣沉默之後，提出新的問題。

問：我家如何？

答：已變成某攝影師的攝影棚。

問：我的桌子如何？

答：不知道怎麼樣了。

問：我在我桌子抽屜裡祕密收藏了一些信件——然而所幸此事與忙碌的諸位無關。

此刻我心靈界漸入薄暮之中，我就此與諸位訣別矣。再見，諸位。再見，我善良的諸位。

荷普夫人與最後的話語一起猛然醒過來。我們十七名會員向上天之神保證這份問答真實無偽。（此外，對我們所信賴的荷普夫人之報酬，按夫人曾係女演員時之日薪支付。）

十六

我讀了這樣的報導，漸漸對待在這個國家變得憂慮起來，便想設法回到我們人類的國度。但是，無論我怎麼找，都沒有找到我掉落的洞穴。在此期間，據那隻叫巴格的漁夫河童說，這國家的郊外住著一隻上年紀的河童，他讀書吹笛，過著逍遙的日子。我心想，若拜訪這隻河童，說不定能夠知道逃出這個國家的途徑。於是我迅速動身到郊外找他。但是，到了那裡一看，小小房屋裡頭哪有什麼上年紀的河童，就一隻腦殼還嫩的十二、三歲河童在悠然吹著笛子。我心想是否找錯人家了呢？為了慎重起見，就問了他的姓名，竟然沒錯——他就是巴格所說的、上年紀的河童了。

「但您就像個小孩似的……」

「你還不知道嗎？我命運曲折啊，出娘胎時便已滿頭白髮了。然後越活越年輕，現在活成這模樣的小孩子了。但算年齡的話，即便出生前算六十歲，加起來也許就是一百一十五、六了。」

我環顧室內，也許是心理作用吧，感覺那樸素的桌椅之間洋溢著幾許清朗的幸福。

「您似乎比其他河童生活得幸福啊？」

「不清楚，也許是吧。我是年輕時上年紀，上年紀時年輕。也就是說，我既不像上年紀人那麼欲望迫切，也不像年輕人那樣沉溺於聲色。總而言之，即便我的一生不算幸福，肯定也是無憂無慮的吧。」

「確實是無憂無慮的吧。」

「不，光是那樣子，還不是無憂無慮。我身體好，又擁有讓我一生飲食無憂的財產。但是，最為幸福的，是一出生就上了年紀這件事。」

我和這隻河童聊了一會兒托克自殺的事和格爾天天看醫生的事。但不知為何，這隻上年紀的河童似乎對我說的內容沒興趣。

「那麼，您不像其他河童那樣，特別執著於活著？」

上年紀的河童看著我的臉，平靜地回應道：

「我也像其他河童一樣，回答了父親要不要出生於這個國度之後，才離開母胎的呀。」

「但是，我卻是突然之間掉進了這個國家的。請告訴我可以離開這個國家的路吧。」

「能離開的路只有一條。」

「怎麼說？」

「那就是你來這裡的路。」

不知為何，我聽到這個回答時毛骨悚然。

上年紀的河童用清亮的眼睛注視著我，然後好不容易才站起來，走到房間的角落，拉動從天花板垂下來的一根繩子。於是，我未在意的一個天窗打開了。那圓圓的天窗之外，是松檜枝杈伸展的晴朗藍天——噢，還矗立著大箭鏃似的槍岳巔峰呢。我像一個看見飛機的孩子一樣，高興得跳起來。

「來吧，你從那裡出去好了。」

上年紀的河童一邊說，一邊指指剛才的繩子——之前我以為的繩子，其實是一條繩梯。

「那我就從那裡出去了？」

「只是我有言在先，出去後別後悔。」

「不要緊，我這人不會後悔的。」

我嘴裡說著，人已經爬上了繩梯。我遠遠看著下面上了年紀的河童腦袋上的凹痕。

十七

我從河童國歸來之後，好一陣子無法忍受我們人類皮膚的氣味。與我們人類相比，河童其實是乾淨的。不僅如此，我們人類的頭，在曾經眼前只有河童的我眼中，實在是令人不快的東西。這一點，也許您是不會明白的吧。眼睛嘴巴還好，鼻子這玩意兒就有點毛骨悚然了。我當然也盡可能不見人。後來，我也漸漸習慣人類了，半年內也就可以去任何地方了。

唯一還困擾我的是，說話時一不小心，嘴裡就冒出河童國的話來。

「你明天在家嗎？」

「Qua。」

「你說什麼？」

「沒什麼，就是『在』的意思。」

大體上就是這種狀態。

但是，我自河童國回來一年左右之時，因為某項業務失敗……

（當他這樣說時，S博士提醒說「別那麼說吧」。據博士說，他每次說起這件事都會暴怒起來，幾乎連看護人員都控制不住。）

不說那件事了吧。但是，因為生意失敗，我又希望回到河童的國度去了。沒錯，不是「希望去」，而是「希望回到」。因為當時我感到河童國彷彿是故鄉。

我悄悄離家出走，打算搭乘中央線列車。不巧被警察抓住，送入醫院。我剛進這所醫院時，也一直在想河童國的事情：醫生查克怎樣了呢？哲學家馬古也許仍在七色玻璃的燈籠下思考問題吧；尤其是我的密友、嘴巴腐爛的學生拉普——那是一個像今天這樣的、陰天的下午，我沉溺於這樣的追憶之中，此時差一點叫出聲來——他們是什麼時候來的？河童漁夫巴格站在我面前，一再鞠躬致意。我調整好心情——我都忘記是哭還是笑了。總而言之，難得地又說起了河童國的語言，我確實很感動。

「嘿，巴格，你怎麼來了？」

「嘻嘻，我來探病呀，聽說你病了嘛。」

「你怎麼會知道的？」

「聽了收音機新聞才知道的。」

巴格得意地笑著。

「而你竟然還來成了。」

「什麼呀，不麻煩的。對河童來說，往來東京的河流和溝渠就像大街一樣。」

我此時更明白河童也像青蛙那樣是水陸兩棲動物了。

「可是，這一帶沒有河流呀。」

「不，我來這裡，是穿過鐵水管來的。然後，我稍微打開消防栓就……」

「打開消防栓？」

「先生忘記了嗎？河童裡頭也有機械專家嘛。」

自此之後，我每隔兩三天，就接受各種各樣河童的拜訪。S博士說我的病是早發性失智症，但河童醫生查克說，我不是早發性失智症患者，早發性失智症患者是以S博士為首的你們自己（這對你來說肯定是很失禮的事情）。連醫生查克都來了，學生拉普和哲學家馬古當然也來探視了。除了漁夫巴格之外，白天沒有其他河童來。還有兩三隻一起來，一般是在夜晚——且是月明之夜。我昨晚也在月明之中和玻璃公司的格爾社長及哲學家馬古聊過。不僅如此，音樂家克拉巴克還給我拉了一曲小提琴。您瞧，對面桌上放了黑百合的花束吧？那也是昨晚克拉巴克送來的……（我回頭看，桌上當然沒有花束和其他東西。）

還有，這本書也是哲學家馬古特地帶來給我的。您讀讀第一首詩看看吧。噢，您不可能知道河童國的語言。那就讓我來讀讀看吧。這是最近出版的《托克全集》的一冊——

（他打開舊電話簿，大聲讀起了這樣的詩。）

在椰子花和竹林中，
佛陀早已入眠。

與路旁枯萎的無花果一起，
似乎基督也已經死了。

但是我們必須休息，
即便置身戲劇布景之前。

（假如看布景背面，只是滿是補丁的畫布而已！）

然而，我並不像這位詩人，我不厭世。只要河童時不時來看我——哦哦，我忘了這件事。您記得我的朋友法官佩普吧？那隻河童失去職位後，真的發瘋了，據說目前正在河童國的精神病院住院。如果S博士同意的話，我想去探病……

昭和二年（一九二七）二月十一日

蜘蛛絲

一

有一天，釋迦牟尼獨自漫步在極樂世界的蓮花池邊。水池裡盛開的蓮花，花瓣如玉石般雪白，金色花蕊香氣四溢，無可言喻。極樂世界正好是早上吧。

不一會兒，釋迦牟尼突然在水池邊止步，透過遮蔽水面的蓮葉間隙，察看下面的情況。這極樂世界的蓮花池下面正好是地獄底部，所以，透過水晶般的水，就像觀看顯微鏡一樣，清清楚楚地看得見三途河或者針山的景色。

這時，他看見了一個男子，正與其他罪人一起，掙扎在地獄底層。這個名叫犍陀多的男子是個江湖大盜，做過殺人放火種種壞事，不過，釋迦牟尼記得他還是做過那麼一件好事的。說來是這麼回事：這個男子某次路過密林時，看見一隻小蜘蛛在路邊爬行。於是，犍陀多馬上抬起一隻腳，想要踩死牠。

「不不，蜘蛛雖小，但也是一條命。我若隨意取牠性命，那牠也實在太可憐了。」犍陀多忽然轉念，終於沒有殺那隻蜘蛛，讓牠活了下來。

釋迦牟尼眼看著地獄的情形，回想起犍陀多讓蜘蛛活命的事來。於是他就想讓這件善事有個好報：可能的話，把這名男子救出地獄。他往旁邊一看，正好，翡翠般的蓮葉上，一隻極樂世界的蜘蛛正在編織美麗的銀絲。釋迦牟尼輕輕牽來那根蜘蛛絲，從玉石般的白蓮花之間，將它筆直地伸向遠遠的地獄底。

二

這裡是地獄底的血池。犍陀多正與其他罪人一起沉浮在血池裡。四周一片漆黑，偶爾感覺晦暗中有東西升起，卻是可怕針山的針在閃閃發亮，太嚇人了。血池上方就像墳墓裡一樣寂靜無聲，要說能偶爾聽見什麼，就只是罪人的輕歎而已。墜落這裡的人，應已受盡地獄之苦，連哭泣的力氣也沒有了吧。所以，就連大盜犍陀多也一邊嗆著血池的血水，一邊像瀕死的青蛙一樣，徒勞地掙扎著。

就在這時，犍陀多無意中一抬頭，望向血池的上空，只見一條銀色的蜘蛛絲，在黑暗中從遠遠的天上向著自己垂下來。它彷彿要避人耳目，只帶著一絲微微的光亮。犍陀多見此，心中狂喜，高興得直拍掌：我攀著這根蜘蛛絲一直往外爬，肯定能逃脫地獄——不，運氣好的話，甚至可以進入極樂世界吧！這麼一來，我就不會被趕上針山，也不會沉入血池了。

犍陀多想著，雙手猛地緊緊抓住蜘蛛絲，拚命往上攀爬。他原本就是個大盜賊，早就慣熟於做這種事情。

然而，地獄與極樂世界之間何止千萬里，無論他多麼焦急，都不容易爬上去。攀爬了好一陣子，犍陀多終於筋疲力盡，再也爬不動了。他無奈打算休息一會兒，便懸吊在蜘蛛絲上，遠遠地望向下面。

他的拚命攀爬頗見成效，剛才自己所在的血池，此刻已隱沒在黑暗之下，看不見了。而朦朧發光的可怕針山，也已經在腳下了。照這樣爬上去，逃出地獄應無意外了吧。犍陀多雙手纏著蜘蛛絲，笑道：「妙哉、妙哉。」自從來到這裡，他好幾年都沒出過聲了。可是，他突然發現：在蜘蛛絲的下方，數不清的罪人跟在自己的後面，簡直就像螞蟻排隊一樣，正一心一意往上攀爬呢！犍陀多看見這情形，驚恐之下像個傻子般大張著嘴巴，好一會兒只有眼珠子能轉動。這麼一根細細的蜘蛛絲，自己一個人爬都幾乎斷掉，怎麼可能承受這麼多人的重量呢？萬一途中蜘蛛絲斷掉，自己好不容易才爬到這裡，肯定得掉回原先的地獄，這可怎麼得了啊！但就在這當下，就有成百上千的罪人從黑暗的血池底蠕動著，成一列攀上細細的閃亮蜘蛛絲，迅速地往上爬。如不當機立斷，蜘蛛絲肯定會從中間斷為兩截，自己一定會掉下去的。

於是，犍陀多大聲嚷嚷起來了：「喂，你們這些罪人！這根蜘蛛絲是俺的！你們究竟得到了誰的准許爬上來的？快下去，下去！」

就在那一刻，迄今好好的蜘蛛絲突然從犍陀多攀援處「噗哧」一聲斷了。於是連犍陀多也拉不住了，一瞬間像個呼呼旋轉的陀螺，眼看著往黑暗深處倒栽下去。

之後，那根極樂世界的蜘蛛絲就那麼微微閃亮著，只剩一小截懸垂在無月無星的半空中。

三

釋迦牟尼站在極樂世界的蓮花池邊，靜觀這一切。當犍陀多像石子般沉到血池底時，他帶著悲傷的神色，又開始踱步了。犍陀多只想自己逃脫地獄，無慈悲心，就這樣受到了相應的懲罰，跌落原先的地獄，這一切在釋迦牟尼眼中，實在是卑鄙可憐。

然而，極樂世界蓮花池裡的蓮花，對此絲毫也不在意。那玉石般的白花，在釋迦牟尼腳旁輕輕搖動著花萼，正中央的金色花蕊不停地向周圍散發著無可言喻的香氣。極樂世界此時接近正午了吧。

大正七年（一九一八）四月十六日

杜子春

一

一個春天的傍晚。

大唐都城洛陽的西門下，站著一個年輕人，他正呆呆地仰望著天空。

年輕人名叫杜子春，原是富家子弟，現在花盡了錢財，落魄到度日艱難的地步。

那時的洛陽，是天下第一的都城，極盡繁華，大街上車水馬龍，人來人往。整個城樓閃耀在夕陽的油一般亮麗的光彩之中，老人頭戴紗帽，土耳其女人戴著金耳環，白馬配著彩色轡繩，美得像是一幅流動的畫卷。

但是，杜子春仍舊靠在門壁上，呆呆地眺望天空。天空上，一彎新月就像一片剪下的指甲，淡淡地懸浮在隨風飄動的明媚晚霞中。

「天黑了，肚子餓了，加上沒處可去，沒地方棲身。一想到這種處境，我還不如乾脆跳河死掉更好。」

從剛才起，杜子春就在獨自胡思亂想。

這時，突然有人在他面前止步——是一位來歷不明的獨目老人。夕陽下，老人高大的身影投落到城門上。他盯著杜子春的臉，傲慢地搭話道：

「你在想什麼？」

「您說我嗎？我連晚上棲身地都沒有，正不知如何是好。」

老人問得突然，杜子春不禁低下頭，說了實話。

「是嗎？挺可憐的。」

老人想了想，稍後，他指著照耀大街的夕陽處：

「這樣吧，我告訴你一件好事：現在你站在夕陽中，如果影子投在地上，半夜裡你挖一下腦袋影子所在的位置，那裡肯定埋了滿車黃金。」

「真的嗎？」

杜子春吃了一驚，抬起頭來。然而更加不可思議的是，那位老人已經不知去向，四下裡連影子都見不著了。唯有空中月色變得更白，川流不息的大街上空，兩三隻性急的蝙蝠已在飛舞。

二

一天之內，杜子春已成為都城洛陽首富。他按照那位老人說的，半夜裡悄悄去挖夕陽投影下腦袋的位置，得到了堆起一座小山的黃金，一輛大車都幾乎裝不下。

杜子春成了大富豪，馬上大買豪宅，過上了不下於玄宗皇帝的奢華生活。他買蘭陵美酒，嘗桂州龍眼，庭院裡栽上了一天變色四次的牡丹花，放養著好幾隻白孔雀。他搜尋美玉，穿著錦衣，出遊有香木車，坐的是象牙椅……要一一細說他的奢侈，簡直是沒完沒了。

這事傳開了，一直以來路上相遇連招呼也不打的朋友，便不分早晚地來找他，而且與日俱增。半年之內，洛陽城裡知名的才子佳人，沒有一個不曾來過杜子春家。杜子春天天與這些客人開懷暢飲，其宴樂之盛，實在難以一一細說。極扼要地說的話，就是這麼一個情景：杜子春用金杯滿斟西洋葡萄酒，觀看天竺魔術師表演吞刀，身邊有二十名女子，十人頭戴翡翠蓮花，十人頭戴瑪瑙牡丹花，周圍奏響著歡快的笛聲和琴聲。

可是，無論多大的富豪，金錢也是有限的。所以，一年兩年過去，花天酒地的杜子春也漸漸囊中羞澀了。而人是薄情的，昨天還登門的朋友，今天從門前路過，連聲招呼也不打了。終於到了第三年的春天，杜子春又跟之前一樣一文不名，偌大一個洛陽城，沒有一戶人家肯讓他借宿一晚。不，別說借地方過夜，現在連一碗水都沒人給他了。

於是，一天傍晚，他又一次站在洛陽西門下，窮途末路地呆望著天空。這時，就跟當初一樣，那位獨目老人出現了。老人向他搭話，說：

「你在想什麼呢？」

杜子春看見老人，慚愧地低下頭，好一會兒沒有回答。但老人也跟那天一樣親切，問了同樣的話，杜子春也就跟之前一樣誠惶誠恐地回答道：

「我連今晚過夜的地方都沒有，正不知道怎麼辦呢。」

「是嗎？真可憐啊。好吧，我告訴你一件好事：你此刻站在夕陽中，影子投在地上時，半夜裡不妨來挖相當於胸部的地方。那裡應該埋著一大車黃金。」

老人說完，又消失在人群中了。

從第二天起，杜子春突然又成為天下第一的富豪。與此同時，他又開始了毫無節制的奢華生活。庭院裡盛開著牡丹花，還有在其中睡眠的白孔雀，以及表演吞刀的天竺魔術師——一切與從前無異。

於是，滿滿一車子黃金，又在三年之內花光了。

三

「你在想什麼呢?」

獨目老人第三次來到杜子春面前,問他同樣的問題。不用說,此時他也是置身洛陽的西門之下,呆呆地佇立著,透過晚霞眺望著新月。

「您說我嗎?我今晚連棲身之處都沒有,正不知怎麼辦。」

「是嗎?真可憐。好吧,我告訴你一件好事吧。此刻你站在夕陽中,你的影子投在地上的話,你半夜裡挖相當於你肚子的位置。一定會有一大車——」

老人說到這裡,杜子春急忙抬手打斷他的話:

「不,我不需要黃金。」

「連黃金都不要了?哈哈哈,看來你終於也厭倦了過奢華的日子了。」

老人用審慎的目光注視著杜子春的臉。

「什麼呀,我並不是厭倦了奢華,我是厭倦了世人。」

杜子春憤憤然地迸出這麼一句話。

「有意思啊。你怎麼又厭倦世人了呢?」

「世人都是薄情寡義的。我是大富豪的時候,又說好話又獻殷勤,但一旦我變成了窮人，您瞧瞧吧！就連個好臉色都沒有。想到這一點，我就覺得，即便我再次變成大富豪，也沒什麼意思。」

老人聽了杜子春說的話，突然暗自笑了起來。

「是嗎？你不像個年輕人啊，挺明白事理的，叫人佩服。那麼，今後你會安於過貧窮日子了？」

杜子春遲疑了一下，但馬上下了決心似的抬起目光，懇切地看著老人的臉，說道：

「現在的我做不到這一點。所以，我希望您收我為徒，修煉仙術。不，您不能回避，您是道行高深的仙人吧？否則，就不可能一夜之間將我變成天下第一的大富豪。請收我為徒，教我神奇的仙術吧。」

老人緊皺眉頭，好一會兒沉默不語，像在思考什麼事情。不一會兒，他微笑了，愉快地接受了請求：

「其實，我是住在峨眉山的仙人，名叫鐵冠子。我第一次見你時，感覺你有點悟性，所以就讓你做了兩回大富豪。既然你那麼想做仙人，就做我的弟子吧。」

杜子春無悲也無喜，老人話音未落，他就額頭碰地，一再叩謝鐵冠子。

「哎呀，不必多禮。儘管你做了我的弟子，能不能成為有能耐的仙人，還得看你自己。好吧，那就且跟我回一趟峨眉山看看。噢，正好這裡扔著一根竹杖。那就盡快騎上它，騰空飛去好了。」

鐵冠子撿起地上的一根青竹，口中念念有詞，然後像上馬似的和杜子春一起跨上那根竹子。於是，不可思議的事情發生了：竹杖突然像一條龍直躍上天，在春天透亮的暮色中遨遊，飛向峨眉山的方向。

杜子春膽戰心驚，他害怕地往下看：下面唯有殘陽中的座座青山，而那洛陽西門已遍尋不見（早已被雲霞遮擋了吧）。未幾，鐵冠子任由大風吹拂白色鬢髮，高聲吟誦起來：

朝遊北海暮蒼梧，
袖裡青蛇膽氣粗。
三醉岳陽人不識，
朗吟飛過洞庭湖。

四

兩人騎著青竹，不久就降落在峨眉山。

這是一整塊面臨深谷的大岩石，看樣子相當高。北斗星在夜空中閃亮，看起來竟有茶碗般大小。這裡是人跡罕至的大山，四周萬籟俱寂。好不容易有點聲響進入耳朵裡——是身後一棵生長在絕壁上的松樹，枝幹虯曲，在夜風之中呼呼作響。

兩人來到這塊岩石上，鐵冠子讓杜子春在絕壁下坐好，說道：

「我要到天上走一趟，見見西王母。這期間你坐在這裡等我歸來。我不在時，可能有各種各樣的妖魔現身，誆騙你。無論發生任何事情，你都絕不能出聲！記住了嗎？就算天崩地裂，你也不要作聲！」

「您放心吧，我絕不作聲。即便丟了性命，我也不作聲。」

「是嗎？聽你這麼說，我就放心了。好吧，我去去就回。」

老人跟杜子春道別，又跨上竹杖，筆直地消失在群山的夜空之中。

杜子春獨自一人坐在岩石上，靜靜地眺望星星。約莫過了半個時辰，正覺得深山裡夜氣透過薄薄的衣物，清寒侵肌之時，空中突然有一個聲音呵斥道：

「是誰在那裡？」

杜子春按照仙人教導的，一概不作聲。

過了一會兒，同一個聲音又響起，恫嚇道：

「你不回答的話，等著瞧吧，馬上就會沒命！」

杜子春當然默然以對。

突然，一隻老虎不知從何而來，雙目炯炯，一下子躍上岩石，盯著杜子春，發出一聲咆哮。與此同時，頭頂上的松枝劇烈搖晃，身後的絕壁頂上出現一條白蛇，約四斗酒桶般粗。牠吐著火焰般的舌，眼看著就要爬下來。

然而杜子春泰然處之，眉頭也不皺一下。

老虎和白蛇盯上了同一個獵物，好一會兒互窺對方底細似的睨視著，突然間同時撲向杜子春。就在杜子春即將命喪虎口或蛇腹的瞬間，老虎和白蛇都如霧氣一樣隨著夜風消失，只剩下絕壁上的松樹，一如剛才在夜風之中，樹枝呼呼作響。杜子春鬆了一口氣，且等接下來會發生什麼事情。

這時，一陣風刮起，天上隨即布滿墨一般的黑雲，紫色閃電冷不防地將黑暗劈成兩半，雷鳴聲淒厲。不僅是雷鳴，瀑布般的雨水也不期而至。天氣突變之中，杜子春仍舊端坐，不為所動。風聲、雨水以及不斷的閃電持續了好一會兒，令人覺得連峨眉山也傾覆了。這時，一聲震耳欲聾的雷聲炸響，空中翻滾的黑雲中出現一條通紅的火柱，砸在了杜子春頭上。

杜子春不禁捂緊耳朵，匍匐在大岩石上。但隨即他睜眼一看，天空像之前般澄澈，對面矗立的群山上方，茶碗般的北斗星仍舊熠熠生輝。看來，剛才的暴風雨跟那些老虎、白蛇一樣，肯定是妖魔趁鐵冠子不在來搗亂。杜子春漸漸放下心來，他拭去額頭的冷汗，在岩石上重新坐好。

然而沒等他喘定了氣，一名威嚴的神將現身了。神將身高三丈，穿著黃金鎧甲。他把手中的三叉戟突然指向杜子春的胸口，雙目圓睜，喝道：

「噫，來者何人？這峨眉山自上古開天闢地以來，便是俺的住所。你獨自一人竟敢踏足此地，恐非等閒之輩。若惜性命，你便快快道來！」

但是，杜子春謹記老人的話，沉默不語。

「你不回答嗎？不說話啊，好吧。不說就不說，隨你便。取而代之，我要讓我的下屬把你碎屍萬段！」

神將把戟高舉，向著對面的山一揮。一瞬間，黑暗裂開，湧現無數神兵，如同雲團飄滿了天空，令人震驚。眾神兵舉刀持槍，眼看就要排山倒海地攻上來。

見此情景，杜子春差一點就驚呼起來。但他隨即想起了鐵冠子的話，便拚命忍住不作聲。神將見他不害怕，勃然大怒道：

「你這頑固的傢伙，死不開口的話，我有言在先，立取你性命！」

神將叫喊著，三叉戟一晃，一下子將杜子春刺倒。在一陣響徹峨眉山的笑聲中，神將消失無蹤。不用說，無數的神兵也早已和吹拂的夜風一起，像一場夢般不見了。

北斗星仍舊清冷地照射著這塊大岩石。絕壁上的松樹也一如既往被風吹拂著，枝葉呼呼作響。杜子春仰臥在大岩石上，氣息已絕。

五

杜子春的身體仰躺在岩石上，但靈魂卻靜靜脫離了身體，墜下地獄。

在現世與地獄之間，有一條叫「闇穴道」的路，那裡一年到頭都灰灰暗暗的天空中，刮著冰冷的風。杜子春在這種風的吹拂下，像片落葉飄在空中前行了好一會兒。不久，他就來到了一座氣派的大殿前，大殿的匾額寫著「森羅殿」。

殿前的許多小鬼一見杜子春，隨即一擁而上，將他拖到階前。階上的大王身穿黑袍，頭戴金冠，威嚴地睨視周圍——這位肯定就是大名鼎鼎的閻羅王了。杜子春心中忐忑，膽戰心驚地跪了下來。

「嘿，你何故坐在峨眉山上？」

閻羅王聲若巨雷，在階上迴響。杜子春馬上就想回答問題，但忽而又想起鐵冠子的告誡：「千萬不要開口」。於是他垂下頭，啞巴似的沉默不語。閻羅王舉起手中的鐵笏，臉上鬚鬚倒豎，盛氣淩人地斥罵起來：

「你以為這是哪裡？速速回答，稍有拖延，地獄刑罰侍候。」

但杜子春依舊緊閉雙唇。閻羅王見狀，立即轉向眾小鬼，粗暴地說了幾句。眾小鬼一齊遵命，馬上拖起杜子春，飛到森羅殿空中。

眾所周知，地獄裡除了刀山血池之外，還有叫「炎熱地獄」的火焰谷和叫「極寒地獄」的冰海，並列於漆黑的天空下面。眾小鬼將杜子春依次拋入這些地獄裡。於是，杜子春便慘遭利劍穿胸、火焰灼臉、拔舌剝皮、鐵杵撞擊、油鍋煎煮、毒蛇噬腦、鷹鵰啄眼……要盡數他受的苦，實在數不完。儘管如此，杜子春仍拚命忍著，咬緊牙關，一言不發。

到這一步，就連小鬼也都驚呆了吧。他們再次飛上黑夜般的空中，回到森羅殿前，像剛才那樣把杜子春拖拽到階下，齊聲報告殿上的閻羅王：

「這名罪人怎麼也沒有開口的意思。」

閻羅王皺著眉頭，一時沒了主意。過了一會兒，他想到了什麼似的，吩咐一個小鬼道：

「此人的父母淪落在畜生道吧？速去拉來。」

那小鬼隨即飛上地獄上空，隨即又像流星般驅趕著兩頭牲畜，降臨到森羅殿前。杜子春見了那兩頭牲畜，一時驚呆了——兩頭牲畜看外形都是形容枯槁的瘦馬，但臉卻跟死去的、在夢中也不能忘懷的父母一模一樣。

「喂，你為什麼要坐在峨眉山上？如果不馬上坦白，這回你的父母可得受苦了。」

即便受到這樣的恐嚇，杜子春仍舊不作聲。

「你這不孝的傢伙！你覺得父母受折磨，你也無所謂嗎？」

閻羅王淒厲地喊叫起來，聲震屋瓦：

「你們這些小鬼，給我打！把那兩頭牲畜打得肉爛骨碎！」

眾小鬼齊聲應道：「是！」小鬼手執鐵鞭，從四面八方劈頭蓋臉狠揍兩匹馬。鐵鞭帶著風聲雨點般落下，馬匹頓時皮開肉綻。馬——變成了牲畜的父母，痛苦地掙扎著，眼裡流出帶血的淚水，慘不忍睹地嘶鳴著。

「怎麼樣？你還不坦白嗎？」

閻羅王讓小鬼暫時住手，再次催促杜子春回答。這時候，兩匹馬已經肉爛骨碎，奄奄一息地倒伏在階前。

杜子春想起鐵冠子的話，拚命緊閉雙眼。這時，他耳邊傳來了一個幾乎語不成聲的微弱聲音：

「不用擔心，只要你能幸福，我們怎麼樣都行。不管大王說什麼，不想說的話就不說。」

那確實是母親令人懷念的聲音。杜子春不禁睜開了眼睛，只見一匹馬無力地倒在地上，悲傷地注視著他的臉。母親在這般痛苦中，依然為兒子著想，絲毫沒有挨小鬼鞭打的怨氣。與世間的人對富豪說好話、對窮人不理不睬相比，這情感何等珍貴！這意志何等堅定！杜子春忘記了老人的告誡，跌跌撞撞衝上前去，雙手抱緊半死的馬脖子，淚如雨下，喊了一聲：「娘！」

六

杜子春在那喊聲中清醒過來，發現自己仍舊沐浴著夕陽，呆呆地佇立在洛陽西門之下。布滿晚霞的天空、白色的新月、川流不息的人和車子——所有這一切，跟他去峨眉山之前一樣。

「怎麼樣？你雖然做了我的弟子，但實在是成不了仙啊。」

獨目老人微笑著說道。

「我成不了仙，雖然不行，但我反而高興。」

杜子春眼含淚水，不禁緊握老人的手：「成仙了又如何呢？在地獄的森羅殿前眼看著父母受鞭打，我怎麼可能沉默？」

「如果你沉默——」鐵冠子一下子臉色凝重，注視著杜子春，「如果你沉默，我當時想，我就當場讓你斃命。你也不會再想成仙了吧，做大富豪也已經斷念了，那麼，你覺得以後做什麼好呢？」

「不論做什麼，我都打算過不愧為人的正直生活。」

杜子春的聲音裡帶著從未有過的明快而開朗的調子。

「別忘了這句話。好吧，我們就到今天為止，以後不再見面了。」

鐵冠子話音未落，已經邁開了步子。但他突然止步回頭，愉快地對杜子春補充了一句：

「對了，我恰好想起來了，我在泰山南麓有一所房子。我把那房子和田地一起送給你，你趕緊去住吧。現在這時候，那房子周圍正有一大片桃花盛開呢。」

大正九年（一九二〇）六月

海市蜃樓

一

一個秋天的午間，我跟從東京來玩的大學生K君一起，出門去看海市蜃樓。在鵠沼的海邊能看見海市蜃樓這件事，恐怕已經無人不知了吧。我家女傭看見過倒映在空中的船，感歎道：「跟之前報紙登的照片一模一樣哩。」

我們拐過小亭子，決定順便叫上O君。隔牆就看見O君在井邊努力搖水泵，也許是在準備午飯吧。他還是穿著那件紅襯衫。我舉起那支梣木拐杖，向O君打招呼。

「請從那邊進來。嘿，你也來了啊？」

看來O君以為我是和K君一起來玩的。

「我們是出來看海市蜃樓的，你也一起來吧？」

「看海市蜃樓啊？」

O君一下子笑了起來。

「看來最近海市蜃樓很熱啊。」

約五分鐘之後，我們已經跟O君一起，走在沙子鋪得厚厚的路上了。路的左邊是大片沙地，兩道黑黑的牛車轍子斜斜地延伸著。這道深深的車轍給我一種壓迫感，不由得讓我產生這樣的感覺：真是天才之作！

「看來我精神不大健全，怎麼竟對那道車痕大有感觸呢？」

O君一直皺著眉頭，沒有回應我的話，但我感覺自己跟他心意相通。

沒多久，我們走過了松林——稀疏而低矮的松林，來到了引地川河邊。在廣闊的沙灘外，陽光下的大海一片深藍。雲層下的光之繪島上，房子和樹木顯得陰鬱。

「現在是新時代了？」

K君面帶微笑，話題突兀。新時代？我猛然間發現了K君說的「新時代」：那是一對男女在擋沙竹籬前面眺望大海。只不過，把那個穿長披風加呢帽的男子稱為「新時代」並不合適。但是，且不用說女子的短髮，光是太陽傘和低跟鞋就構成了「新時代」。

「好幸福啊。」

「你一個人也令人羨慕啊。」

O君拿K君開玩笑。

看得見海市蜃樓的地方距離他們約百公尺之遙。我們全都趴著，隔河眺望升起熱氣的沙灘。沙灘上升起一縷嫋嫋藍煙，如同一條絲帶，大海的色彩彷彿要從熱氣中映射出來。除此之外，沙灘上的船影也好，其他也好，全都看不見。

「那就叫『海市蜃樓』嗎？」

K君弄得下巴都是沙子，失望地說。此時，不知從哪裡飛來一隻烏鴉，從相隔兩三百公尺的沙灘上空掠過那股緞帶似的藍煙，降落在更遠處。與此同時，烏鴉的身影轉瞬之間倒映在熱氣緞帶上。

「這算是今天好的部分吧。」

隨著O君的話，我們一起從沙地上站起來。不知何時起，我們之前見過的兩個「新時代」人物正從我們前面走來。

我稍微吃了一驚，回望我們身後。但是，他們仍舊在百公尺外的竹籬前說話。我們──尤其是O君，掃興地笑了起來。

「這兩位倒成了海市蜃樓嗎？」

我們面前的這兩個「新時代」人物當然不是之前那一對，但女子短髮、男子呢帽的打扮，卻幾乎一樣。

「就感覺滿可怕的。」

「我有種他們似曾來過的感覺。」

我們這樣聊著，翻越了一座矮矮的沙山，沒有沿引地川河邊走。沙山的山腳仍是擋沙的竹籬，山上是泛黃的低矮松樹。O君走過時，說了聲「哪裡都一樣」，彎腰從沙地上撿起一件東西。那是一個木牌，柏油似的黑邊框裡面，有一段橫寫的文字。

「那是什麼？Sr. H. Tsuji……Unua……Aprilo……Jaro……1906……」

「什麼東西？是Dua……Majesta……嗎？還有1926呢。」

「這個——哎，是水葬的屍體上的吧？」

O君作出了這樣的推測。

「屍體水葬時，也要用帆布包一下吧？」

「所以就塞一塊木牌嘛。瞧，這裡釘了釘子，這個原本是十字架形狀的吧。」

那時候，我們已經走在別墅籬笆與松林之間。O君對木牌的推測似乎言之有理，在光天化日之下，我又沒來由地感到毛骨悚然。

「撿了個不吉利的東西啊。」

「哪裡，我把它當成吉祥物哩。但是，從一九〇六到一九二六的話，二十幾歲就死掉了，二十幾歲。」

「是男的還是女的？」

「誰知道啊。不過，可能是混血兒。」

我一邊回應K君，一邊想像死在船上的混血兒年輕人。按我的想像，他應該有一個日本媽媽。

「海市蜃樓？」

O君兩眼定定地望著前方，突然自言自語道。也許他是不由自主說的吧，可是，隱約觸到了我的內心。

「喝個茶再走？」

我們不知不覺已經來到有許多房子的大街的拐角。許多房子？但是，沙子乾了的馬路上，幾乎不見行人。

「K君怎麼樣？」

「我無所謂……」

這時，一條雪白的狗垂著尾巴，無所事事地從對面走過來。

二

K君回東京之後，我又和O君、妻子一起走過了引地川的橋。這回是下午七點左右——剛剛吃完晚飯。

那個晚上，天上連星星也不見。我們走過沙灘，話也不多。沙灘到引地川河口附近，有一處燈光在動——應該是給海上打漁船的信號吧。

海浪聲不絕於耳。越接近水邊，岩灘的腥味就越發強烈。似乎那不是海裡的味道，而是被海浪沖到我們腳下的海草或者浮木的味道。不知為何，我感覺除了鼻子，皮膚也感受到了這個味道。

我們在水邊站了一會兒，眺望著白白的浪花。放眼望去，大海一片漆黑。我回想起約十年前，自己曾滯留在上總的某處海邊，與此同時又回想起那時在一起的一個朋友。他在讀書之餘，還幫我看我的短篇〈芋粥〉的校樣……

不知何時，O君在水邊蹲了下來，點燃了一根火柴。

「你要幹什麼？」

「也不幹什麼……就點一下火柴而已，能看見各種東西吧？」

O君回頭仰視我們，半是跟妻子說話。的確，點一根火柴，火光便照出了散亂的刺松藻、石花菜之中的各種各樣的貝殼。O君等火滅了，便又擦亮新的火柴，走到緊貼水邊的地方。

「哎呀，令人毛骨悚然啊。我還以為是溺死者的腳呢！」

那是一隻半埋進沙子裡的游泳鞋。那邊的海草中，還有一塊大大的海綿。但是，火柴一滅，四周便和之前一樣黑暗。

「不會有白天的那種收穫了吧。」

「收穫？噢噢，那塊木牌？那種東西很少見的。」

我們決定把海浪聲置諸身後，返回大沙灘。除了沙子之外，我們的腳還時不時踩到海草。

「這邊也有各種東西吧？」

「我再點亮一根火柴試試？」

「好啊。咦，我聽見有鈴鐺響。」

我側耳傾聽了一下，因為我這陣子產生了很多錯覺。我確定真有鈴鐺在某處響著。我想再問一次O君，他是否聽見。這時，落後了兩三步的妻子笑著對我們說：

「是我木屐的鈴鐺在響吧？」

但是，我不用回頭看，也知道妻子穿的是草履。

「我今晚當小孩，穿木屐走路。」

「是夫人的袖子在響——啊啊，是小Y的玩具哩，是附鈴鐺的賽璐珞玩具。」

O君說著，也笑出了聲。說話間妻子趕了上來，三人並排向前走。以妻子的日常話題為契機，我們聊得比之前熱鬧。

我對O君說了昨晚做的夢。我夢見在一棟文化住宅前，自己和卡車司機在說話。在夢中，我感覺跟這名司機見過面。但是在哪裡見的，醒來後就不記得了。

「我突然想起來了：是三、四年前，只來過一次的採訪女記者。」

「那是一位女卡車司機嗎？」

「不，當然是男的了。只有臉是那個女記者。我見過她一次的，畢竟仍留在腦子的某個角落裡。」

「是啊，令人印象深刻的面孔……」

「但我對那人的臉沒興趣，也沒印象啊，這樣反而令人不快。我感覺意識之外，還有各種各樣的東西……」

「也就是說，如果點亮火柴看，能看見各種各樣的東西。」

我這樣說著，偶然發現只有我們的臉清晰可見。但是，此刻就連星光也看不見，跟之前完全一樣。我又變得悶悶不樂，好幾次抬頭仰望天空。這時，妻子似乎也察覺了，直截了當回應了我的疑問：

「是沙子造成的，對吧？」

妻子回望寬闊的沙灘，兩袖併攏。

「應該是吧。」

「沙子這東西會淘氣，海市蜃樓也是它弄出來的……夫人還沒看過海市蜃樓嗎？」

「沒呢。最近有一次——只看見藍藍的東西而已……」

「就是那麼點啦，我們今天所見也是。」

我們過了引地川的橋，從亭子的土堤外走過。松樹樹梢在陣風之下嗚嗚響。這時，好像有一個矮個子男人正走過來。我忽然想起這個夏天出現的一個錯覺：在這樣的一個晚上，我把白楊樹枝上掛的紙看成了安全帽。但這個男人不是錯覺，不僅如此，隨著互相接近，他穿襯衫的胸部也看得見了。

「那是什麼？那是個領帶夾？」

我小聲說完之後，猛然發現，原以為是領帶夾的東西，是香菸的火頭。這時，妻子咬著衣襟，首先憋不住笑起來。那男子目不斜視地跟我們擦肩而過。

「好了，晚安。」

「晚安。」

我們輕鬆地跟O君道別，走在呼呼的松風中。松風聲微微混雜著蟲鳴。

「爺爺的金婚紀念什麼時候辦？」

「爺爺」是指我爸爸。

「什麼時候辦呢……東京送來奶油了嗎？」

「奶油還沒到，送到的只有香腸。」

說著話，我們就來到門前了——半開著的門前面。

昭和二年（一九二七）二月四日

芋粥

這是元慶之末、仁和[1]初年的故事。屬於元慶還是仁和，在這個故事裡頭倒是無關緊要。讀者只需要明白「平安朝」這麼個古老背景即可。那時候，攝政藤原基經手下的侍從中，有一位叫「某某」的五品[2]官員。

筆者倒也想清清楚楚寫出他姓甚名誰，不巧舊記中沒有傳下來，恐怕是一位平凡男子，沒有資格流傳吧。舊記的作者，似乎都對平凡的人和事不大有興趣。在這一點上，他們跟日本自然派[3]作家大相徑庭。王朝時代的小說家出乎意料都不是閒人。總而言之，聽命於攝政藤原基經的侍從武士之中，有一位叫「某某」的五品。他，就是本故事的主角。

五品其貌不揚。首先他個子矮，然後是紅鼻子，眼角下垂，髭鬚也稀薄，臉頰黑瘦，下巴與眾不同，看起來細小，嘴唇——一一細說的話，那就沒完沒了了。我們這位五品的外貌，就是出落成如此沒出息的模樣。

此人從何時起、因何緣故替基經做事的，誰也不知道。從好久之前起，他就身穿同樣的褪色水干，戴著同樣癟癟的烏帽，每天不厭其煩地重複做著同樣的差事。其結果就是現在誰見了他，都不覺得此人有過年輕的時候（五品已經年過四十），反倒覺得他自出生以來，就是這副模樣——予人寒意的紅鼻子，稀稀落落的髭鬚，風塵僕僕奔波在朱雀大路上——上至他的主公基經，下至牧牛小童，無意識之中都深信這一點，無人質疑。

這副尊容，要問周圍有何種反應，恐怕也不必說了吧。對五品，侍從監獄裡的同僚、夥伴根本就無視他的存在，彷彿他還不如一隻蒼蠅。有頭銜沒頭銜的下屬總共近二十人，對於他的出入也極為冷淡，實在不可思議。五品有事情要吩咐時，他們之間也絕不會停止聊天。對於他們而言，五品的存在，簡直就是空氣，可以視而不見。連下屬都是這樣，更別說別當[4]、侍從監獄的官員等上司，根本不把他當一回事，乃是自然了。他們面對五品時，幾乎都在冷冷的表情背後隱藏著孩子式的惡作劇，無論要說什麼，都只用手勢來表達。人類有語言並非偶然，也就是說，用手勢行不通的事情也該有吧。但是，他們全都要歸咎於五品的悟性有缺陷。於是，當他們搞不定時，就從五品歪歪的軟烏帽，到開始穿破的稻草鞋跟，無

---

1 元慶（八七七—八八五），仁和（八八五—八八九），日本平安時代前期的年號。

2 五品，原文為「五位」，官員位階之一，可升殿者的最低等級，很難晉升到四位。

3 自然派，自然主義文學流行於日本明治中後期，極為關注凡人瑣事。

4 別當，大臣家管理政務、武士的負責人。

數次地上下打量，然後嗤之以鼻，猛地扭過頭去。儘管如此，五品從沒生氣，因為他是個膽小鬼，沒有自尊心，逆來順受。

至於那些侍從同僚，就更進一步捉弄他了。年長的同僚以他的尊容為材料編段子取樂，年輕的同僚也趁機來一番插科打諢練練嘴。他們在這位五品的面前，沒完沒了地挖苦他的鼻子和髭鬚、烏帽和水干。不僅如此，他五、六年前死去的戽斗臉老婆，傳說跟她有關係的酗酒法師，也常常成為他們的話題。更過分的是他們動輒搞一些性質極惡劣的惡作劇，現在也難以一一盡數。只要說他們將他竹筒裡的酒喝掉，然後撒尿在裡頭這一樁，其他的也就可想而知了。

然而，五品對這些諷刺取笑完全沒有感覺——至少從旁看來，他是無感覺的——他只是默默地撫摸著稀疏的髭鬚，完成必要的事情而已。除非同僚的惡作劇太過分了——在他髮髻上貼紙片，在他刀鞘上綁草鞋等等時，他才做一個不知是笑還是哭的笑臉，說道：「你們這樣子不行呀。」看他表情、聽他聲音的人，無不一時間被他的憐憫所感動，彷彿被他們欺負的人，並非區區一個紅鼻子五品，而是他們所不認識的某個人——這許多的某人正借用五品的樣貌、聲音，來譴責他們的無情——這樣的感覺，會瞬間在他們心頭朦朧地產生，只是這種心情甚少有人一直持續下來。

在這些甚少的人之中，有一名無官位的侍從，他來自丹波國，是個鼻子下正長出柔軟鬍鬚的青年。不用說，他一開始也跟大家一起，無緣無故就輕蔑紅鼻子五品。然而，自他某天因故聽見了「你們這樣子不行呀」的聲音之後，這句話就總是纏繞著他。自此以後，在他的眼裡，五品就完全變成了另外一個人。因為這個營養不良、氣色很差、又呆滯的五品的臉上，呈現了一個哭訴世間不平的「人」。這名無官位侍從一想起五品，就頓覺世間暴露出其原本的醜陋。與此同時，他便感覺五品那遭受霜凍變得赤紅的鼻子和稀少可數的鬍鬚給自己的心靈帶來了一種安慰……

但是，有那種感受的僅限於該男子一人。若除去這個例外，五品依然活在眾人的輕蔑之中，繼續過著狗一樣的生活。首先，他沒有一件像樣的衣服。他有藍灰色的水干和同色的指貫各一，但如今都已經洗白了，變成了藍紫難辨的顏色。水干上衣還只是肩頭有點塌，領口結帶或菊紋紐的顏色有點怪。要論指貫，褲腳附近的破洞可不止一處。看他的瘦腿從指貫裡露出來，裡頭沒穿裙褲，即使不是沒口德的同僚，也感覺他那副寒磣模樣如同給失意公卿拉破車的瘦牛。還有，他所佩的長刀也不可靠，柄把的金屬部分不正規，刀鞘的黑漆剝落。五品就這麼帶著他的紅鼻子，無精打采地拖拉著草鞋，在寒天之下彎腰駝背，邁著小碎步急急走著，像尋找目標似的左顧右盼。所以，連路過的攤販也鄙視他，這很自然。現實中，真有過這樣的事情……

有一天，五品要去神泉苑那邊，路過三條坊門時，見六、七個小孩子聚集在路邊，正在做什麼事。他以為他們在玩陀螺，從後窺看了一眼，卻是一條走失的長毛狗被綁住脖子，正挨揍。五品膽小，迄今即使有任何寄予同情之事，也都顧忌著周圍，從沒有採取過行動。但現在面對的是孩子，所以他也有了幾分勇氣。於是，他盡可能擠出笑容，拍拍年齡大的孩子的肩頭，開口道：「放過牠吧。狗挨打也會痛的。」那孩子回過頭來，眼珠子向上一轉，輕蔑地打量著五品的模樣。說來，那眼神就像是他辦事情不順利時，上司看他的樣子。「真是多管閒事。」那孩子一跺腳，反唇相稽道，「少廢話，你這紅鼻子！」五品感覺這話像是在抽打自己的臉。但他卻絲毫沒有因為人家惡言惡語而生氣，因為是自己多嘴惹事，才如此不堪的。他以苦笑掩飾難堪，默默地邁步走向神泉苑。在他身後，六、七個孩子對著他或做鬼臉，或吐舌頭。當然，他不知道這些，即便知道了，對於如此沒有自尊心的五品而言，又能怎麼樣？

但是，要說這故事的主角就是天生遭人輕蔑，對生活毫無指望，那也不然。從五、六年前起，五品就異乎尋常地執著於芋粥。所謂芋粥，就是挖取山芋，用甜葛的汁熬粥。這在當時是無上的美味，甚至擺上了萬乘之君的案桌。也就是說，像我們五品這種人的嘴巴，只能每年一次以臨時客人[5]的機會嘗到。甚至在那個時候，能喝到的也僅僅是夠溼潤喉嚨的少量而已。於是，盡情飽喝芋粥，很久以來就成了他唯一的願望。當然，這一點他跟誰都沒說過。不，就連他自己也從沒清晰地意識到，那是貫穿他一生的欲望。不妨說，他就是為此而活著的——有時候，人就是會為了不知能否實現的、不明不白的欲望奉獻一生。取笑這樣子的人愚蠢的，不過是人生的旁觀者而已。

然而，五品夢寐以求的「芋粥吃到飽」這事，卻意外容易地變成了現實。從頭到尾寫下這件事，正是〈芋粥〉這個故事的目的。

那是某年的正月二日，藤原基經府邸裡舉行攝關家大宴。（在二宮[6]大宴的同日，攝政關白的家裡也邀請大臣以下的公卿聚餐，做法與大宴大致相同。）五品也混在外面的侍從之中，擔任瓜分殘羹的陪客——當時還沒有將殘羹丟給乞丐的習慣，殘羹剩菜就由這家的侍從聚集一起吃掉。雖說做法與大宴相同，但是在從前，即便菜品種類繁多，卻沒什麼好東西，諸如：年糕、油餅、蒸鮑魚、雞肉乾、宇治小鯰魚、近江鯽魚、碎鯛魚乾、鹹鮭魚子、烤章魚、大蝦、大柑、小柑、橘子、柿乾串等等，其中還有芋粥。五品每年都對這種芋粥充滿期待。但總是人多粥少，自己能喝上的也沒多少。而今年尤其少，也許是心理作用吧，感覺味道比往年好。於是，他怔怔地盯著喝完的空碗，用手掌抹去沾在稀疏髭鬚上的水滴，自言自語般道：「何時才能喝個夠呢？」

5 臨時客人，參加正月二日攝政大臣家聚餐的下屬。

6 二宮，即東宮（皇太子）和中宮（皇后）。

「據說大夫大人對芋粥是從來喝不夠的。」

五品話音未落，就有人嘲笑他。那是一種高傲的武士腔，字正腔圓。五品挺直駝背，小心翼翼望向那人。說話人是那時候同為基經雜勤侍從的藤原利仁，他是民部卿時長的兒子。藤原利仁身材魁梧，身高臂長。他一邊吃炒栗子，一邊喝著黑酒，看樣子已經有八分醉意。

「你滿可憐的嘛。」利仁見五品抬起頭，就語帶輕蔑兼憐憫地繼續說道，「假如你願意，我利仁可以讓你喝個夠。」

總受欺凌的狗偶爾得到一塊肉，也輕易不敢靠近。五品還是那副哭笑難辨的笑臉，來回打量著利仁的臉和空空的碗。

「不想喝嗎？」

「……」

「怎麼樣嘛？」

「……」

對話中，五品感覺眾人的目光聚集到自己身上，回答出差錯的話，又得受到眾人嘲弄了。他甚至覺得無論如何回答，最後他都會被瞧不起。假如那時候不是對方有點不耐煩地說「假如你不願意，我也就不強求啦」之類的話，五品可能會一直輪流看著空碗和利仁吧。

聽利仁那麼一說，他慌忙回答道：

「不不……十分榮幸。」

一時間，聽者無不失笑。

「不不……十分榮幸。」——甚至有人當場學舌。裝滿黃橙和紅橘的深罐和高腳盤之上，大片的軟黑帽或扁黑帽伴隨著笑聲，一時之間像波浪般晃動起來。當中最快活、笑得最大聲的，是利仁。

「那我稍後約你吧。」他說著，稍稍皺了一下眉頭，因為發自內心的笑和剛喝的酒同時擠在了咽喉，「……你，肯定嗎？」

「十分榮幸。」

五品臉紅了，他又結結巴巴地重複了之前的回答。不消說，眾人又大笑起來。至於利仁，他追問一句，就是想讓五品那麼回答。此刻他笑得更加厲害了，肩頭都晃動起來。這位朔北的野人，只懂得兩個生活門道：一個是喝酒，另一個是笑。

但是，所幸話題中心沒多久就離開了兩人。也許是外頭的夥伴覺得，即便這很搞笑，話題集中在這個紅鼻子五品身上，也挺沒意思的吧。總而言之，話題轉來轉去，到了酒和菜都所剩無幾時，某學生侍從[7]說起將兩隻腳放入一邊裙腿騎馬的事，引起了在座人的興趣。唯有五品對這些簡直就是聽而不聞，恐怕是「芋粥」兩個字占據了他的整個心思吧。他面前有烤野雞，他也不動筷子，有黑酒杯子，他也不喝一口。他將兩隻手放在膝上，像個相親姑娘似的，就連花白的鬢角似乎也和臉一樣天真無邪地紅了起來，雙眼怔怔地盯著已經空了的黑漆碗微笑……

四、五天後的一個上午，沿著加茂川河灘，有兩名男子在靜靜地騎馬趕路，前往粟田口。一人「鬚黑髮順」，身穿深藍色狩衣配同色裙褲，佩凸紋打製的長刀。另一人是年約四十的侍從武士，穿寒磣的青灰色水干，加兩件薄棉衣。此人無論是腰帶敷衍的繫法，還是紅鼻頭加上周圍擤鼻涕的痕跡，身上的窮酸之處數之不盡。不過，馬則前者桃花馬，後者菊花青三歲駒，都是駿馬，連過路的商販或武士都回頭看。他們身後又有兩人緊隨而來，應是持弓者和雜役無疑——這就是利仁和五品一行人，這裡也無須特別交代了吧。

雖說是冬天，卻天晴物靜。白白的河灘石子之間，水流潺潺。水邊枯萎的蓬蒿紋絲不動，一絲風也沒有。臨河的矮柳，落了葉的枝杈承受著陽光。滑溜如糖的日光，甚至把樹梢上擺尾的鶺鴒和樹枝，一起活生生投影在馬路上。在東山的暗綠之上，有圓肩似的突起，彷彿遭霜打的天鵝絨，大致上是比叡山[8]吧。兩人在此中向著粟田口悠然前行，並不給馬加鞭，任耀眼陽光照射著馬鞍，馬鞍上的螺鈿熠熠閃光。

「您說帶我去的地方，是哪裡呀？」五品不熟練地牽著轀繩，說道。

「馬上就到，沒你想的那麼遠。」

「是粟田口附近吧？」

「這麼想也行。」

今早，利仁為了將五品約出來，說是東山附近有溫泉，一起去玩玩，兩人於是出了門。紅鼻子五品把這當了真。因為他好久沒有泡澡了，這陣子渾身發癢。既能喝上芋粥，又能洗溫泉，真是求之不得的好事情。他這麼想著，跨上了利仁預先牽來的菊花青馬。然而，兩人並轡來到這裡時，利仁似乎並不打算停下來——實際上兩人說著話，已經過了粟田口。

「不是去粟田口啊？」

「就幾步了，還擔心啊？」

利仁面帶微笑，故意不去看五品，讓馬靜靜地走。路兩邊的人家漸漸稀少，現在只能看到開闊的冬田上方烏鴉在覓食，山陰裡留有殘雪，帶一點朦朧的青色。雖是晴天，但野漆樹尖利的樹梢醒目地刺向天空，令人頓生寒意。

「看來，不是山科這一帶？」

「就山科這裡了。前面馬上就是了。」

---

7 學生侍從，就讀大學寮的侍從。

8 比叡山，佛教名山，又叫天台山，位於京都市東北。

果不其然，說話間山科也過了。非但如此，沒多久，關山也在身後了。如此這般，終於在稍稍過午時分，來到了三井寺前。三井寺裡，有一位與利仁交往甚厚的僧人。兩人拜訪了那位僧人，僧人招待了他們午飯。兩人飯後又上馬趕路。與迄今來路比，前方明顯人煙稀少。尤其當時是盜賊橫行的時代，天下不得安寧。五品把駝背趴得更低，仰望著利仁的臉問道：

「還得往前走嗎？」

利仁微笑了——就彷彿是小孩子淘氣即將暴露時，面對大人的微笑。堆到鼻尖的皺紋、眼角鬆弛的肌肉似乎正遲疑著笑還是不笑。於是，他終於這樣說道：

「實際上呢，我是想把你帶去敦賀。」利仁邊笑邊舉鞭，遙指遠方的天空。那鞭子的下方，近江的粼粼湖水在午後陽光下閃爍。

五品驚慌失措：

「你說敦賀，就是那越前的敦賀吧？越前的——」

平日裡也聽說過，自利仁成了藤原有仁的女婿之後，多數時候住在敦賀。但他要把自己帶往敦賀，到目前為止，五品都沒想到過。首先，僅僅兩人相伴，就如此這般翻山越嶺遠赴越前國，怎麼可能平安抵達？更何況這陣子往來旅人被盜賊所殺的傳聞不絕於耳……五品哀求般地望著利仁的臉。

「使不得呀。說是東山，卻是山科。答應了山科，卻是三井寺。最終竟然是越前的敦賀，這是怎麼回事呀？假如您一開頭就那麼說，就該叫上下人——去敦賀的話，可使不得呀。」

五品嘟噥道，只差沒哭出來了。要不是「芋粥吃到飽」鼓舞著他，恐怕他已經說聲再見，獨自回京都了吧。

「有我利仁在，以一擋百。路途之上，你不必擔心。」

利仁見五品如此狼狽，皺皺眉頭，嘲笑道。於是他喊來持弓者，背上他帶來的箭囊，接過黑漆真弓，橫放在馬鞍上，催馬向前。事已至此，沒脾氣的五品也只能一切順從利仁的意志了。他提心吊膽地望著周圍荒野，口中念著模糊記得的觀音經，紅鼻子擱在馬鞍前突上，馬仍舊在不快不慢地前進。

原野上馬蹄聲聲，遮蔽茫茫枯草。清涼水窪隨處可見，映照著藍天，令人疑心不知何時，就要把這冬日的藍天凍住。原野盡頭處，連綿的山脈也許是背著日光吧，形成了一條長長的暗紫色帶，不見殘雪的輝映。在幾叢乾枯的芒草遮擋下，兩名隨從就連這些景色也大多看不見。這時，利仁突然扭頭對五品說話了：

「看，一個好使者來了，我命他給敦賀的傳話吧。」

五品不明白利仁話裡的意思，膽戰心驚地向那把弓指示的方向眺望。那裡根本就不見人影，只有幾根野葡萄藤纏繞著一叢灌木，一隻狐狸把暖融融的毛皮暴露在西斜的日光下，慢吞吞地走著。突然，狐狸慌忙竄跳一下，一溜煙跑不見了。原來是利仁突然一甩鞭子，策馬飛奔過去。五品也不顧一切緊隨利仁之後。隨從當然也不肯落後。好一會兒，馬蹄噠噠之聲打破著曠野的寧靜。不久，他們看見利仁的馬停下時，不知何時他已捕得狐狸，手握其後腿倒提在馬鞍一側。恐怕是狐狸已經跑不動了，趴在馬下，他手到擒來的吧。五品慌忙拭去聚在稀疏髭鬚上的汗珠，催馬上前。「喂，狐狸，好好聽著！」利仁將狐狸高高舉在眼前，煞有介事地說道，「你今晚之內，需前往敦賀的利仁家，這樣報告：『利仁正與客人一道過來。明日巳時許，派人來高島迎接。另外，牽兩匹馬過來，要備好馬鞍的』。明白了嗎？別忘了。」

利仁說完，猛一甩手，將狐狸拋向遠處的草叢。

「嘿，跑了，跑了！」

兩名隨從終於趕了上來，他們看著狐狸遠去，拍手叫好。夕陽中，落葉色的獸背不避樹根、石子，一直向前衝去。從一行人站立處看去，此情此景歷歷在目——追逐狐狸時，他們恰巧來到了一個曠野的緩坡之上，其下是自然形成的乾涸河床。

「真是個不可靠的使者啊！」

五品發出由衷的讚歎，更加敬仰這位甚至能夠驅使狐狸，又不拘一格的武士。他無暇去想自己與利仁之間，差距是多麼懸殊，只是充滿了信心：既然利仁的意志支配範圍如此廣泛，則其意志所包容的自己的意志，也會有相應的自由——阿諛奉承，恐怕最容易產生於這種時候。讀者之後若察覺紅鼻子五品的態度有奉承意味，不應因此而隨意地懷疑這位男子的人格。

被丟出去的狐狸連滾帶爬地衝下斜坡，在無水河床的石頭之間靈巧地躍進，猛衝上對面斜坡。牠一邊奔跑一邊回頭，見抓住過自己的武士一行人並立在遠處斜坡上，人影僅有巴掌大小了。尤其是夕陽下的桃花色和菊花青，在凝霜空氣之中凸現，如同一幅畫。

狐狸一扭頭，又一陣風似的奔馳在枯草之中。

一行人按預定時間，於翌日巳時左右來到高島一帶。這裡臨近琵琶湖，是個小村落。陰沉的天空不同於昨天，幾間茅屋疏疏落落。岸邊生長的松樹之間，看得見湖面的灰色漣漪，彷彿在蒙塵的鏡面上冷冰冰地蕩開來——利仁來到這裡，回頭對五品說道：

「你看那邊，下人來迎接了。」

五品一看，果然，二三十名男子牽著兩匹備好鞍的馬，或騎馬或步行，從湖邊林間急急趕來，寒風吹拂著他們的水干袖口。不久，一行人走近，騎馬者慌忙下馬，步行者蹲踞於路旁，恭恭敬敬迎候利仁到來。

「看來那隻狐狸確實充當使者了。」

「那小獸天生有靈性，發揮這麼點作用，算不上什麼啦。」

五品和利仁說著話，來到了一行人等候的地方。「辛苦了！」利仁說話了。蹲踞的眾人慌忙起身，牽住兩人的馬，大家喜氣洋洋。

「昨天晚上，發生了一件怪事。」

二人下馬，正要在皮墊子上坐下時，一名身著褐色水干的白髮老家臣來到利仁面前報告。

「什麼事情？」利仁一邊向五品示意取用隨從拿來的裝酒竹筒和便當盒，一邊氣派十足地問道。

「報告大人，昨晚戌時許，夫人突然神志不清，說：『吾乃阪本之狐，今傳達殿下吩咐之事，眾人前來聽令。』於是大家上前來聽。夫人說了如下的意思：『殿下如今攜客人一同歸來，眾人需於明日巳時許前往高島迎接，另帶上兩匹備好鞍的馬。』」

「那又是一件稀奇的事情啊。」五品附和道，輪流打量著利仁和眾人的臉，希望雙方滿意。

「夫人不僅那麼說，還怕得發抖。她哭著說：『別遲到了。去遲了，我就會被殿下逐出家門。』」

「噢，她後來怎麼樣了？」

「然後夫人就睡了，到大家出來迎接時，夫人還沒有醒來。」

「如何？」利仁聽完隨從的報告，看著五品，洋洋得意地說道，「我利仁連野獸也能使喚。」

「驚歎而已，夫復何言！」五品搔著紅鼻子，低了低頭，驚愕地張開大嘴。他剛喝的酒剩下一滴，掛在髭鬚上。

那天晚上，五品在利仁家的一個房間裡，心不在焉地望著燈檯上的燈光，在無眠的長夜裡熬等天亮。於是，傍晚抵達這裡之前，和利仁及他的隨從一邊談笑，一邊翻越過的松山、小河、原野，還有枯草、樹葉、石頭、野火的煙味，便一一湧上心頭。尤其是在深褐色的霧靄中，好不容易抵達這家府邸，看見長火盆裡燃起的紅紅火焰時，終於放下心來的感覺——此時舒舒服服躺著回想起來，恍如隔世。五品在裝了四、五寸棉花的黃色直垂[9]之下輕鬆地伸伸腿，茫茫然打量著自己的睡相。

直垂底下，五品疊穿了兩件淡黃色厚棉衫，是向利仁借的，僅此就暖得要冒汗了，加上晚飯時又喝了一杯，有了醉意。枕邊的窗外就是布滿霜白的庭院，但自己醺醺然，一點也不難受。與自己在京都的住處相比，一切實在是天差地別。但儘管如此，在五品的心裡，隱

9 直垂，有領子和衣袖的臥具。

隱有一種不安穩的感覺。首先，他急切盼望時間快快過去。但與此同時，天亮這事情——要喝芋粥這件事情，心理上又不願意它來得這麼快。這兩種感情相互矛盾，境遇劇變也令他十分不安，恰如今天的天氣，帶給人一絲寒意。這些都干擾著五品，溫暖的被窩也難以帶來睡意。

這時，外面庭院有人大聲說話，傳進了他的耳朵。聲音主人似乎是途中來迎接的白髮老家臣，他在安排事情。他乾巴巴的聲音在霜天裡迴響，彷彿呼呼的刺骨寒風，聲聲敲擊著五品的骨骼：

「下人都聽著：殿下吩咐了，明天卯時之前，各人帶一根三寸粗、五尺長的山芋過來。別忘了，是卯時之前！」

這聲音又重複了兩三次之後，隨即人聲消散，又恢復到了原先的靜寂冬夜。在這寧靜之中，燈檯的油響了起來，紅色絲綿似的火焰搖搖晃晃。五品強忍住一個哈欠，又沉浸在無邊無際的幻想之中——既然說是山芋，肯定是讓人送來做芋粥的吧。這麼一想，一時因集中注意力於外頭而忘記了的不安，不知不覺中又回到心頭。尤其較之前更強烈的，是不希望太早吃到芋粥的心情。似乎「芋粥吃到飽」這麼輕易就成為現實，令迄今多年的辛苦期盼，顯得那麼徒勞。最希望事情的發展是：突然發生了阻礙，沒喝成芋粥，然後又消除了阻礙，終於如願以償——這樣的想法像轉陀螺一樣，圍繞著一個點咕嚕咕嚕旋轉。五品思來想去間，不知不覺就因旅途疲勞而熟睡過去了。

第二天早上醒來，五品心中牽掛昨晚提及的山芋，急忙打開房間的懸窗向外看。他不知不覺中睡過了頭，這時卯時已過了吧。庭院裡鋪的四、五張長席子之上，兩三千根原木似的東西斜堆成了山，幾乎與柏樹皮葺頂的房簷一般高。再看，那些全都是三寸粗、五尺長的，無與倫比的大芋。

五品揉揉睡眼惺忪的眼睛，一種近乎不知所措的驚愕感襲來，他呆呆地環顧四周。庭院各處，在新打下的木樁之上，架起了五、六個能盛五石米的大鍋，數十名身穿白布便服的年輕女傭在周圍忙碌。有人生火，有人掏灰，或者往新的白木桶裡裝甜葛汁，倒入大鍋。大家都在準備熬芋粥，忙得團團轉。從鍋底冒出的煙、從鍋裡冒出的水汽，與早晨殘存的霧靄混在一起，庭院籠罩在灰濛濛之中，幾乎看不清東西。看見紅紅的，就是鍋底生的火；耳朵聽見的騷動，彷彿是在打仗或者發生了火災。五品彷彿此刻才想到如此巨大的山芋，將在如此巨大的五石米大鍋裡變成芋粥的事；才想到自己是為了吃這種芋粥，特地從京都長途旅行到越前的敦賀來。他越想越覺得，實在情何以堪。我們五品值得同情的胃口，此時已經減掉了一半。

一個小時之後，五品和利仁及其岳父有仁一起，坐在了早飯餐桌前。面前放的雖然只是一斗裝的銀酒提[10]，裝的卻是滔滔如海、令人生畏的芋粥。五品剛才看了數十名年輕人如何靈巧地使用刀片，將堆至房簷的山芋，從一頭起快速削好。然後又看著女傭左來右往，一下一下地捧起山芋，倒入五石米大鍋之中。最後，到那些山芋在長席子上一根不剩時，就看見好幾道騰騰的熱氣柱從鍋裡升起，扶搖直上藍天，周圍彌漫著山芋味和甜葛味。目睹此情此景，他面對裝芋粥的酒提時，尚未喝到嘴，就已經感到飽腹，恐怕也在情理之中吧。五品面對著酒提，難為情地拭去額頭上的汗珠。

「聽說您沒喝夠芋粥，請別客氣，儘管吃吧！」

岳父有仁吩咐童子又將好幾個銀酒提擺上桌，每個酒提都是滿滿的芋粥。五品且當視而不見，紅鼻子更紅了。他舀了約半酒提的芋粥到大陶碗裡，好不容易喝了下去。

「父親都說話了，請務必不要客氣。」

利仁從旁又送上一個酒提，惡作劇地笑著說道。為難的是五品，如果不必客氣，從一開始他就一碗芋粥都不想喝的，現在硬撐著終於搞定了半酒提。如果再喝，還沒過咽喉就會吐出來；但如果不喝，也一樣是辜負了利仁和有仁的厚意。於是，他又強忍著，把剩下一半粥的三分之一喝了下去。之後，他就一口都喝不下了。

「十分榮幸，我已經吃得很飽了。哎呀呀，實在十分榮幸。」

五品語無倫次地說著，他看起來很為難，髭鬚上、鼻尖上都掛著汗珠，幾乎叫人想不到這是冬天。

「客人吃得不多啊，看來客氣了。你們愣著幹什麼呀？」

童子按照有仁的吩咐，要將新酒提的芋粥倒進大陶碗裡。五品晃動著兩隻手，像驅趕蒼蠅似的，誠心誠意地表示婉拒之意。

「哎呀，已經很夠了……十分抱歉，已經很夠了。」

如果不是此時利仁突然指著對面房子的屋簷說「請看那邊」，有仁還會繼續勸五品喝芋粥，所幸利仁的話讓大家的注意力轉向了屋簷那邊。柏樹皮修葺的屋簷上，正好灑落著早晨的陽光。在燦爛的陽光之中，一隻皮毛光亮的小獸乖乖地坐著。細看一下，牠正是前天利仁在荒野上親手捕捉的那隻阪本野狐。

「看來狐狸也來謁見，想吃芋粥了。大家讓牠也吃吧。」

利仁一聲吩咐，下人立刻照辦。狐狸從屋簷下來，在庭院裡接受了芋粥招待。

五品打量著喝粥的狐狸，心中眷戀地回顧來這裡之前的自己。他被許多侍從捉弄，就連京城小孩也罵他「少廢話，你這紅鼻子」。他身穿褪色的水干配指貫，像一條喪家犬似的，孤獨可憐地徘徊在朱雀大路上。但是，與此同時，他又是幸福的，他堅守著自己唯一重要的願望：飽餐一頓芋粥。現在他安心了，不必再喝芋粥了，同時感覺滿臉汗水從鼻尖起漸

10 酒提，提梁酒壺，小鍋狀，有斟嘴。

漸乾了。儘管是晴天，敦賀的早晨還是風寒侵肌。五品慌忙去捂鼻子的同時，對著銀酒提打了個大大的噴嚏。

大正五年（一九一六）八月

齒輪

一、雨衣

為了出席友人的婚禮，我拎起提包，從一個偏僻的避暑勝地乘車趕往東海道的某火車站。車子走的馬路兩旁，基本上都是茂盛的松樹。能否趕上上行列車是個問題。車上碰巧還有一位理髮店老闆，他下巴上長著鬍子，圓滾滾胖得像顆棗子。我留意著時間，不時跟他聊幾句。

「發生怪事了。據說某某先生的房子裡，大白天也鬧鬼。」

「是大白天啊？」

我眺望著輝映冬日夕陽的松山，隨口附和道。

「據說好天氣的日子不鬧，鬧得最多的是下雨天。」

「下雨天跑出來淋雨啊？」

「您說笑了……不過，據說是穿雨衣的幽靈。」

汽車喇叭嘟嘟響了兩聲，停靠在一個火車站。我告別理髮店老闆，進入車站。果然，上行列車剛走了兩三分鐘，候車室的長椅上，一名穿雨衣的男子茫然地望著外面。我想起剛剛聽說的幽靈的事，不禁露出一絲苦笑，決定到停車場前的咖啡館去等下一班列車。

這是一家名不副實的咖啡館。我在角落的桌子旁坐下，要了一杯可可。鋪桌的油布是白底細藍線的大格子花紋樣式的，邊邊角角處顯露的粗織麻布已有點髒。我一邊喝著帶橡膠味的可可，一邊環顧咖啡館內。髒兮兮的牆壁上，貼著幾張紙條，上面寫著「親子丼」、「炸豬排」之類的。

「土雞蛋、蛋包飯……」

從這樣的紙條上，我感受到東海道線鄉下的氣息——那是電氣列車在麥田或捲心菜田之間奔跑的鄉下……

上了下一班上行列車時已近日暮。我總是坐二等車廂，但當時因為某個原因，我決定坐三等車廂。

車裡相當擁擠。而且在我前後的，是要去哪裡遠足的小學校[1]的女生。我點上一支菸，看著她們。她們全都很興奮，而且都說個沒完。

「攝影師叔叔，什麼是love scene呀？」

我面前的「攝影師叔叔」含糊其詞，看來他也是跟著來遠足的。但是，一個十四、五歲的女生仍然問這問那。我突然發現她鼻頭上有個小包，忍不住微笑起來。而我身邊一個十二、三歲女生坐在年輕女老師膝上，一隻手摟著她的脖頸，一隻手撫著她的臉頰。跟人說話的空檔，她還時不時對女老師說：

「您好可愛呀，老師。您的眼睛好可愛呀。」

她們給我的感受，與其說是小女生，毋寧說是成年女人——除了她們蘋果連皮吃、剝牛奶糖的包裝紙這種事情之外。不過，一名看起來年齡略大的小女生走過我身邊時，可能踩了別人的腳吧，說了聲「對不起」。比起其他人，我反而覺得只有她更像一名真正的小學校女生。我叼著菸捲，為這種自相矛盾發笑。

列車不知何時亮起電燈，終於抵達某郊外的車站。我走下冷風襲人的月臺，過橋等待省線電車。這時，我偶遇了T君，他在某公司工作。等車期間，我們聊了一下當下不景氣的經濟。T君當然比我熟悉這種問題。他粗壯的手指上，戴著一個與不景氣無關的綠松石戒指。

「嵌了顆大寶貝啊。」

「這個嗎？這戒指是我被迫買的，是一個跑哈爾濱做生意的朋友的。那傢伙一籌莫展，

1 小學校，日本《國民學校條例》頒布前的初等教育學校，學制八年，分為「尋常小學校」和「高等小學校」。

因為不能跟合作社做生意了。」

所幸我們搭乘的省線電車沒有列車那麼擁擠，我們並排坐下，聊起各種事情。T君今年春天剛從巴黎的崗位調回東京。也就是說，巴黎也常常出現在我們的話題裡。凱約夫人的事[2]、蟹的菜式、某親王外遊期間……

「法國的生活也沒那麼困難。只不過法國人天生不愛納稅，所以內閣經常垮臺……」

「法郎不是暴跌嘛。」

「這是報紙上說的。但是你待在那邊就知道了，報紙上的日本也是大地震、大洪水不斷啦。」

這時，一名男子穿著雨衣，在我們對面坐下。我有點鬱悶，有種想跟T君說說之前聽到幽靈的事的感覺。而T君把面前的拐杖柄向左一擺，臉仍朝向前方，小聲對我說：

「那邊坐著一個女人吧？罩鼠灰色披肩的……」

「是那個西洋髮型的女子嗎？」

「沒錯，就那個夾包袱的女人。她這個夏天在輕井澤哩。西服打扮挺時髦的。」

但是，她肯定不管在誰眼裡都是一副可憐相。我邊跟T君說話，邊悄悄打量她。她眉宇間有一種瘋子的感覺，而且她那包袱裡還露出豹紋的海綿。

「在輕井澤的時候，她跟一個美國小子跳舞。是叫現代……什麼什麼的。」

我跟T君告別時，穿雨衣的男子不知何時起已經不在了。我從省線電車的一個站下來，仍舊提著包包，走路去某旅館。馬路兩旁大抵上矗立著高樓大廈。我走過時，突然想起了松樹林。不僅如此，在我視線範圍內，出現了奇怪的東西——所謂「奇怪的東西」，是不停地旋轉的半透明齒輪。我之前已數次有過這樣的經歷。齒輪的數目漸漸增長，把我的視線擋了一半。但這樣的時間也不長，一會兒就消失了，取而代之的是開始感覺頭痛——每次都這樣。眼科醫生為消除我這個幻覺，屢次命我節制抽菸。但是，這樣的齒輪，在我不抽菸的二十歲之前，也並非沒有。我心想：又來了！為了測試左眼視力，我用一隻手擋住右眼來看東西。左眼果然沒問題。但是，右眼眼瞼裡頭有好幾個齒輪在旋轉。我眼看著右側的高樓大廈逐漸消失，急急趕路。

進入旅館大門時，齒輪已經消失了，但頭痛仍在。我寄放了外套和帽子，順便訂了一個房間。然後我給某雜誌社打電話，商量錢的事。

看樣子婚禮早已開始了。我坐在桌子一角，動起了刀叉。以正面的新郎新娘為首，在白色凹字形桌前就座的五十餘人，當然個個喜氣洋洋。而我的心情，卻在明亮的電燈光下，漸漸憂鬱起來。為了擺脫這種情緒，我向旁邊的客人搭話。他正好是一位兩頰鬢白的老人，

2 當時法國財長之妻，射殺了中傷其丈夫的報社老闆。

不僅如此，還是一位著名漢學家，也知道我的名字。於是，我們不知不覺就聊到了古典。

「麒麟也就是獨角獸了。還有，鳳凰是叫費尼克斯的鳥……」

這位著名漢學家對我這種說法似乎也感興趣。我無意識地說著，漸漸產生了病態的破壞欲，甚至說堯舜肯定是虛構人物，《春秋》的作者也是晚許多的、漢代的人物。於是，這位漢學家明顯表示不快，他不看我，幾乎是咆哮著截斷我的話：

「假如連堯舜都不存在，那就是孔子撒謊了。聖人不可能撒謊的。」

當然，我沉默了。然後，我又想對碟子裡的肉動刀叉。這時，一條小小的蛆在肉塊邊緣蠕動。蛆喚起了我腦子裡的 Worm[3] 這個英語單字。它肯定又像麒麟或鳳凰那樣，是一個意味著傳說中動物的單字。我放下刀叉，打量著我杯子裡不知什麼時候斟上的香檳。

晚餐終於結束了，為了躲回我事先訂好的房間，我走過空無一人的走廊。走廊給我的感覺，是比旅館更像監獄。但是，所幸頭痛倒是在不知不覺中減輕了。

在我的房間裡，提包、帽子和外套都已送來了。掛在牆上的外套就像我自己站著的樣子，我匆匆把它扔到房間一角的衣櫥裡。然後，我走到鏡臺前，靜靜地讓鏡子照出我的臉。我映在鏡子上的臉顯露出皮膚下的骨骼。蛆突然清晰地浮現在我的記憶裡。

我打開門，走出走廊，漫無目的地行走。這時，在出大廳的角落裡，一支綠色燈罩的高落地燈清楚地照出一扇玻璃門，給我的心帶來某種平和的感受。我在它前面的椅子上坐下，考慮各種各樣的事情。但即便那個地方，也不能坐上五分鐘。雨衣這回又無精打采地搭在我身邊的長椅背上。

「還說這是隆冬[4]呢。」

我這樣想著，又走回走廊。走廊一角的侍者休息處一名侍者也沒有，但是，他們的說話聲掠過我耳旁。那是人家說了什麼時的英語回應「All right」。「All right」？——我莫名地為想要準確抓住這次對話的意思而焦急。「All right」？「All right」？究竟是什麼事情要「All right」啊？

我的房間當然靜悄悄的。但開門進房間這事讓我莫名地害怕。我稍微猶豫之後，一咬牙進入房間內。然後，我不去看鏡子，在桌前的椅子坐下。這是一把安樂椅，椅子的皮用的是接近蜥蜴皮的藍色摩洛哥羊皮。我打開提包，拿出原稿紙，打算繼續寫一個短篇。但是，蘸了墨水的鋼筆卻一直動不了。不僅如此，好不容易動了，卻只能寫同一個片語：All right……All right……All right……All right……

正在此時，突然響起了電話鈴聲，是我床邊的電話。我驚訝地站起來，將聽筒放在耳

3　Worm，意為蛆、蟲。
4　隆冬，日文漢字作「寒中」，小寒至大寒的約三十天時間。

邊，問道：

「哪位？」

「是我。我……」

對方是我姊姊的女兒。

「什麼事？你怎麼了？」

「噢噢，發生大事情了。總之……總之發生大事情了。剛才我也給舅媽打了電話。」

「什麼大事情？」

「噢，您馬上來吧。馬上呀！」

只說了這些，電話就掛斷了。我把話筒放回去，反射性地按了鈴。但是，我的手在顫抖——連我自己都清晰地意識到了。侍者一直沒出現。我與其說是焦躁，毋寧說是痛苦，就一再按鈴。我現在明白了命運教給我的「All right」這個片語。

那天下午，我姊夫在離東京不遠的鄉下被輾死了。而且他穿著與季節不相符的雨衣。深夜裡的走廊無人走動。門外不時傳來振翅的聲音，也許誰在某個地方養了鳥。

二、復仇

上午八時許，我在這家旅館房間裡醒來。然而我要下床時，拖鞋不可思議地只剩下一只。那是這一兩年來，總是使我恐懼或不安的現象。不僅如此，它還讓我聯想到希臘神話裡只有一隻腳穿涼鞋的王子。我按鈴叫來侍者，要他給我尋找另一只拖鞋。侍者帶著驚訝的神色，在小小的房間裡東找西找。

「在這裡，在浴室裡。」

「怎麼又跑到那種地方去了？」

「不清楚，也許是老鼠拖走的。」

侍者離開之後，我喝著不加牛奶的咖啡，著手完成之前的小說。凝灰岩砌成的方形窗戶正對著積雪的庭院。我每次停筆，就定定地眺望著積雪。瑞香花下的雪，被都市的煤煙弄髒了，這景觀讓我的心有點受傷。我抽著菸，不知不覺中忘了動筆，思緒紛紛。妻子的事、孩子的事，尤其是姊夫的情況……

姊夫自殺之前，曾被安上縱火嫌犯的罪名。實際上也很無奈，他在房子燒毀前，買了相當於房子價錢兩倍的火災保險，且處於犯偽證罪被判緩刑期間。然而，讓我不安的，與其說是他的自殺，毋寧說是我每次返回東京，必然看見燃燒的火。我或者在列車上目睹山火燃燒，或者在汽車上（當時妻子也和我在一起）看見常磐橋一帶發生火災。而在他家發生火災前，我已有火災的預感。

「今年家裡可能有火災呢。」

「別說那麼不吉利的話……要真發生火災就不得了了，也沒買保險什麼的……」

我們談論過這些事情，但我家沒發生火災——我盡量排除妄想，打算再次動筆，然而鋼筆怎麼也不能輕鬆寫下一行字。我終於離開桌前，躺在床上，開始讀托爾斯泰的《波利庫什卡》。這部小說的主角性格複雜，混雜了虛榮心、病態傾向和榮譽感。而且他一生的悲喜劇若多少加以修正，就是我一生的諷刺畫。尤其是從他的悲喜劇中感受到命運的冷笑這一點，漸漸讓我恐慌起來。不到一個小時，我就從床上跳起來，用力將書砸向掛著窗簾的房間一角。

「見鬼去吧！」

於是，就見一隻大老鼠從窗簾下斜著跑進了浴室。我一大步衝向浴室，打開門四下環顧。但白色浴缸後找不到老鼠。我一下子就慌了，連忙把拖鞋換成皮鞋，去往空無人跡的走廊。

走廊今天也一如既往如同監牢般壓抑。我低著頭在樓梯上上下下，不知不覺中進入了廚房。廚房出乎意料的明亮。一邊排列的幾口爐灶火焰熊熊，我走過那裡的同時，感受到戴白帽子的廚師冷眼看我。與此同時，我感到又墜入了地獄。「神啊，懲罰我吧。別生我氣，我恐怕將要滅亡。」——在這一瞬間，這樣的祈禱不由得衝口而出。

我走出這家旅館，踏著映照出藍天的、融雪的馬路，步行前往姊姊家。路邊的公園樹木全都枝葉發黑，不僅如此，每棵樹都像我們人類一樣，一棵身前、一棵背後地相隔排列。那又給我帶來與其說不快、毋寧說是恐懼的東西。我回想起但丁地獄裡變成了樹木的靈魂，決定從電車軌道對面步行，那邊盡是樓房。但是，在那邊我也沒能平安地走出一百公尺。

「碰巧路過，不好意思打擾一下……」

那是一名二十二、三歲的青年，身穿金色鈕扣的制服。我默默注視著他，發現他鼻子左側有一顆黑痣。他脫了帽子，怯生生地對我說：

「請問您是A先生嗎？」

「是的。」

「因為覺得太像了……」

「您有什麼事嗎？」

「沒有，只是想打個招呼而已。我很愛讀先生的……」

那時候，我略略摘帽致意，隨即丟下他邁步就走。先生、A先生——是這陣子最令我不快的詞。我相信自己犯下了所有罪惡。但是，他們一有機會，就繼續喊我為先生。我不能不從中感受到某種嘲弄我的東西。是什麼東西呢？然而我的唯物主義讓我不得不拒絕神祕主義。而三個月前，我在一份小小的同人雜誌上這樣表示——「我開始了藝術性的良心，不擁有任何良心。我所有的，只是神經而已。」

姊姊帶著三個孩子，在後院的臨時房屋避難。臨時房屋貼著褐色的紙，房內似乎比房外還冷。我們在火盆上烤著手，聊起種種事情。身材魁梧的姊夫本能地瞧不起比別人瘦一圈的我，不僅如此，他還公開說我的作品不道德。我總是冷冷地蔑視他，從沒跟他敞開心扉好好聊過。但是，我跟姊姊說著說著，漸漸明白他也像我一樣墜入了地獄。他說他真的在臥鋪車廂見過幽靈。我點上一支菸，盡量只談錢的事情。

「都處於這種關頭了，我想把所有東西都賣掉。」

「那倒也是，打字機之類的還值幾個錢吧。」

「噢噢，還有畫什麼的。」

「順便也賣掉N先生（姊夫）的肖像畫嗎？但是，那……」

我看看掛在臨時房屋壁上的、沒有畫框的一幅炭筆畫，感覺自己迂闊得不近人情。據說他被列車輾死時，連臉也血肉模糊，唯有唇上的鬍鬚留下來了。當然，這說法本身肯定也有點可怕。但他的肖像畫哪裡都畫好了，唯有唇上的鬍鬚不知為何模模糊糊的。我覺得是光線造成的，就從各個角度打量這幅炭筆畫。

「你在幹什麼呀？」

「沒什麼……只是那幅肖像畫的嘴巴周圍……」

姊姊回頭看了看，沒在意似的回應道：

「就鬍鬚畫少了吧。」

我看到的不是錯覺，但即便不是錯覺——我決定張羅午飯之前，就離開姊姊家。

「噢，很方便的呀。」

「明天還得……我今天要去一趟青山。」

「去哪裡呀？身體的狀況又不好了？」

「吃一堆藥。光是安眠藥就夠受的了。佛羅那、諾伊羅那、托里奧納、努馬爾……」

約三十分鐘之後，我進入一座大樓，搭電梯上三樓。然後，我想打開某間西餐館的玻璃門，但玻璃門不動。不僅如此，上面還掛著一個寫有「休息日」的漆牌。我越發不滿，眼睛盯著玻璃門內桌子上的蘋果和香蕉，決定再次走到馬路上。這時，像是公司職員的兩名男子興高采烈地聊著，與我擦肩而過，要進入這座大樓。其中一人似乎正好說了句「坐立不安吧」。

我站在路旁等計程車。計程車難得一見。不僅如此，偶爾有計程車開過，也必是黃色的車（不知何故，這種黃色的車經常給我惹上交通事故）。好不容易叫到了輛適合我的綠車，我決定前往接近青山墓地的精神病院。

「坐立不安——Tantalizing——Tantalus——Inferno……」

坦塔羅斯[5]就是隔著玻璃門眺望水果的我自己。我一邊詛咒再次浮現眼前的但丁地獄，一邊凝視著司機的後背。沒多久，又感覺到一切都是謊言了。政治、實業、藝術、科學——對我來說，這些全都是掩藏可怕人生的雜色搪瓷漆。我漸漸覺得呼吸困難，打開了計程車車窗，但一種心臟被勒住的感覺揮之不去。

綠色計程車終於來到神宮前。那裡理應有一條巷子，拐向精神病院。但今天連我也弄不清楚方向，我讓計程車好幾次沿著鐵軌來回跑之後，終於決定死心，下了車。

我終於找到了那條巷子，就從那條泥濘的路拐了進去，也不知怎麼回事迷路了，來到了青山齋場前面。自從十年前參加夏目先生的告別式以後，我一次也沒從這建築物前面走過。十年前的我也不幸福，但至少是安穩的。我眺望鋪了沙石的大門之內，回憶起「漱石山房[6]」的芭蕉，不由得感覺我的一生也告一段落了。不僅如此，我還不由得感到，有某種東西在這十周年之際，把我帶來了這個墓地。

出了某精神病院的大門後，我又搭乘汽車，決定返回之前的旅館，但在這家旅館的大門口下車時，見一名身穿雨衣的男子正與侍者吵架——與侍者？不，那人不是侍者，而是一個穿綠色衣服的汽車司機。我對進入這家旅館有種不祥的預感，隨即原路折回。

我來到銀座大道時，已近黃昏。路兩邊是一家挨一家的店鋪，人流如織，讓我更添一層憂鬱。尤其是路上行人步履輕快，彷彿不知人皆有罪，讓我不快。我在微弱的光線和電燈光之下，一直向北走。當中吸引了我目光的，是堆著雜誌的書店。我走進這家書店，呆呆地仰望著好幾格高的書櫃，然後流覽了一本叫《希臘神話》的書。看來這本黃色封面的《希臘神話》是兒童讀物吧。然而，偶然讀到的一行字，一下子就擊中了我：

「即便是最偉大的宙斯之神，也不敵復仇之神……」

我丟下書店，又回到人群中。縮起的後背感受著早就盯上了我的復仇之神……

三、夜

我在丸善書店二樓的書架上發現了史特林堡的《傳說》，流覽了兩三頁。所寫的東西與我的經驗沒有什麼不同，不僅如此，封面還是黃色的。我將《傳說》放回書櫃，順手抽出一

5 坦塔羅斯，即上文的「Tantalus」，是希臘神話中主神宙斯之子，起初甚得眾神的寵愛，獲得別人不易得到的極大榮譽，後驕傲自大，被打入地獄，受飢寒交迫之苦。是英語「Tantalizing」（坐立不安）的語源。

6 漱石山房，夏目漱石書房之名。作者當年師從夏目，出入此處。

本厚書。但是，這本書的一幅插圖上，排滿了與我們人類無異、有鼻子有眼的齒輪。（這是某德國人收集的精神病患者的畫冊。）我不覺從憂鬱之中，感受到一種反抗精神，彷彿發了狂的賭徒似的打開各種各樣的書。而不知為何，每本書必在文章或者插圖中，隱藏著針。每本書？甚至當我把我一再重讀的《包法利夫人》拿在手上時，竟感覺到自己好像是中產階級的包法利先生……

時近日暮的丸善書店二樓，似乎除我之外別無他人。在電燈光下，我徘徊於書櫃之間，然後駐足於寫著「宗教類」牌子的書櫃前，流覽一本綠色封面的書。這本書的目錄第某章上，寫著「四個可怕的敵人——懷疑、恐懼、傲慢、官能性欲望」。我一看見這樣的話，更加產生了反抗精神。對我來說，那些被稱為「敵人」的東西，絕對是感受性或者理智的另一個名字。而傳統精神也和近代精神一樣使我不幸，更使我不能忍受。我手裡拿著這本書，猛然想起我用作筆名的「壽陵餘子」幾個字。這是《韓非子》裡面的年輕人，因為邯鄲學步不成又忘記了壽陵之步，於是匍匐蛇行回鄉。在任何人眼中，今日的我肯定都是「壽陵餘子」。但是，尚未墮入地獄的我之所以也使用這個筆名——我背對一個大書櫃，努力驅除妄想，走進了對面的海報展覽室。那裡面的一張海報中，一名貌似聖喬治的騎士正在刺殺一條翼龍。而且那名騎士的頭盔之下半露著一張愁苦的臉，頗像我的一個敵人。我又回想起《韓非子》裡面的「屠龍之技」，我沒有繼續看完展覽，而是走下寬闊的樓梯。[7]

我一邊走過夜晚的日本橋大道，一邊思考著「屠龍」這個詞。它無疑也是我的一方硯臺的銘文。一位年輕企業家贈了我硯臺，他經歷種種失敗嘗試之後，終於在去年年底破產了。我仰望天空，想像著無數星光之中，地球是多麼渺小——也就是我自身是多麼渺小。然而，日間晴朗的天空不知何時已陰暗下來。我突然感覺到某種敵意，便進入電車路軌對面的一家咖啡館避難。

絕對是「避難」。這間咖啡館的玫瑰色牆壁使我感覺安穩多了，終於在最裡頭的桌子前輕鬆坐了下來。所幸那裡面只有兩三位顧客。我喝起一杯可可，像平時那樣點上一支菸。香菸的一縷青煙順著玫瑰色牆壁嫋嫋升起，這種親切和諧的色調也讓我愉快。然而沒多久，我發現我左邊的牆上掛著拿破崙的肖像畫，慢慢地又感覺到不安了。拿破崙還是學生的時候，他的地理筆記本最後寫有「聖赫勒拿[8]，小島」。這也許就是我們說的「偶然」而已，但是，甚至拿破崙自己也產生了恐懼……

我凝視著拿破崙，思考起自己的作品。於是，記憶中首先浮現的，是〈侏儒的話〉裡面的警句（尤其是「人生比地獄還要地獄」這句話），然後是〈地獄變〉的主角——良秀畫師

7 邯鄲學步，典故出自《莊子．秋水》；屠龍之技，指世上沒有用處的、名氣很大的技術，典故出自《莊子．列禦寇》。兩個典故並非出自《韓非子》，作者原文如此。

8 聖赫勒拿，位於南大西洋的火山島，英屬，拿破崙的流放地。

的命運，然後……我抽著菸，為逃避這樣的記憶，開始環顧這間咖啡館。我進來這裡避難是不到五分鐘之前。但是，在短時間內這間咖啡館已面目全非。尤其令我不快的，是仿桃花心木的椅子和桌子與四周的玫瑰色牆壁一點也不和諧。我害怕又一次墜入不為人知的痛苦之中，便拋出一枚銀幣，就要離開這家咖啡館。

「哎哎，收費二十錢……」

我之前扔出的是一枚銅板。

我帶著屈辱感走在路上，突然想起遙遠松樹林裡的我的家。那不是位於郊外的我養父母的家，而是我能做主、我租住的房子。從十年前起，我就生活在這樣一個家裡。但是，因為某件事情，我輕率地決定跟父母同住。與此同時，我又變成了奴隸、暴君、無力的利己主義者……

回到之前的旅館時，大約已是十點鐘。長途步行使我失去了回房間的力氣，就在燃燒著大塊木頭的火爐前的椅子上坐下來。然後我思索起構思中的長篇小說。這是由三十餘個短篇按時代順序連綴起來的長篇，以推古[9]至明治各時代的百姓為主角。看著眼前飛濺的火星，我突然想起宮城前的一座銅像[10]。這座騎馬的將軍銅像身穿甲冑，忠義之心溢於言表。但是，他的敵人，卻是……

我又從遙遠的過去回到眼前的現代。所幸一起來的是某前輩雕刻家。他仍舊身穿天鵝絨衣服，翹著短短的山羊鬍子。我從椅子上站起身，握住他伸出的手。（那並不是我的習慣，而是照他在巴黎和柏林度過半生所養成的習慣行事而已。）不可思議的是他的手很溼潤，彷彿爬蟲類的皮膚。

「您住這裡嗎？」

「對……」

「來工作的？」

「對，工作也在做。」

他盯著我的臉。我從他眼中感到一種近乎偵探的表情。

「怎麼樣，來我房間聊聊？」

我挑戰地發出邀請（明明缺乏勇氣，卻突然採取挑戰的姿態，是我的壞習慣之一）。這時，他微笑著反問道：「在哪裡？你的房間？」

我們像好朋友似的肩並肩，從小聲說話的外國人之中穿過，回到我的房間。他進入我的房間，背靠鏡子坐下。然後我們東拉西扯起來。東拉西扯？不過大多是關於女人的。我無

9 推古，傳說中的日本古代妖皇。

10 一座銅像，指名將楠木正成的銅像。

疑是一個犯了罪墜入地獄的人。正因為如此，不道德的聊天越發使我鬱悶。我成了臨時的清教徒，嘲笑起那些女人：

「您瞧瞧S子小姐的嘴唇。那是為了跟無數人接吻而……」

我突然閉口不說了，盯著鏡中的他的背影。他的耳朵下方正好貼著一塊黃色膏藥。

「為了跟無數人接吻？」

「感覺就是那種人吧。」

他微笑著點點頭。我感覺他內心對我很在意。然而我們聊的話題仍舊離不開女人。與其說憎恨他，毋寧說我更恥於自身的懦弱，也就更加憂鬱了。

他走了之後，我好不容易才躺在床上，開始閱讀《暗夜行路》[11]。主角的每一次內心掙扎都讓我感同身受。與書中主角相比，我感到自己是多麼愚蠢，不知不覺流下了淚水。與此同時，淚水也不知不覺讓我心情平靜，但這並沒有持續多久。我的右眼再次感覺到半透明的齒輪。齒輪仍舊是越旋轉數目就越多。我害怕頭痛，把書本放在枕邊，咽下〇．八克佛羅那，沉沉睡去。

可是，我在夢中眺望一個游泳池。泳池裡有好幾個男孩女孩在游泳或者潛水。我走向對面的松樹林，把泳池留在身後。這時，有人從後面喊我：「孩子他爸！」我稍微回頭看，見妻子站在泳池前面。我同時又感到強烈的後悔。

「孩子他爸，毛巾呢？」

「我不需要毛巾。你得看住孩子啊。」

我又繼續走。但我走的地方不知何時變成了月臺，這裡看似一個鄉下火車站，是一個綠籬長長的月臺。那裡還站著一名叫H的大學生和一個上年紀的女人。他們看見我，便向我走來，爭著跟我說話。

「發生大火災了呀。」

「我也是好不容易逃出來了。」

我覺得這名女性面熟。不僅如此，跟她說話時，覺得愉快和興奮。此時，列車吐著煙霧，靜靜停靠在月臺。我獨自上了這班列車，走過兩側垂下白布的臥鋪車廂。這時，一個近似木乃伊的裸體女人躺在臥鋪上，臉朝向這邊。那肯定又是我的復仇女神──某瘋子的女兒……

我一醒，馬上就跳下床。我的房間依舊處於明亮的電燈光下。不知哪裡傳來了撲翅聲和老鼠的打鬧聲。我打開門出走廊，匆匆前往火爐前。然後我在椅子上坐下，望著晃動的火

11 《暗夜行路》，長篇小說，日本作家志賀直哉著。講述了從小缺乏父母關愛的主角在生活歷程中不斷受挫卻決定「像春天一樣認真生活」的故事。

焰。這時候，一名白衣侍者走過來加添柴火。

「幾點了？」

「三點半左右了。」

不過，在對面的大廳一角，一名看似美國人的女子一直在閱讀一本書，遠遠看去她身穿綠色裙子。我有點如釋重負，靜靜等待天亮，如同一名熬過長年病苦之後，靜靜等待死亡的老人……

四、還有呢？

我終於在旅館房間裡寫好了之前那篇短篇小說，寄給了一本雜誌。只不過我的稿費抵不了一個星期的滯留費用，但我滿意於工作完成了。為了給精神注入能量，我出門前往銀座的一間書店。

冬日陽光照射的柏油路上，有幾張被丟棄的廢紙屑。這些紙屑因光線關係，簡直就像是玫瑰花瓣。我受到鼓舞，進入了那家書店。店裡比平時還要整潔，只是我留意到只有一個戴眼鏡的女孩在跟店員說話，這讓我有點不快。然而，我想起了路上丟棄的像玫瑰般的紙屑，買了《阿納托爾．法朗士對話集》[12]和《梅里美書信集》[13]。

我捧著兩本書進入一間咖啡館，然後在最裡面的桌前坐下，等著上咖啡。坐我對面的應是母子兩人。那個兒子儘管比我年輕，卻跟我彷彿是一個模子裡刻出來的。不僅如此，他們像戀人似的臉貼著臉說話。我望著他們，察覺那個兒子有意識地從性的角度給母親以安慰。這絕對是我有印象的、具有親和力的一個例子，同時肯定也是以現世為地獄的某種意志的一個例子。但是——我害怕又陷入痛苦掙扎之中，所幸咖啡來了，我開始閱讀《梅里美書信集》。在這本書信集中，梅里美也像在他的小說裡一樣，不時閃現敏銳的警句。不知不覺中，這些警句讓我意志堅強起來（易受影響也是我的弱點之一）。我喝完一杯咖啡後，變得無所畏懼，俐落地離開了這家咖啡店。

我走在路上，一路觀賞著各式各樣的櫥窗。有一家畫框店的櫥窗裡掛著一幅貝多芬肖像畫，那是一幅天才之人毛髮倒豎的肖像畫。我不由得感覺這位貝多芬還挺滑稽的……

這時，我偶遇了一位高中同學。這位教應用化學的大學教授夾著一個對折的皮包，一隻眼睛通紅，流著血。

「怎麼了，你的眼睛？」

12 阿納托爾．法朗士（一八四四—一九二四），法國小說家、詩人、評論家，曾獲諾貝爾文學獎。

13 梅里美（一八〇三—一八七〇），法國小說家、學者，代表作有《卡門》等。

「這個嗎?就是結膜炎而已。」

我突然想起,我這十四、五年來,每當感覺到親和力時,我的眼睛也會跟他的眼睛一樣染上結膜炎。但我什麼也沒說。他拍拍我的肩頭,聊起了我們的同學,然後邊聊邊帶我進了一間咖啡館。

「久違了。是自朱舜水立碑儀式以後就沒見過面了吧?」

他點上一支菸後,隔著大理石桌子對我說。

「沒錯。那位朱舜……」

不知為何,我無法正確發出「朱舜水」的讀音。這讓我有點不安:這只是日語而已啊。但他毫不介意地扯到了別的事情上:小說家K的情況啦,他買的鬥牛犬啦,致命毒氣瓦斯的情況啦……

「你好像什麼都沒寫啊。〈點鬼簿〉倒是讀過的……那是你的自傳嗎?」

「嗯,是我的自傳。」

「那東西有點病態啊。這陣子身體好些了嗎?」

「還是個藥罐子。」

「我這陣子也有失眠症。」

「我也?你為什麼說『我也』?」

「那不是你說的，你得了失眠症了嗎？失眠症很危險啊……」

他只有左邊充血的眼睛浮現近乎微笑的表情。我回應之前預感到不能正確發出「失眠症」的「症」的音。

「對於瘋子的兒子來說，這是理所當然的。」

不到十分鐘，我又獨自走在街上了。被丟在柏油路上的紙屑時不時看起來有幾分像我們人類的臉。這時，對面走來一名短髮女子，遠看她滿漂亮的，然而等她到了面前再看，卻是一張有皺紋的醜臉。不僅如此，她好像懷孕了。我不禁轉過臉，拐向寬闊的小巷。走了一會兒，感覺痔瘡痛起來了。對我來說，這種痛楚除了坐浴別無他法。

「坐浴——貝多芬也曾坐浴啊……」

坐浴使用的硫黃氣味突然襲擊了我的鼻子。但是，馬路上當然並沒有硫黃的影子。我又一次想起玫瑰花一樣的紙屑，盡量穩住步子。

大約一個小時之後，我把自己關在房間裡，面對窗前的書桌，著手寫新的小說。鋼筆在稿紙上疾走，就連我自己都覺得不可思議。但是，這情況也在兩三個小時之後停了下來，彷彿有無形的東西蒙住了我的眼睛。我不得已離開桌前，在房間裡來回踱步。在這種時候，我的妄想症最為明顯。在野蠻的歡樂中，我感覺自己無父無母，也沒有妻子兒女，唯有筆下流瀉出來的生命。

然而四、五分鐘之後，我不得不拿起電話。我回答了好幾次，但電話那端只重複傳來一些曖昧的話語。那發音聽起來是「摩爾」，錯不了。我終於放下電話，再次在房間裡走動。但是，唯有「摩爾」這詞實在揮之不去。「摩爾——Mole……」

Mole是英語，「鼴鼠」的意思。對我來說，這種聯想並不愉快。但兩三秒鐘之後，我給Mole加了連綴變為la mort。拉．摩爾——法語詞「死亡」，這忽然讓我不安起來，死亡像迫近姊夫那樣迫近了我。不過，我在不安之中仍感覺有某些可笑之處。不僅如此，我不覺微笑起來。如何產生了這些可笑之處，連我自己也不知道。我久違地站在鏡前，正面面對我的影子——我的影子當然也在微笑。我注視著我的影子時，想起了第二個我。第二個我——德國人所謂Doppelgaenger（雙重人格），還好沒在我自己身上見到過。但是，當過美國電影演員的K君夫人在帝國劇院走廊見過第二個我。（記得我突然被K君夫人說「前幾天怎麼也不打個招呼」，我困惑不解。）然後是已成故人的一位一條腿的翻譯家，也在銀座某香菸店見過第二個我。死亡與其說是發生在我身上，毋寧說是發生在第二個我身上也未可知，即便發生在我身上——我轉過身，背對鏡子，回到窗前的桌旁。

從凝灰岩砌的方窗，看得見草地和水池。我一邊眺望院子，一邊回想起在遠處松樹林中燒掉的好幾本筆記本和未完成的戲曲。然後我拿起筆，又開始寫新的小說。

五、紅光

陽光折磨起我來了。實際上，我像鼴鼠一樣，放下窗前的窗簾，日間也一直開著電燈，不停地續寫之前的小說。工作累了，就打開泰納的《英國文學史》，流覽一下詩人的生涯。他們全都很不幸，就連伊莉莎白王朝的巨人——甚至曾經是一代學者的班．強生[14]也陷入過神經疲勞之中，在他的大腳趾上看到了羅馬和迦太基的軍隊開戰。從他們這般不幸中，我不由得感到充滿了惡毒的喜悅。

在一個刮著東風的夜晚（對我是好兆頭），我鑽出地下室，來到馬路上，去拜訪一位老人。他在一家聖經公司的閣樓打雜，一個人邊打工邊潛心祈禱和努力讀書。我們一邊烤火暖手，一邊在牆上懸掛的十字架下聊各種事情。我媽媽為何瘋了？我爸爸的生意為何失敗了？我又為何受處罰？——他知道這些祕密，臉上奇妙地浮現莊重的微笑，一直陪著我。不僅如此，他還時不時用簡短的語言描繪人生百態。我對這位閣樓隱者心生敬意。但是，跟他說話時，我發現他也很容易被親和力打動——

14 班．強生（一五七二—一六三七），英國文藝復興時期劇作家、詩人和演員，他的作品以諷刺劇見長。因博覽群書成為當時學識最淵博的劇作家之一。

「那位花匠的女兒長得好，脾氣也好——她對我滿好的。」

「幾歲了？」

「今年十八歲。」

對他而言，那也許是父愛吧。但是，我不由得感受到他眼中的熱情。不僅如此，他招呼我吃的蘋果上，不知何時黃黃的皮上出現了獨角獸的身影。（我時不時在木紋或者咖啡杯的龜裂上，發現神話動物。）獨角獸肯定是麒麟。我想起某位帶有敵意的批評家稱我為「一九一〇年代的麒麟兒」，感到這間懸掛十字架的閣樓也並非安全地帶。

「近來情況如何？」

「還是很焦慮。」

「光是藥物也不行的呀。你想過成為教徒嗎？」

「假如我能夠做得到的話……」

「一點也不難。只要你信上帝，信上帝之子基督，信基督所創造的奇蹟……」

「我可以信惡魔……」

「那你為何不信上帝呢？假如你信影子的話，就應該信光吧？」

「但是，沒有光的黑暗也有吧？」

「什麼是沒有光的黑暗？」

我只好沉默。他也像我那樣，行走在黑暗之中。但他相信，既然有黑暗，也就有光。我們的邏輯分歧就這麼一點而已，但至少對我而言，是不可逾越的鴻溝……

「不過，光是肯定有的。因為證據就是有奇蹟存在。所謂奇蹟那種事情，到今天仍不時發生。」

「那惡魔製造的奇蹟呢？」

「你為什麼又提什麼惡魔呢？」

我感到一種誘惑，想向他傾訴這一兩年間我自身所經歷的事情。但我害怕他告訴我的妻子兒女，那麼我就也得像我媽一樣住進精神病院。

「那裡的書是？」

這位魁梧的老人回顧舊書櫃，呈現牧羊神似的表情：

「是杜斯妥也夫斯基全集。你讀過《罪與罰》嗎？」

當然讀過。十年前，我身邊不離四、五冊杜斯妥也夫斯基。此刻我被他偶然提及的《罪與罰》這書名所感動，便借了這本書，返回之前的旅館。燈光很亮、人很多的馬路依然讓我不快。尤其是偶遇熟人，真叫人受不了。我盡量選昏暗的路走，像小偷似的步行。

但是，過了不久，我就胃痛起來。要止住這種胃痛，有一杯威士忌就行。我找到一家酒吧，推門就要進去。然而，狹窄的酒吧裡，在香菸的煙霧騰騰之中，好幾個藝術家模樣的青年正聚集喝酒。不僅如此，一名蓋耳髮型的女子在他們正中間熱情彈奏著曼陀鈴。我立即感覺不妥，抽身退出。這時，我發現不知何時起，我的影子在左右搖晃。而且照射我的，是令人毛骨悚然的紅光。我在路上站住。但我的影子卻依舊不停地左右晃動。我膽戰心驚地回頭看，終於發現酒吧的屋簷下掛著一個彩色玻璃的燈籠。在強風吹拂下，燈籠在空中緩緩搖晃……

接下來，我進入一家地下室西餐廳。我站在吧檯，要了一杯威士忌。

「您要威士忌？我們這裡只有 Black and White[15]……」我把威士忌倒入蘇打水中，默默地喝起來。我身邊是兩個記者似的男子，三十多歲，他們小聲說著話，不僅如此，還說法語。我背向他們，感覺全身承受著他們的視線。那視線如同電波，讓我全身都產生了反應。他們應該知道我的名字，似乎在談論我。

「Bien……trés mauvais……pourquoi?」（法語：真的……太壞了……為什麼？）

「Pourquoi? le diable est mort!」（法語：為什麼？惡魔死了！）

「Oui, oui……d'enfer……」（法語：是的，是的……地獄的……）

我丟下一枚銀幣（那是我擁有的最後一枚銀幣），逃到這家地下室餐廳外面。在夜風吹拂的馬路上，我的胃痛已經多少好了，神經牢靠了。我想起了拉斯科爾尼科夫[16]，有一種萬事皆想懺悔的欲望。但那在我自身以外——不，在我的家人以外，無疑要產生悲劇。不僅如此，甚至這個欲望是否真實也可疑。只要我的神經如常人般牢靠——然而，為此必須去某個地方，去馬德里，去里約，去撒馬爾罕……

這時候，一塊掛在店面的白色小招牌突然讓我不安起來，招牌上畫了一個有翅膀的汽車輪胎商標。我由這個商標，聯想到依靠人工翅膀的古希臘人。他飛到空中之後，陽光烤化了他的翅膀，他跌落海中溺死。去馬德里，去里約，去撒馬爾罕——我不得不嘲笑我這個夢想，與此同時，又不得不考慮被復仇之神窮追的俄瑞斯忒斯[17]。

我沿著運河邊，走在昏暗的馬路上，途中回想起在郊外的養父母家。毫無疑問，養父母一直等著我回家，恐怕我的孩子也——但是，我一回到那裡，就不由得害怕一股力量會自動束縛住我。運河水波上橫靠著一艘娼妓船，那船從船底透出微弱的光。那裡面肯定生活著幾對男男女女吧，仍舊是因愛而憎恨著對方……我再一次振作起戰鬥精神，帶著威士忌的醉意，回到之前的旅館。

我又繼續閱讀《梅里美書信集》，不知不覺中，它又給了我生活的力量。但是，當我

15 Black and White，一種英國高級威士忌牌子。

16 拉斯科爾尼科夫，小說《罪與罰》的主角，是一個性格矛盾重重，殺人犯罪後精神上經歷了種種道德折磨的人物。

17 俄瑞斯忒斯，希臘神話中的人物。他殺死了謀害親夫的母親和她的姦夫。

知道晚年的梅里美成了新教徒時，一下子感覺出他戴假面具之下的真面目——他也跟我們一樣，是走在黑暗中的人之一。走在黑暗之中？《暗夜行路》開始變成這樣一本讓我害怕的書。我為了忘卻憂鬱，開始閱讀《阿納托爾．法朗士對話集》，但這位近代牧羊神也肩負著十字架……

約一個小時之後，侍者出現了，遞給我一疊郵件。其中之一是萊比錫的書店要求我寫一篇題為〈近代日本女性〉的小論文。為什麼他們特別要我寫這樣的小論文？不僅如此，這封英文信還加了手寫的附言：「就算您的文章寫得像黑白兩色的單調日本女人肖像畫我們也能接受。」這一行字讓我聯想到威士忌的名字Black and White，我把信撕得粉碎。然後我隨手拿起另一封信啟封，流覽黃色的信箋。來信者是我不認識的年輕人，然而尚未讀幾行，「你的〈地獄變〉……」的措辭，就不由得讓我生氣。第三封信是我外甥寄來的，我終於鬆一口氣，讀讀家裡的事情。但即便是這樣的信，到最後也突然給我當頭一棒：

「寄上和歌集《紅光》的再版……」

紅光！我感到了某種冷笑，走到房間外面避難。走廊空無一人。我一隻手扶牆壁，終於走到大廳。然後我在椅子上坐下，並點上一支菸。不知何故，菸是飛船牌的。（我在這家旅館安頓下來後，平時都抽星牌。）人工翅膀再次浮現在我的眼前。我喊來對面的侍者，請他買兩盒星牌香菸。但是，若相信侍者的話，就是剛好星牌的賣完了。

「買『飛船』的話就有……」

我搖搖頭，環顧寬闊的大廳。在我對面，四、五個外國人圍著桌子說話。而且他們中的一人——穿紅色連衣裙的女子一邊小聲跟他們說著，一邊不時地看我。

「Mrs. Townshead……」（湯希德夫人……）

我看不見的某個東西對我竊竊私語。我當然不認識什麼「湯希德夫人」，即便是對面女子的姓名——我又從椅子上站起來，擔心著自己發狂，回到自己的房間。

一回到房間，我便打算立即給某精神病院打電話。但住進那裡，對我來說無異於死亡。我猶豫再三之後，為了排解這種恐懼，繼續閱讀《罪與罰》。但是，我偶然翻開的書頁，是《卡拉馬助夫兄弟們》的一節。我以為弄錯書了，看看封面，《罪與罰》——這本書確實是《罪與罰》。我覺得是印製廠的裝訂錯誤——我感覺到命運推動我的手指翻開裝訂錯誤的書頁，無奈就從那裡往下讀。然而一頁尚未讀完，我就覺得全身發抖。那是描寫伊凡[18]被惡魔折磨的一節，描寫伊凡、史特林堡、莫泊桑，或者置身這房間的我自己……

拯救我的唯有睡眠。但是，不知不覺中安眠藥已經一包不剩。我不眠不休終於熬不下去了，但我產生了絕望的勇氣，叫人送來咖啡，豁出命去寫。稿紙兩張、五張、七張、十

18 伊凡，《卡拉馬助夫兄弟們》裡面的人物，無神論者。

張，眼看著增加起來。這篇小說的世界裡充滿了超自然的動物。不僅如此，其中一隻動物身上還畫了我自己的肖像。然而，疲勞漸漸讓我的頭腦模糊。我終於離開桌前，仰躺在床上，然後像是睡著了四五十分鐘。但是，又有人在我耳邊竊竊私語，我突然醒過來，站了起來。

「Le diable est mort.」（法語：惡魔死了。）

凝灰岩的窗外，不知不覺已是清冷的黎明。我正好站在門前，打量著沒有人的室內。這時，對面斑駁的窗玻璃上，出現了小小的風景。那肯定是黃黃的松樹林對面的海景。我提心吊膽地走近窗前，發現創造這風景的，其實是庭院的枯草地和水池。但這錯覺喚起了我對家的鄉愁。

到了九點，我給某雜誌社打電話。總算談妥了錢的問題。我往桌上的提包裡塞入書和手稿，決心回家。

六、飛機

我在東海道線的一個車站搭車，前往山裡的某避暑勝地。司機不知何故，這麼涼的天氣裡披一件舊雨衣。我對這個巧合有點不爽，就盡量不看他，望向車窗外。這時，我看見低矮的松樹對面——恐怕是老街上，正走過一列送葬隊伍。隊伍中似乎沒有白燈籠和龍燈，但製作成金銀色的蓮花在轎子前後搖晃著……

到家之後，我借助安眠藥之力，跟妻子兒女相當和平地過了兩三天日子。我家二樓隔著樹梢能稍稍看到大海。只有上午，我在這二樓聽著鴿子叫聲伏案寫作。除了鴿子和烏鴉，連麻雀也飛來外廊。這也讓我高興。「喜雀登堂」——我拿著筆，每每想起這句話。

一個暖和的陰天下午，我去雜貨店買墨水。那家店裡只有深褐色的墨水——我平時最不喜歡的就是深褐色墨水。無奈我只好出了店門，在行人稀少的路上逛。這時，一位四十歲左右、看樣子近視的外國人聳著肩，從對面走來。他是住在這裡的瑞典人，得了被害妄想症，而且名字還是史特林堡。我跟他錯身而過時，感覺肉體上有反應。

這條路也就兩三百公尺。但走過這兩三百公尺時，一隻半邊臉黑的狗第四次從我身邊過去。我拐入巷子，想起「Black and White」的威士忌。不僅如此，我還想起了，剛才那位史特林堡的領帶，也是黑和白的。對我來說，難以想像這是偶然的。假如並非偶然——我感到只有腦袋在走似的，就在馬路邊停了一下。路旁的鐵絲圍欄中，丟棄著一個微帶彩虹色的玻璃大碗，碗底呈現翅膀似的圖案。此時，從松樹樹梢飛下來幾隻麻雀，牠們來到這個碗旁邊時，不約而同地一齊飛上天空逃走了……

我來到妻子的娘家，坐在院子裡的藤椅上。院子角落的鐵絲籠裡，好幾隻白色的來亨雞安靜地踱步。另外，一隻黑狗躺在我腳旁。我急於解開疑問，卻又外表冷冷地跟岳母和小舅子瞎聊：

「到這裡一看，滿安靜的嘛。」

「跟東京比是吧。」

「這裡會有吵鬧的時候嗎？」

「好歹這裡也是塵世啊。」

岳母這樣說著，笑了。實際上，這個避暑勝地也是「塵世」。我很清楚僅僅約一年之間，這裡發生過多少罪惡和悲劇：慢性毒殺患者的醫生、縱火燒毀養子夫婦房子的老太婆、試圖奪取妹妹財產的律師——看那些人的家，簡直就是在看人間的地獄。

「這鎮上有一個瘋子吧？」

「是說小H吧？他不是瘋子，是人變蠢了。」

「叫什麼『早發性失智症』，對吧？我每次看見那傢伙，都很不好受。那傢伙這陣子不知在想什麼，老是去拜馬頭觀世音呢。」

「不好受什麼的……你可得更強壯才行啊。」

「姊夫是比我強壯……」

鬍子長了未刮的妻弟也從床上欠起身，像平時一樣小心翼翼地插話：

「但強之中也有弱點……」

「哎呀呀，那就不好辦了。」岳母這麼說道。我看著她不由得苦笑起來。於是，小舅子也微笑著，遠遠望著籬笆外的松樹林，出神似的繼續說道（這個年輕臥病的小舅子，時時讓我覺得是脫離了肉體的精神本身）：

「以為遠離了人世，誰知人性欲望卻相當強烈……」

「以為是好人，但也做壞事啊。」

「不，還有比善惡對立得更加離譜的呢……」

「那麼，大人裡頭也有孩子氣的吧。」

「那也不是。我說不清楚，但類似於電的兩極吧。總而言之，同時帶著相反的東西。」

這時候，飛機的巨響驚嚇了我們。我不禁仰望空中，發現了擦樹梢飛行的飛機。這是少有的單螺旋槳飛機，機翼被塗成黃色。雞和狗被這巨響嚇得到處亂竄——尤其是狗，一邊狂吠，一邊捲起尾巴躲到簷廊下面。

「那飛機不會掉下來嗎？」

「不會的。姊夫知道叫『飛機病』的病嗎？」

我點上一支菸，以搖頭代替說「不知道」。

「據說因為搭飛機的人一直呼吸高空空氣，漸漸就不適應地面上的空氣了……」

離開岳母家後，我步行在枝葉一動不動的松林之中，一點一點變得憂鬱起來。為何那架飛機不飛別處，偏偏在我頭頂上飛過？又為何那家旅館只賣飛船牌香菸？我被種種疑問所折磨，選了一條不見人影的路走。

低矮的沙丘對面，灰濛濛的大海陰陰沉沉。沙丘上有一副孤零零的鞦韆架，沒有了鞦韆板。我眺望著鞦韆架，忽然就想到了絞刑架。眼前的鞦韆架上停了兩三隻烏鴉。烏鴉見了我，並沒有要飛走的意思。不僅如此，正中間那隻烏鴉還將大嘴對著天空，真切地叫了四聲。

我沿著雜草已枯的砂土堤，轉向有許多別墅的小路。在這條小路的右側，高高的松樹林之中應有一座二樓白色木建築洋樓。（我的好友把這棟房子稱為「春之家」。）但走到這房子前時，那裡的水泥混凝土地基上，只有一個浴缸而已。火災——我立即這樣想，不往那邊看就走開了。這時，一名男子騎自行車筆直駛過來，他頭戴茶褐色鴨舌帽，眼神直勾勾的，身子伏在車把上。我突然從他臉上感覺到姊夫的臉，在他還沒來到面前之時，我拐入了旁邊的小路。但是，這條小路的正中央也仰躺著一隻鼴鼠的腐屍。

某種東西在窺伺我，讓我步步驚心。這時，半透明的齒輪也一顆顆遮擋住我的視野。我擔心最後時刻正在迫近，脖子僵直著步行。隨著數目增加，齒輪突然開始轉動起來。與此同時，齒輪又悄然和右邊松林的枝葉交錯在一起，看起來就像透過細緻的雕花玻璃看東西一樣。我感到心跳加速，好幾次打算在路旁停下。但是，就像有人推我一樣，我很難停下來……

大約過了三十分鐘，我仰臥在我家二樓，緊閉雙眼，忍受著劇烈的頭痛。這時，在我眼瞼內，開始顯現一隻將銀色翎毛像鱗片般疊加的翼翅。它在視網膜上真實而清晰地映現了。我睜開眼睛仰望天花板，確認天花板上完全沒有那種東西之後，我再次閉上眼睛。但是，銀色翼翅仍舊真切映現於昏暗之中。我突然想起，前不久乘坐的汽車的前散熱蓋上，也帶有翼翅……

這時，感覺某人慌忙走上樓梯來，但馬上又「吧嗒吧嗒」衝下去了。我知道那是妻子，我吃驚地起身，隨即來到樓梯前的飯廳。我見妻子趴伏著，困難地喘息，肩頭抖動。

「怎麼了？」

「沒什麼大礙……」

妻子好不容易抬起頭，強作微笑繼續說道。

「也沒有怎麼了，只是我怎麼就覺得孩子他爸要死掉了……」

那是我一生中最為可怕的經歷——我已經沒有力氣往下寫了。活在這樣的心境裡，是無法言喻的痛苦。有沒有人能幫個忙，在我睡著時把我勒死呢？

昭和二年（一九二七）遺稿

秋山圖

「說到黃大痴[1]，先生見過他的〈秋山圖〉嗎？」

一個秋夜，王石谷[2]拜訪甌香閣，一邊和主人惲南田[3]喝茶，一邊順便問道。

「我沒見過。你見過嗎？」

大痴老人黃公望和梅道人、黃鶴山樵都是元代繪畫神手。惲南田說話之間，曾經見過的〈沙磧圖〉和〈富春捲〉彷彿就浮現在眼前。

「嗯，是說見過好呢，還是說沒見過好呢？我感覺滿奇妙的……」

「是說見過好，還是沒見過好？這是……」惲南田訝異地望著王石谷，「是看了摹本嗎？」

「不，我看過的不是摹本。總而言之，我見過真跡，而且不止我一個人。關於這幅〈秋山圖〉，煙客先生（王時敏[4]）或者廉州先生（王鑑[5]）也各自有其緣分呢。」

王石谷又啜一口茶，意味深長地微笑道。

「先生不嫌無聊的話，我就說說？」

「請說吧。」

惲南田撥弄一下銅爐子的火，殷勤地催促客人道。

* * *

那是玄宰先生[6]（董其昌）在世時的事情。某年秋天，董先生與煙客翁論畫之時，突然問：「先生可見過黃一峰之〈秋山圖〉？」眾所周知，煙客翁在繪畫上師事大痴。所以，大痴所有畫作，大凡存世的，說是均已盡覽亦不為過。但唯有這幅〈秋山圖〉，他竟然未曾寓目。

「不但未曾見過，我連名字都沒聽說過呢。」

---

1 黃大痴，即黃公望（一二六九—一三五四），字子久，號一峰、大痴道人。元代畫家，有名作〈富春山居圖〉（即下文所說〈富春捲〉）、〈九峰雪霽圖〉等。

2 王石谷，即王翬（一六三二—一七一七），字石谷，號耕煙散人等。清代畫家。

3 惲南田，即惲格（一六三三—一六九〇），字壽平，別號南田，清代畫家。

4 王時敏（一五九二—一六八〇），字遜之，號煙客，清初重要畫家。

5 王鑑（一五九八—一六七七），字元照，號湘碧，清初畫家。

6 玄宰先生，即董其昌（一五五五—一六三六），字玄宰，號思白，明代後期大臣、書畫家，師從黃公望。

據說煙客翁這樣答道，自覺慚愧的樣子。

「下次有機會務必過目。與〈夏山圖〉或〈浮嵐圖〉相比，此作尤為出色。大痴老人諸本之中，竊以為此畫實屬白眉。」

「竟是此等傑作嗎？肯定要一睹為快了。不知畫作目前歸誰所有？」

「如今在潤州張氏之家。你若訪金山寺，可登門一覽。我這裡修書一封作為介紹。」

煙客翁得了玄宰先生的手書，馬上前往潤州。收藏有如此名畫之家，屆時除覽黃一峰之畫作外，肯定還可以飽覽歷代種種墨寶——煙客翁如此一想，這西園書房就無論如何待不住了。

然而，來到潤州一看，想像中的張氏之家房屋是挺大，但已荒廢。牆壁上滿是爬牆虎，院子裡處處荒草。庭院裡的雞鴨等家禽打量著來客，甚感稀奇的樣子，讓煙客翁一時之間對玄宰先生的話感到懷疑：如此家境，真擁有大痴的名作嗎？但是，特地前來拜訪，卻不打招呼就走，當然亦非原意。於是，他向應門的小廝遞上思白先生寫的介紹信，說明遠道而來，是為一見黃一峰的〈秋山圖〉。

不一會兒，煙客翁就被帶到客廳。這裡也是簡單地擺著幾張紫檀桌椅，但冷冷清清，塵灰可見——荒廢的氣息飄蕩在地磚之上。所幸出來的主人雖面帶病容，但待人友善——不，毋寧說他蒼白的面孔和修長的手指等等，皆顯示出貴族氣派。賓主一番初次見面的寒暄之後，煙客翁便直接提出，希望看看黃一峰的名作。他說，不知何故，他有一種迫切感：若此時看不到這幅名畫，畫作就會像霧一樣消失無蹤。

主人欣然允諾。然後，他命人在客廳的白壁上掛出了一幅畫。

「這就是先生期待看到的〈秋山圖〉。」

煙客翁一見那幅畫，便情不自禁發出驚歎之聲。

畫作青綠設色。溪水逶迤流經處，散落著村莊或小橋。其上崛起的主峰腰腹處，悠悠秋雲，施以濃淡不一的蛤粉。山色是彷彿新雨後的翠綠，多用高房山[7]的橫點之法；另有點染的處處叢林，紅葉掩映，其美妙幾乎無以形容，難著一辭。僅僅如此，也只是畫面華麗而已，而畫作構圖宏大、筆墨渾厚——即所謂於色彩燦然之中，洋溢空靈澹蕩的古趣。

煙客翁久久盯著這幅畫，彷彿放下了心頭大石。而這幅畫作似乎越看越增其神妙。

「先生意下如何？喜歡嗎？」

主人微笑著，歪頭看著煙客翁。

「實在是神品！玄宰先生的絕贊有不及而無過之。與此畫相比較的話，我迄今所見諸名本均落下風了。」

7 高房山，即高克恭（一二四八—一三一〇），字彥敬，號房山道人，元代畫家。

說話之間，煙客翁也雙眼不離〈秋山圖〉。

「是嗎？這幅畫真是如此傑作嗎？」

煙客翁不禁把驚訝的眼神轉向主人：

「主人為什麼仍有懷疑呢？」

「不，也不算是懷疑，其實是……」

主人就像個小姑娘為難了一樣，臉紅起來。他好不容易才帶著寂寞的微笑，怯生生看著牆上的名畫，繼續說道：

「實際上，每當我看這幅畫，不知為何就像在做白日夢一樣。〈秋山圖〉的確很美。但它的美只是我這麼看吧？對於我之外的人，它只是一幅平常的畫作嗎？不知為何，這樣的煩惱始終煩擾著我。是我產生了錯覺？抑或在這世上那幅畫美得過頭了呢？我不知道哪一個是原因。總而言之，我有種異樣的感覺，所以聽了您的誇獎，我就追問了一句。」

但是，據說煙客翁當時對於主人的這番解釋，也沒特別在意。這也不僅僅是他看〈秋山圖〉入了神——他把主人的說法，純粹看作胡扯，是人家為了掩蓋在鑑識上的才疏學淺。

過了一會兒，煙客翁辭別了如同廢宅的張氏之家。

他怎麼也無法忘懷那幅令人眼前一亮的〈秋山圖〉。煙客翁傳承大痴法燈[8]，為了得到它，不惜放棄任何東西。不僅如此，他還是一個收藏家。然而家藏墨寶之中，即便是盛傳價值二十鎰黃金的李營丘〈山陰泛雪圖〉，與〈秋山圖〉的神趣相比較，也未免遜色。所以，煙客翁作為收藏家，也極想得到黃一峰這幅稀世之寶。

於是，煙客翁滯留潤州期間，便一再差人去找張氏交涉，希望他將〈秋山圖〉轉讓，但張氏無論如何不願商量此事。據派去的人說，那位臉色蒼白的主人說「假如先生那麼喜歡這幅畫，我很樂意出借。但唯有過手免談」。這讓負氣的煙客翁多少有些惱火了。嘿，我就不借，終有一天我會將它弄到手——他內心這樣期待著，一狠心離開了潤州，把〈秋山圖〉的事情丟下了。

之後約過了一年，煙客翁再來潤州，順便又走訪了張氏之家。屋牆上有爬牆虎，庭院裡芳草萋萋，與之前沒有什麼變化。聽小廝轉告說，主人不在家。煙客翁請求道，即便不見主人，也希望能再看看那幅〈秋山圖〉。但無論他好說歹說，小廝都以主人不在家為由，頑固地不讓進門——不，到最後，甚至關門不應了。煙客翁無奈只得惆悵而歸，心中念想著深藏荒屋的名畫。

然而，煙客翁之後見玄宰先生時，獲悉這張氏之家裡頭，不但有大痴的〈秋山圖〉，還收有沈石田的〈雨夜止宿圖〉、〈自壽圖〉等傑作。

8 法燈，以燈比喻佛法，佛教認為佛法能破迷執，如燈光能去除幽暗。

「我上次忘記說了，這兩幅畫與〈秋山圖〉同樣，是堪稱『禁苑奇觀』的傑作。我這裡再修書一封，這兩幅畫也值得一看的。」

煙客翁立即遣人前往張氏之家。送信人除了持玄宰先生手信之外，還受託轉告要購買這些名畫。但是，張氏一如之前，無論如何不肯出讓黃一峰的畫作。煙客翁最終只好斷了此念。

＊ ＊ ＊

王石谷輕輕打住話頭。

「以上是我聽煙客先生說的。」

「那麼，只有這位煙客先生確實看了〈秋山圖〉？」

惲南田撫鬚看著王石谷，確認道。

「先生說他看了。但是，是否的確看了，誰也不知道。」

「不過，照你說的樣子……」

「嗯，您往下聽吧。您聽到最後，或許會得出跟我不同的想法。」

王石谷這回沒喝茶，繼續說道。

＊ ＊ ＊

煙客翁告訴我這件事時，距離他初見〈秋山圖〉已經過去了近五十年的歲月。那時，玄宰先生早已物故，張氏之家也不知不覺中經歷了三代人。所以，那幅〈秋山圖〉現今歸誰家收藏——不，就連它是否完好無損，我們也不知道。煙客翁歷歷在目般地說了〈秋山圖〉之靈妙後，遺憾地說道：

「那位黃一峰彷彿就是公孫大娘舞劍啊。即便有筆墨，這筆墨也看不見。只是一種無法言喻的神氣直逼人心魄而來——恰如觀看神龍之飛翔，我們看不見人或者劍是一樣的呀。」

約莫過了一個月之後，趁著春風吹起的好時機，我要獨自踏上南方之旅，跟煙客翁說起此行時，他就說了：

「那麼，你正好利用這機會，去尋訪〈秋山圖〉吧。那幅畫再次面世的話，是畫苑值得慶幸的事。」

我當然也盼著是這樣，於是趕緊懇求煙客翁寫信。但一旦踏上遊歷之途，要去的地方可就多了，很難抽空專訪潤州的張氏之家。冷落了煙客翁的書信，我甚至即將踏上歸途了，都沒有再去尋訪〈秋山圖〉。

其間偶然聽說，貴戚王氏把〈秋山圖〉弄到手了。那麼說來，我遊歷中出示煙客翁信件時，見過的人中混有認識王氏的人。王氏也許就是從這種人處獲悉那幅〈秋山圖〉收藏於張氏之家的吧。據坊間說法，張氏的孫子見了王氏的使者，就立即將大痴的〈秋山圖〉和傳家的鼎彝、法書一起獻上。王氏大喜之餘，將張氏的孫子待為上賓，舉辦盛大的酒宴，出家姬，奏音樂，以千金為壽。我幾乎高興得跳起來：經歷滄桑五十載之後，〈秋山圖〉仍舊安然無恙！不僅如此，它還落在了我相識的王氏手中。從前煙客翁煞費苦心想再觀賞這幅畫，彷彿神憎鬼厭似的，均以失敗告終。如今王氏唾手得之，這幅畫如同海市蜃樓般，不費事就呈現在我們的面前了，這只能說是天作之合！我急急忙忙地出了門，直奔金閶的王氏府宅去看〈秋山圖〉。

現在我仍清楚地記得，那是一個初夏的午後，沒有風，王氏庭院的牡丹花盛開在玉欄之外。我一見王氏，作揖之時便笑開了。

「〈秋山圖〉已入閣下囊中。煙客先生也曾為此畫費心勞力，這回該放心了。光是這麼想，就令人開心了。」

王氏也滿面春風。

「今天煙客先生和廉州先生也將光臨。不過，先生捷足先登，就請先過目了。」

王氏隨即著人在一旁的牆壁上，懸掛起那幅〈秋山圖〉。臨水的紅葉山村、滿山滿谷的白雲，以及如屏風般遠近壁立的數峰青山——我眼前隨即呈現出大痴老人創造的、比天地更加靈妙的小天地。我心情激盪，凝望著牆上的畫。

這樣的雲煙丘壑，毫無疑問正是黃一峰手筆。除了痴翁之外，肯定任何人都不能如此這般橫點皴染，並用焦墨破醒——這樣設色厚重，並且筆法顯露。但——但是這幅〈秋山圖〉，與從前煙客翁見於張氏之家的名畫，的確是另一個黃一峰。而較之那幅〈秋山圖〉，這幅恐怕是在其之下的黃一峰了。

在我周圍，以王氏為首、碰巧在座的食客都在窺探我的臉色。所以，我必須盡量不讓失望之情顯露在臉上。但我無論如何努力，並非心悅誠服的表情仍不自覺地流露了吧。停了一下，王氏擔心地對我說了：

「先生意下如何？」

他話音未落，我即回答道：

「真是神品。煙客先生被它震驚，確實一點也不奇怪。」

王氏的表情略微緩解。然而，他眉宇之間仍顯露出幾分對我讚賞的意猶未盡。

此時到來的，恰巧就是向我講述〈秋山圖〉神趣的那位煙客先生。煙客翁即便在與王氏寒暄之時，也滿臉微笑：

「五十年前看〈秋山圖〉的時候，是在荒蕪的張氏之家，而今日又在如此富貴的府邸再遇此作，實在是意外的因緣啊。」

煙客翁邊說，邊仰望壁上的大痴名作。這幅〈秋山圖〉是否是他見過的〈秋山圖〉，煙客翁自己是最清楚不過了。所以，我也跟王氏一樣，緊盯著煙客翁打量畫作的神色。果然，這煙客翁的臉色，眼看著似乎就陰沉下來了……

沉默一會兒之後，王氏終於怯怯地向煙客翁說道：

「煙客先生意下如何？剛才石谷先生也大加讚賞了……」

我提心吊膽：正直的煙客翁會不會實話實說呢？然而，讓王氏失望的話，即便是煙客翁也不忍心吧。煙客翁看完〈秋山圖〉，鄭重其事地回答了王氏：

「得到它，閣下真是太有福氣了。閣下收藏的寶貝，今後更添光彩了啊！」

然而，王氏聞言，臉上憂色卻更加凝重。

這時，若非廉州先生正好趕到，我們肯定越發窘困。但是，幸而在煙客翁的吹捧詞窮之際，廉州先生快活地加入眾人之中。

「這就是大家說的〈秋山圖〉嗎？」

廉州先生與眾人略一寒暄，便面對著黃一峰的畫作問道。然後，他好一會兒咬鬚沉默。

「據說煙客先生五十年前見過這幅畫一次。」

王氏更加忐忑地補充解釋道。因為廉州先生從沒有從煙客翁那裡聽說過〈秋山圖〉的神逸。

「先生的鑒裁如何？」

先生只是嘴裡發出歎息，仍舊眼盯著畫作。

「懇請先生不必顧慮，實話實說……」

王氏再次催促先生，他的微笑頗感勉強。

「這幅畫嗎？這幅畫——」

廉州先生欲言又止。

「這是？」

「這幅畫是痴翁第一名作吧。請看這些雲煙的濃淡，豈不是元氣淋漓嗎？林木等的設色，也堪稱天造地設。那邊可見一座遠峰吧。因為這樣，整體布局一下子就活了。」

之前一直沉默的廉州先生轉向王氏，指點畫作的佳處，開始盛讚起來。隨著他的話語，王氏漸漸歡朗起來，這就不必說了。

其間，我跟煙客翁悄然對視了一下。

「先生，這是那幅〈秋山圖〉嗎？」

我小聲這樣說時，煙客翁搖著頭，微妙地眨了一下眼睛。

「萬事如夢。或許那位張家主人，是一隻狐仙什麼的吧。」

＊＊＊

「〈秋山圖〉的故事就是這樣。」

王石谷說完，慢悠悠地喝了一口茶。

「果然是一個奇妙的故事。」

惲南田從剛才起就凝視著銅燈的火苗。

「據說之後王氏也熱心地問了各種問題，但論痴翁的〈秋山圖〉，連張氏也只知道那一幅畫。所以，從前煙客先生所見過的〈秋山圖〉，要不現在仍藏在某處，要不就是先生記憶有誤。我也不知道是哪一種情況。莫非煙客先生前往張氏之家觀賞〈秋山圖〉一事，純屬子虛烏有？」

「但是，在煙客先生心中，清清楚楚記住了那幅奇異的〈秋山圖〉吧。況且，在你的心中——」

「青綠山石、朱色紅葉，現在仍歷歷如在眼前。」

「那麼，豈非即便沒有〈秋山圖〉，亦無遺憾了？」

惲王兩位大家拊掌一笑。

大正九年（一九二〇）十二月

某傻子的一生

久米正雄[1]君：

此稿可否發表、當然包括發表的時間和刊物，一任君定奪。

稿中出現的人物，君大抵知悉。但我覺得即便發表，也不要點明。

我此刻生活在最為不幸的幸福之中，然而不可思議的是我不後悔，只是感覺到有我這種惡夫、惡子、惡父的人實在可憐。那就再見吧。至少在這部作品裡，我沒有打算有意識地自我辯護。

最後，我之所以特地將這部作品託付於君，是覺得君最為知己。請儘管取笑作品中的我（剝去我這個城市人的畫皮）的傻樣吧。

昭和二年（一九二七）六月二十日

芥川龍之介

1 久米正雄（一八九一－一九五二），日本小說家、劇作家，芥川密友，曾與芥川一起投入夏目漱石門下。

一、時代

那是一間書店的二樓。二十歲的他登上搭在書架上的西式梯子，尋找新書。莫泊桑、波特萊爾、史特林堡、易卜生、蕭伯納、托爾斯泰……

不久暮色就降臨了。但他還是熱心閱讀著書脊上的文字。排列在那裡的，與其說是書，毋寧說是世紀末[2]本身。尼采、魏爾倫、龔古爾兄弟、杜斯妥也夫斯基、霍普特曼[3]、福樓拜……

他與昏暗搏鬥著，數著他們的名字。而書籍開始沉入暗影之中去。他終於耗盡了耐性，要走下梯子了。這時，一個沒有燈罩的電燈泡正好就在他頭頂上亮了。他停在梯子上，俯視著在書籍之間移動的店員和顧客。他們特別小，不僅如此，看起來還很寒磣。

「人生還不如一行波特萊爾。」

他在梯子上掃視著這樣的人好一陣子……

二、母親

瘋子都穿著一樣的灰衣服，寬闊的房間似乎因此更顯得陰沉。他們中的一人面對著風琴，熱情地演奏著讚美歌。與此同時，他們中又一人站立在房間正中央，與其說是舞蹈，毋寧說是蹦來蹦去。

他和一名氣色良好的醫生一起眺望著這番光景。十年前，他的母親跟他們完全一樣，完全——實際上，他從他們的氣味中感受到了母親的氣息。

「我們走吧？」

醫生走在他前面，來到與走廊相連的一個房間。在這房間的一個角落裡，有一個裝滿了酒精的大玻璃瓶，裡面浸泡著好幾個腦髓。他在腦髓上發現了一些微微發白的東西，像是蛋白凝固而成的東西。他一邊跟醫生聊著，再次回想起母親。

「擁有這個腦髓的男人，原是某電燈公司的技術人員。他總以為自己是一臺又黑又亮的大發電機。」

他為了避開醫生的視線，望向玻璃窗外。那裡除了一堵插了玻璃碎片的磚牆，什麼也沒有。但是，那堵牆朦朧泛白，牆身上有薄薄的斑駁青苔。

2 世紀末(Fin de siècle)，是一個法語術語，通常與十九世紀後期出現的法國文化和藝術運動有關，例如象徵主義、現代主義、頹廢主義或新藝術。世紀末的「精神」通常指的是在一八八〇年代初和一八九〇年一些突出的文化標誌，包括無聊、憤世嫉俗、悲觀主義和「文明所導致的頹廢」。

3 霍普特曼(一八六二—一九四六)，德國劇作家、詩人，一九一二年諾貝爾文學獎得主。

三、家

他在某郊外的二樓房間裡生活起居。因為地基鬆軟，二樓有點傾斜，怪怪的。

他的阿姨時不時在這二樓跟他吵架，多少是因為他的養父母官司吧。但是，他從阿姨那裡感覺到了最多的愛。他阿姨一直單身，在他二十歲時，她已是年近六十的人了。

他在某郊外的二樓翻來覆去地想，所謂互相愛著，就是互相折磨嗎？期間也感覺到二樓的傾斜怪怪的。

四、東京

隅田川渾濁陰沉。他從小蒸汽船的窗戶眺望向島的櫻花。在他眼裡，盛開的櫻花憂鬱得如同一排破爛的衣服。而他不知何時起，從那櫻花——自江戶以來就生長在向島的櫻花裡，看出了他自己。

五、我

他跟他的學長一起，坐在咖啡桌前，不停地抽菸。他很少說話，而是認真傾聽學長的話。

「今天坐了半天汽車。」

「有事情要辦嗎？」

他的學長仍舊手托下巴，直白地回應道：

「沒有，純粹坐車。」

這話讓他向未知的世界——接近眾神的「我」的世界——解放了他自身。他有痛感，但同時也感覺到愉悅。

那咖啡店小小的，但是，潘神[4]的畫框下有一棵盆栽橡膠樹，垂著肥厚的葉子。

4 潘神，牧神。希臘神話中的牧人與家畜之神。

六、病

他在不停吹來的海風中攤開一本英語大辭典，手指頭探索著單字：

Talaria 長了翼的鞋子，或者涼鞋。

Tale 故事。

Talipot 產於東印度的椰子樹。樹幹高達五十英尺至一百英尺，葉可用於製作傘、扇、帽子等。七十年開一次花……

他在想像中清晰地描畫出這種椰子樹的花。這時，他感到咽喉有陌生的搔癢，忍不住往辭典上咳。痰？——但那不是痰。他聯想到了短暫的生命，再次想像這種椰子樹的花——這種高高地矗立於海那邊的、椰子樹的花。

七、畫

他突然——的確是很突然。他站在一家書店的店裡，看著梵谷的畫時，突然明白了繪畫這種東西。當然，那本梵谷畫集肯定是印刷品。但他感受到鮮明地呈現在印刷品中的自然。

對這些畫作的熱情，更新了他的視野。他時刻留意起樹枝的曲折和女子臉頰的豐滿。

一個下雨的秋日日暮時分，他從郊外一座高架橋下走過。

高架橋對面的土堤下，停著一輛運貨馬車。他走過那裡時，感覺到之前曾有人從這條路上走過。有人？——不用說就是他自己。在當時二十三歲的他的心中，有一個割掉了耳朵的荷蘭人銜著長菸管，銳利的目光盯著這幅憂鬱的風景畫……

八、火花

他淋著雨，走在柏油路上。雨相當大，他在密集的雨點中感受到塗過膠的雨衣的氣味。

這時，眼前的一條空中電線迸發出紫色火花，他奇妙地被感動了。他上衣的口袋裡收著一份要發表在同人雜誌上的稿子。他走在雨中，再次仰望身後的空中電線。

空中的電線仍舊迸發著火花。他遍視人生，並沒有特別想要的東西。而唯有這紫色火花——空中的淒豔火花，他就算捨棄性命，也要把它抓住。

九、屍體

每具屍體的大拇指上，都用鐵絲懸吊著一個牌子。那牌子上寫有姓名、年齡之類。他的朋友彎下腰，熟練地運用手術刀，開始剝一具屍體的臉皮。皮下是美麗的黃色脂肪。

他望著那具屍體。對他來說，那肯定是他完成一個短篇——背景是王朝時代的短篇——所需要的。屍體發出像是腐敗的杏仁氣味，令人不快。他的朋友皺著眉頭，靜靜地使用著手術刀。

「這陣子屍體也不足呢。」

他的朋友這樣說。於是，他不知不覺中準備了他的回應——「要是屍體不足，我就可以沒有任何惡意地殺人了。」不過，這回應只存在於他心裡頭。

十、老師

他在大樹下讀老師夏目漱石的書。在秋日陽光下，櫟樹的葉子一片也沒動。遠方的空中，一架附玻璃托盤的天平正好保持著平衡——他讀著老師的書，感受著這樣的情景……

十一、黎明

天漸漸要亮了。不知何時，他在某街市一角，環視寬廣的市場。聚集在市場中的人和車全都染上了玫瑰色。

他點上一支菸，靜靜地走入市場中。這時，一隻瘦瘦的黑狗突然朝他吠叫。他沒有驚嚇。不僅如此，他甚至愛上了那隻狗。

在市場正中央，一棵懸鈴木向四面八方伸展樹枝。他站在樹根旁，隔著樹枝仰望高空。天空中——正好在他頭頂上，一顆星星在閃耀。

那是他二十五歲那年——遇上老師的第三個月。

十二、軍港

潛水艇內部昏暗。他彎腰到前後左右都遮蓋住的機械中，窺看著小小的潛望鏡。潛望鏡中，有軍港明媚的風景。

「那裡面也能看到金剛號吧。」

一位海軍將校這樣跟他搭話道。他從方形鏡頭上眺望小小的軍艦，不知何故就想起了荷蘭芹——一份三十錢的牛排上，微微散發出香氣的荷蘭芹。

十三、老師之死

雨後的風中，他走在一個新火車站的月臺上。在月臺對面，三、四名鐵路工人一邊一齊揮動鶴嘴鋤，一邊高聲唱著什麼。

雨後的風吹散了工人的歌和他的感情。他沒給菸點火，感覺到近於歡愉的痛苦。「老師危篤」的電報塞在外套的口袋裡……

這時，從對面松山的陰影裡，開出來一列早上六點鐘的上行列車，它飄拂著輕煙，呻吟似的向這邊開來。

十四、結婚

結婚翌日，他就對妻子發牢騷：「你一來就要亂花錢，真是的。」但是，與其說這是他的牢騷，毋寧說是他阿姨的牢騷。妻子不但對他、對他的阿姨也道歉了——就在特意為他買來的那盆黃水仙前面……

十五、他們

他們和平地生活，在舒展的大芭蕉葉之下，因為他們的家位於一個海邊小鎮，從東京搭火車足足要一個小時。

十六、枕頭

他頭枕散發薔薇葉子氣味的懷疑主義，讀著阿納托爾·法朗士的書。但他沒有察覺，不知何時那枕中有了半人半馬神。

十七、蝴蝶

在充滿海藻氣味的風中，一隻蝴蝶翩翩起舞。有那麼一瞬間，他感覺這隻蝴蝶的翅膀觸碰了他乾涸的嘴唇。碰擦在他唇上的蝶粉數年後仍在閃爍。

十八、月

他在旅館的臺階上偶遇了她。在這樣的白天裡她的臉也像在月光之中。他目送著她（他們連一面之交都沒有），感到一種迄今未有的寂寞……

十九、人工翅膀

他的注意力從阿納托爾．法朗士轉移到十八世紀的哲學家那裡，但沒有接近盧梭。那也許是因為與他自己的一面——容易被熱情驅動的一面——相近。他接近了寫作《憨第德》的哲學家伏爾泰，這與自己的另外一面——富於理智、冷靜的一面相近。

他已二十九歲，人生沒有些微光明。伏爾泰給這樣的他提供了人工翅膀。

他展開這人工翅膀，輕而易舉飛到空中。與此同時，帶著理智之光的人生悲歡在他目光下下沉。他向寒磣的街市丟下反問和微笑，在無遮無擋的天空中筆直飛向太陽，彷彿忘掉了從前希臘人被太陽光燒毀了人工翅膀、墜海而死……

二十、枷鎖

他們夫妻和他的養父母住在一棟房子裡，這是因為他要進入一家報社工作。他靠的是寫在一張黃紙上的合約。事後看那份合約，報社沒有任何義務，只有他背負義務。

二十一、瘋子的女兒

兩輛人力車奔跑在陰天無人的鄉間道上。憑吹來的海風就能明白，那條路向著大海。他坐在後一輛車上，一邊奇怪自己對這次幽會沒有興趣，一邊思考是什麼把自己引來這裡的。那絕不是戀愛，如果不是戀愛——他為了避開這個答案，不能不考慮「總之我們是對等的」這件事。

坐前面那輛人力車的是一個瘋子的女兒。不僅如此，她的妹妹因嫉妒而自殺了。

「已經無法可想了。」

他已經對這個瘋子的女兒——唯有動物性本能很強的女子，感到某種憎惡。

其間，兩輛人力車跑過一個散發著海腥味的墓地外面。帶牡蠣殼的粗籬笆牆裡，有幾座黑漆漆的石塔。他眺望著石塔對面微微閃爍的大海，突然就輕蔑起她的丈夫——抓不住她的心的丈夫……

二十二、一位畫家

那是某雜誌上的一幅插畫，一隻水墨公雞展示了畫家的鮮明個性。他向朋友打聽了這位畫家的情況。

約一週之後，這位畫家拜訪了他。那是他一生中特別重大的事件，他從這位畫家身上發現了無人知曉的詩。不僅如此，還發現了他自己也不知曉的、自己的靈魂。

一個清寒的秋日傍晚，一株玉米突然讓他想起這位畫家。高高的玉米稈披掛著粗大的葉子，土堆上顯露出神經般纖細的根鬚，那肯定也是容易受傷的他的自畫像。但是，這樣的發現只是讓他憂鬱而已。

「已經晚了，然而，一旦到了關鍵時刻……」

二十三、她

日暮已降臨某廣場。他撐著有點發燒的身體走過這個廣場。在泛白而澄澈的天空中，好幾棟大建築物的窗口亮起了燈光。

他在路邊止步，等她過來。約五分鐘之後，她有點失魂落魄地向他走來。但一看見他，她就綻開了笑容，說：「好累呀。」他們並肩走過薄暮的廣場。那是他們第一次這樣做。為了跟她在一起，他覺得可以捨棄任何東西。

坐上汽車之後，她定定地注視著他的臉，說道：「你不後悔？」他乾脆地答道：「不後悔。」她按著他的手，說道：「我不後悔。」即便在這時候，她的臉也彷彿在月光之中。

二十四、出生

他佇立在拉門旁邊，俯視著一個穿白手術服的產婆清洗嬰兒。每當眼睛濺入了肥皂水，嬰兒就令人憐愛地皺著臉。不僅如此，嬰兒還不斷地高聲啼哭。他感覺到某種接近於小老鼠的嬰兒氣味，禁不住痛切地想：「你為何要生下來？生在這個充滿了人世苦難的世界？你又為何還得承受以我為父的命運？」

這是他妻子生下的第一個男孩。

二十五、史特林堡

他站在房間門口，看著石榴花盛開的月光下，幾名有點衣冠不整的中國人在打麻將。然後，他返回房間之中，開始在低低的煤油燈下閱讀《狂人辯詞》[5]。但沒讀兩頁，不知不覺就苦笑了——在致情人伯爵夫人的信中，史特林堡寫了和他相差無幾的謊言……

二十六、古代

斑駁的佛像和天女、馬、蓮花等等，幾乎壓倒了他。他仰望著，忘乎所以，甚至忘卻了已擺脫瘋子女兒的幸運……

二十七、斯巴達式訓練

他和他的朋友走在一條陋巷裡。這時，一輛放下了簾子的人力車從對面筆直地駛過來，而且坐在車上的，竟是昨晚的女子。這樣的白天裡，她的臉也像是在月光之中。當然，在他的朋友面前，他們連招呼也沒打過。

「美女啊。」

他的朋友這樣說道。他眺望著大路盡頭的春山，毫不猶豫地回應道：

「是啊，的確是位美女。」

二十八、殺人

陽光下，鄉間道路飄蕩著牛糞的臭味。他一邊抹汗，一邊走上緩緩的坡道。道路兩旁成熟的麥子散發出香氣。

「殺了他、殺了他……」

不知不覺中，他嘴裡念叨著這樣的話。殺誰？——他很清楚。他想起了那個理平頭的傢伙，那傢伙太卑鄙了。

這時候，黃澄澄的麥子對面，不知不覺中出現了一座羅馬天主教堂的圓頂……

5《狂人辯詞》，史特林堡第一次婚姻失敗後寫下的小說，講述了主角與妻子從相戀到分手的痛苦。

二十九、形狀

那是一把鐵製的酒壺。這把有細紋的酒壺總是教導他「形狀」之美。

三十、雨

他在一張大床上跟她東拉西扯。臥室窗外下著雨，據說文殊蘭的花在這種雨水中會漸漸腐爛。她的臉似乎仍舊在月光之中。但跟她說話，對他而言也有無聊之時。他趴著，靜靜點燃一支菸，想起跟她一起過日子已經七年了。

「我愛這個女人嗎？」

他這樣自問。這個回答連一直關注自己的他也感到意外：

「我還愛著她。」

三十一、大地震

那氣味有點像熟透的杏子。他走在火災後的廢墟中，微微感覺到這種氣味。他甚至想，大熱天裡的屍體氣味也不太壞。他站在屍體層疊的池塘前一看，發現「鼻酸」一詞在感覺上絕沒有誇張。尤其打動他的，是一具十二、三歲孩子的屍體。他望著這具屍體，感覺到某種近乎羨慕的東西。

他想起了「獲神眷愛者多夭」這句話。他姊姊家和異母弟弟家都被燒毀了。但是，他的姊夫因犯偽證罪，處於暫緩執行狀態……

「都死掉了乾淨。」

他佇立在火災廢墟上，不由得痛切地想道。

三十二、打鬧

他跟同父異母的弟弟打鬧，弟弟經常被他欺壓。與此同時，他肯定又因為弟弟失去了自由。他的親戚總是對他弟弟說：「學著點吧！」然而，那就等於他自己被束縛了手腳。他們扭打在一起，滾到了外廊邊。他至今記得，外廊邊的庭院裡有一朵百日紅，在雨天裡紅紅地盛開。

三十三、英雄

不知何時，他從伏爾泰家的窗戶仰望高山。懸著冰河的山上，甚至連禿鷹的身影也不見。一個矮個子俄羅斯人執拗地攀登著山路。

在入夜後的伏爾泰家，他回想著那個攀登山路的俄羅斯人的身影，於明亮的煤油燈下寫了這樣的信念詩：

比誰都遵守十誡的你，
也比誰都打破十誡的你。

比誰都愛民眾的你，
也比誰都輕蔑民眾的你。

比誰都燃燒理想之火的你，
也比誰都明白現實的你。
你是我們東洋所生的，

帶著草花氣味的電力機車。

三十四、色彩

三十歲的他不知不覺愛上了一塊空地。在那裡，除了長青苔之外，就是散落著一些殘磚碎瓦而已。但這些東西在他眼裡，無異於塞尚的風景畫。

他突然想起七、八年前他的熱情。與此同時，他又發現了七、八年前他並不懂色彩。

三十五、滑稽人偶

他打算猛烈地投入生活，隨時死掉都不後悔。然而生活中他一直都顧慮著養父母和阿姨，這使得他的生活有了明暗兩面。他看見一家西服店站立著一個滑稽人偶，思索自己有幾分接近那滑稽人偶。而意識之外的他自己，一言以蔽之，第二個他自己早已經把這樣的心情寫入了某個短篇之中。

三十六、倦怠

他和某大學生走在芒草叢中。

「你們還有強烈的生活欲望吧？」

「是啊，你不也是……」

「可是我沒有呀。雖然還有創作欲望。」

那是他的真實情況。實際上，他不知不覺中對生活失去了興趣。

「創作欲望也屬於生活欲望吧？」

他無從回答。芒草叢的紅穗之上，清晰地露出了火山。他對這火山感覺到某種近於羨慕的心情。但是，他自己對此也無法說清楚……

三十七、過路人

他遇見了一名才女，才華與他不相上下。他作了〈過路人〉等抒情詩，勉強從這次危機中脫身。那就像是搖落樹幹上冰凍晃眼的雪一樣，悶得難受。

風吹起笠帽，
路上無東西。
我名無所謂，
汝名當珍惜。

三十八、復仇

那是一個旅館的露臺，樹木萌芽。他在那裡邊畫畫，邊和一個少年玩耍。少年是七年前分手的瘋子女兒的獨生子。

瘋子的女兒點燃一支菸，眺望著他們玩耍。在苦悶中，他繼續畫火車和飛機。幸虧少年不是他的兒子，但稱他為「叔叔」，又讓他太難受。

少年走開之後，瘋子的女兒邊吸菸，邊討好地跟他說話：

「那孩子像你吧？」

「不像。首先……」

「可是還有個胎教的說法吧？」

他沉默地移開視線。在他心底裡，甚至有掐死她的殘暴欲望……

三十九、鏡子

他在一家咖啡館的角落裡和朋友說話。朋友吃著烤蘋果，說起這陣子的寒冷。他在這樣的聊天之中突然覺得矛盾。

「你還單身吧？」

「不，我下個月要結婚了。」

他不禁沉默了。貼在咖啡館牆壁上的小鏡子反射著無數個他，冷冰冰的，像是一種威脅……

四十、問答

你為何攻擊現代社會制度？

因為我看見了資本主義產生的惡。

看見了惡？我認為，你沒有認清善惡的差別。那麼，你的生活呢？

——他這樣和天使對答，是和一位戴高禮帽、彬彬有禮的天使……

四十一、病

失眠症襲擊了他。不僅如此，體力也開始衰退了。幾位醫生對他的病分別作了兩三種診斷——胃酸過多、胃弛緩、乾性肋膜炎、神經衰弱、慢性結膜炎、腦疲勞……

但是，他明白自己的病根，那就是對自己感到羞恥，與此同時對他們感到害怕的心態。害怕他們——他所輕蔑的社會！

一個雪前陰沉的下午，他在一家咖啡館的一角，叼著一根點燃的菸，傾聽著對面留聲機播放的音樂。那音樂不可思議地滲透他的心田。等音樂結束，他走到留聲機前，查看了唱片的標籤：

Magic Flute —— Mozart（《魔笛》——莫札特）

他一下子明白了。破了十誡的莫札特肯定還是很苦。然而，未必像他那樣……他低著頭，悄悄走回他的桌子。

四十二、諸神的笑聲

三十五歲的他走在春日陽光下的松林中。他想起了兩三年前自己寫的話：「諸神即便不幸，也不能像我們那樣自殺了事……」

四十三、夜

夜晚再度迫近。天氣要變壞時的大海在暮色中不斷濺起飛沫。他在這樣的天空之下，與他的妻子第二次結婚。他們因此很快樂，但同時又痛苦。三個孩子和他們一起眺望著海面上的閃電。他的妻子抱著一個孩子，似乎強忍著眼淚。

「看見那邊有一艘船了嗎？」

「看見了。」

「桅杆斷成兩截的船。」

四十四、死

他慶幸一個人躺著，打算往窗格子掛根繩子吊死算了。但把脖子伸進繩子裡試試時，他突然害怕死了。他並不是害怕死亡剎那的痛苦。他第二次手持手錶，嘗試計算吊死的時間。於是，在一陣難受之後，他開始意識模糊。一旦跨越這裡，肯定進入死亡了。他檢查手錶的指針，發現他感覺到難受，是一分二十多秒的時候。窗格子外面一片漆黑。但是，那黑暗之中，也有嘶啞的雞鳴。

四十五、*Divan*

Divan[6]試圖再次給予他的心新的力量。那是他所不知曉的「東洋歌德」。他看見歌德悠然站在一切善惡彼岸，感覺到近乎絕望的羨慕。在他眼裡，詩人歌德比詩人基督更加偉大。在這位詩人心中，除了衛城[7]和各各他[8]之外，連阿拉伯的薔薇也開了花。假如多少有些力氣追尋這位詩人的足跡——他讀完*Divan*，可怕的感動平靜之後，不得不痛切地蔑視生為生活型宦官的自己。

6 *Divan*，歌德所作的《西東詩集》。

7 衛城，在希臘的各城邦形成的市民聚集中心（小山岡），建有神殿，戰時可作為城堡。著名的有雅典衛城。

8 各各他，耶路撒冷郊外的小丘，耶穌在此被釘上十字架。

四十六、撒謊

他姊夫的自殺一下子擊倒了他。這回他必須照料姊姊一家人了。至少對他而言，他的將來如同日暮般黯淡。他一邊感受對他精神破產近乎冷笑的東西（他清楚自己的每一點惡德和弱點），一邊繼續閱讀各種各樣的書。但是，就連盧梭的《懺悔錄》也充滿英雄式的謊言。尤其到了〈新生〉——他從未遇到過像〈新生〉主角那種老奸巨猾的偽善者。只有弗朗索瓦．維庸[9]深得他的心，他在好幾首詩裡面發現了「美麗的雄性」。

維庸等待絞刑的情形甚至出現在他的夢裡。他好幾次差一點掉進了維庸那種人生的最低谷。但他的境遇和肉體能量，不允許發生這種事情。他漸漸衰敗。恰如當日史威夫特所見、從樹梢開始枯萎的樹木那樣……

四十七、玩火

她容光煥發，恰似晨光照射在薄冰上。他對她抱有好感，但還不是愛戀。不僅如此，他還一根指頭都沒碰過她的身體。

「你說想死掉是嗎？」

「對呀——不，與其說想死掉，不如說活膩了。」

他們從這樣的對話聊起，約好一起去死。

「屬於platonic suicide——精神性自殺吧？」

「Double platonic suicide——精神性殉情自殺。」

他不由得對自己的平靜感到不可思議。

四十八、死

他沒跟她一起死掉。唯有迄今沒碰過她身體一根指頭這事，讓他有某些滿足。她若無其事地不時跟他說說話。不僅如此，她還把自己擁有的一瓶氰化鉀交給他，說：「有了這個，我們彼此都很強大。」

現實中，這肯定使他的心強大起來了。他獨自坐在藤椅上，一邊望著錐栗樹嫩葉，一邊時不時不由自主地去想死亡給予他的平和。

9 弗朗索瓦·維庸（一四三一—約一四六三），文藝復興時期法國詩人，據說曾因謀殺、盜竊被控，最後下落不明。

四十九、剝製的天鵝[10]

他用盡最後的力氣，打算寫下自傳。但這對他而言，是特別難的事情，因為他至今還有自尊心、懷疑主義和利弊的計算。他不由得輕蔑如此的自己。但是，另一方面又不由得想：「誰要是剝一層皮，都一樣。」他總覺得《詩與真實》[11]這本書的書名，是所有自傳的書名。不僅如此，他很明白，文藝作品未必不能打動人。他作品所傾訴的東西，不可能與度過了跟他相近生涯的身邊人格格不入——這樣的心情對他也發揮了作用。為此，他決定簡短地寫一下他的《詩與真實》。

他寫好了〈某傻子的一生〉之後，偶然在一家舊貨店發現了一隻剝製的天鵝。天鵝雖然伸長脖子站立著，但連泛黃的羽毛也被蟲子啃吃了。他想到自己的一生，難忍淚水和冷笑。在他面前，唯有發瘋或者自殺而已。他獨自一人走在黃昏的街頭，決心等待慢慢地來毀滅他的命運。

五十、俘虜

他的一個朋友發瘋了。他對這位朋友有親切感。那是因為他能深切地體會到這位朋友的孤獨──輕鬆假面具之下的孤獨。在這位朋友發瘋之後，他曾去探視過兩三次。

「你和我都被惡鬼附身了──就是所謂『世紀末的惡鬼』。」

這位朋友壓低聲音，對他說了這樣的話。然後據說兩三天後外出去某家溫泉旅館的途中，這位朋友甚至吃了玫瑰花。這位朋友住院之後，他想起曾贈送這位朋友一尊素陶的半身像。那是這位朋友所愛的《欽差大臣》的作者的半身像。他想到果戈里也是發瘋而死的，不由得感受到某種支配他們的力量。

他筋疲力竭之下，突然讀到哈狄格的臨終話語，再次感受到諸神的笑聲。那句話是：「神的兵卒來抓我。」他要跟他的迷信和感傷主義抗爭。然而，他要在肉體上作任何抗爭都不可能了。實際上，「世紀末的惡鬼」肯定在折磨著他。他羨慕以神為力的中世紀人。但是，他最終還是做不到信神──信神的愛。就連那位考克多[12]都相信的神！

10 剝製的天鵝，此處指天鵝標本。

11 《詩與真實》，歌德的自傳的副題。

12 考克多（一八八九─一九六三），法國先鋒藝術家。他是超現實主義、先鋒派和達達主義運動最重要的創作者之一。

五十一、敗北

他執筆的手顫抖起來，不僅如此，甚至流了口水。服用了〇．八克的佛羅那，醒過來之後，他的頭就一直沒有清醒過，就算清醒了充其量也就半個小時或一個小時。他終日生活在昏暗之中，所謂以劍為杖——一把去掉了刃的細劍。

昭和二年（一九二七）六月　遺稿

黃粱夢

盧生以為自己要死了。眼前黑了下來，子孫的抽泣聲漸漸遠去、消失。彷彿有看不見的秤錘掛在腳尖似的，身體在不斷下沉——正想著，他猛地一驚，不禁瞪大了雙眼。

枕畔依舊坐著道士呂翁。主人煮的黃米飯看來還沒熟。盧生從青瓷枕上抬起頭，一邊揉眼睛，一邊打了個大哈欠。邯鄲秋天的下午，落了葉的樹梢即便沐浴著陽光，還是帶著寒意。

「您醒了？」呂翁咬著髭鬚，說話時強忍著笑的樣子。

「嗯嗯。」

「您做夢了吧？」

「做夢了。」

「夢見了什麼？」

「是一個好長好長的夢。一開始我娶了清河崔氏之女，感覺是一名美麗而樸素的女子。於是，我第二年就進士及第，當了渭南縣尉。之後，歷經監察御史、起居舍人、知制誥，一帆風順就當上了中書門下平章事，但受讒去職，幾乎被殺，好歹免於一死，流放驩州。在那裡好說歹說待了五、六年吧。不久沉冤得雪，蒙聖上召還，任中書令，封燕國公。那時候，我應已一把年紀了。有子五人、孫數十人。」

「之後呢？」

「死了。記得已年過八十了。」

呂翁得意地撫著髭鬚。

「那麼，寵辱之道也好，窮達之運也好，您都已經嘗過滋味了。真是好啊。所謂人生，也就跟您做的夢一模一樣。這樣，您人生的執著也就降溫了吧。得失之理、死生之情既已見識了，也就是無聊事情而已，不是嗎？」

盧生不耐煩地聽著呂翁的話，在對方追問的同時，他抬起年輕的臉，目光灼灼地說道：

「正因為是做夢，所以我更希望活一遍。像那個夢會醒一樣，這個夢也有醒過來的一天吧。到那時為止，我希望不虛此生地活一遍。您覺得呢？」

呂翁皺起眉頭，不置可否。

大正六年（一九一七）十月

菸草與魔鬼

菸草原是日本所無的植物，要說它是何時舶來的，查閱相關記載，年代並不一致。有記載是慶長年間的，也有記載在天文年間。而據說在慶長十年前後，各地已有栽培。抽菸在一般人之間流行，甚至可見於文祿年間的匿名打油詩[1]：

禁菸不管用，
劣錢照樣使。
玉音不愛聽，
庸醫四處有。

1 慶長（一五九六—一六一五）、天文（一五三二—一五五五）和文祿（一五九二—一五九六）均為日本戰國時代至德川幕府間的年號。

要問菸草是經誰之手運入日本的，歷史學家會異口同聲說：「是葡萄牙人或者西班牙人。」但這還不是唯一答案。除此之外，還有一個答案作為傳說留了下來。據這個傳說所說，菸草是魔鬼帶來的。而那魔鬼，就是天主教[2]傳教士（恐怕就是法國商人）千里迢迢帶來日本的。

如此說來，也許天主教的信徒會譴責我誣告他們的神父。要我說的話，這說法還滿可靠的。要問為什麼，既然南蠻[3]之神傳入的同時，南蠻的魔鬼也傳入了，那麼，西洋之善傳入的同時，西洋之惡也傳入了，這是理所當然的事情。

但是，實際上那魔鬼是否帶來了菸草，我也不能保證。只不過據阿納托爾·法朗士寫的書說，魔鬼曾用木樨草的花誘惑某和尚。由此看來，把菸草帶來日本這事也未必都不真實。好吧，就算它是謊言，那謊言在某種意義上，恐怕是意外地接近真相——我這麼想著，決定寫一下關於菸草傳入日本的傳說。

＊　＊　＊

天文十八年，魔鬼化身為跟隨方濟·沙勿略[4]的一名副祭司，經漫長的海路安抵日本。之所以說是化身為這些副祭司之一，是因為其人正身在阿媽港[5]或某處上岸之時，搭載他們的黑船在不知情之下出航走掉了。所以，之前藏身船裡的惡魔——總是尾巴捲住帆桁、倒懸著窺探動向的，便迅速把模樣變成該男子，朝夕服務於方濟大人。拜訪浮士德博士時，此魔鬼曾化身為身穿紅色外套的英俊騎士，現在這樣的技藝實在算不了什麼。

然而，來到日本一看，這與在西洋時閱讀馬可．波羅遊記所知大不一樣。首先，據那本遊記說，這個國家遍地黃金，但這裡到處看都沒有。假如用指甲在十字架上劃一下可以使之變成金子，那也很有吸引力。還有，說日本人有辦法利用珍珠或其他神力，可以起死回生，看來也是馬可．波羅撒的謊。既然是謊言，那假如我到各處的水井吐吐沫，造成惡疾流行的話，一般人會因非常痛苦，而忘掉天堂——魔鬼跟隨方濟大人，有模有樣地步行參觀了那裡，私下裡想著這些事情，流露出會心的微笑。

不過，唯有一件事令人為難，就連魔鬼也無能為力。是這樣的：方濟．沙勿略剛到日本，傳道尚未盛行，也沒有天主教信徒，所以至關重要的誘惑對象一個也沒有。對此，即便是魔鬼也深感困惑。首先，眼下的無聊時間就不知怎麼打發——

2 天主教，原文為漢字「切支丹」，指日本從戰國時代至江戶時代的天主教。

3 南蠻，本是近世日本對呂宋、爪哇等南洋島嶼的稱呼，後也指經這些地方來日本的歐洲人。

4 方濟．沙勿略（一五〇六—一五五二），西班牙出生的天主教傳教士、聖人，一五四九年到日本鹿兒島傳教。

5 阿媽港，中國澳門。

於是，魔鬼左思右想之下，打算先弄弄園藝，消磨時間。離開西洋的時候，他將諸多植物的種子藏入了耳穴之中。田地可租用附近的旱田，不麻煩。加上連方濟大人都贊成，說那麼做很好。當然，神父大人是以為，跟隨自己的一個副祭司想把西洋的藥用植物之類的移植到日本。

魔鬼趕緊借來鋤鍬，耐心耕種起路邊的旱地。

初春溼氣重，繚繞的雲霞之下，傳來遠處寺廟的沉悶鐘聲，令人昏昏欲睡。鐘聲很優閒，不像熟悉的西洋教堂鐘聲，特別清亮，迴盪在人的腦海裡——但不要以為置身如此太平風物之中，連魔鬼都會心曠神怡了，那麼想可就錯了。

他一聽聞梵鐘之聲，便比聽見聖保羅教堂的鐘聲更加不快。他繃著臉，拚命勞動起來。要說為何，是他一聽到這優閒的鐘聲、曬著暖烘烘的陽光，心腸就不可思議地硬不起來了——無心行善的同時，也無意作惡了。照這樣子，好不容易遠渡重洋要來騙日本人的行動，也就徒勞無功了——魔鬼討厭勞動，是那種手掌上沒有水泡，要被伊凡的妹妹[6]訓斥的人。現在他如此賣力揮鋤耕作，全因他拚了命要驅趕睡意，就怕一不小心就正正當當地睡著了。

數日之內，惡魔終於耕好了田，把耳朵裡的種子播下地了。

＊　＊　＊

之後幾個月裡，魔鬼播下的種子發芽、長大。到了當年的夏末，寬大的綠葉子，已經把旱田完全遮蔽了。但沒有一個人知道這種植物的名字。甚至在方濟大人詢問時，魔鬼也只是咧嘴笑，一聲不吭。

不久，這種植物頂部開出了一簇簇花，淺紫色的花，呈漏斗形狀。魔鬼的辛勞有了回報，他非常高興。早晚祈禱完畢，他總是來田裡待著，精心培養作物。

某日（那是方濟大人為傳道，外出旅行數日之間發生的事情），一名牛販子牽著一頭黃牛，要從田邊經過。牛販子看見柵欄圍住的一片紫花田裡，一名南蠻副祭司頭戴帽簷寬寬的帽子，身穿黑色長袍，正專心捕捉葉片上的蟲子。牛販子因那花朵極稀有，不禁停下腳步，摘下笠帽，鄭重地和那位副祭司搭話：

「您好，神父大人。那是什麼花呢？」

副祭司回過頭來，他是一個「紅毛」荷蘭人，塌鼻子，小眼睛，為人和善。

6　伊凡的妹妹，托爾斯泰改寫的童話故事中的人物。伊凡的妹妹討厭不愛勞動者，聲稱手上沒有老繭的人不得入座吃飯。

「是這個嗎？」

「是的。」

「紅毛」靠在旱田柵欄，搖搖頭。然後，他用不熟練的日語說道：

「不好意思啊，唯有它的名字，是不可告人的。」

「嘿，您這是說，是方濟大人吩咐過不能說嗎？」

「那也不是。」

「那麼，您能說說嗎？在下近來也受方濟大人教化，信奉天主教了。」

牛販子頗為得意地指指自己的胸口。「紅毛」一看，果然，一個小小的銅十字架掛在他的脖頸上，在陽光下閃閃發亮。也許是晃眼吧，副祭司有點繃著臉，低下頭，但立即又親熱，而真假難辨地這樣說道：

「那也不行的呀。本國有規定：這名字不能對人說的。倒不如你自己猜一下吧。日本人聰明，肯定能猜中。假如你猜到了，田裡長的東西全部送你吧。」

牛販子大概覺得副祭司在開玩笑吧。他曬黑的臉上浮現出微笑，誇張地做出苦思冥想狀：

「是什麼呢？似乎一時之間猜不出來呢。」

「不必非今天不可。你好好想想，三天之後再來吧。問別人也行。猜中的話，這些全歸你。除此之外，送你紅葡萄酒吧。或者，送你一幅樂園的畫？」

牛販子為對方過度熱心而感到吃驚。

「那麼，如果我沒猜中，會怎麼樣呢？」

副祭司一邊把帽子推到後腦勺，一邊笑著擺擺手。笑聲烏鴉似的尖銳，令牛販子略感意外。

「沒猜中的話，我就跟你要某樣東西吧。我們來賭吧。猜中和猜不中賭一把。猜中的話，這些全都歸你。」

「紅毛」這樣說著，不知何時又恢復了親切的口氣。

「好吧。那麼，我也豁出去了，您說要什麼，我就給您什麼吧。」

「什麼都給嗎？那頭牛也行？」

「您要的話，現在就送給您。」

牛販子笑著撫摸一下黃牛的額頭。看樣子，他以為這是好心的副祭司在開玩笑。

「換言之，我猜贏的話，開花的草就歸我囉。」

「好的，好的。那麼，我們就說定了。」

「一言為定。我以主耶穌基督的名義起誓。」

副祭司聽見這話，小小的眼睛閃亮著，滿意地「嗯哼」「嗯哼」了兩三次。然後，他左手叉腰，身子略微後仰，右手摸摸紫色的花，說道：

「那麼，假如你沒猜中——我就得到你的身體和靈魂了。」

「紅毛」把右手一揮，摘下了帽子。亂蓬蓬的頭髮之中，長出了山羊似的兩隻角。牛販子不禁臉色一變，手中的斗笠掉在地上。也許是夕陽西下吧，田裡的花和葉子一時間失去了光澤。就連那頭牛，也像是害怕什麼似的，低下牛角，發出震動地面似的吼聲……

「你對我承諾了，承諾就是承諾。你指著不能說出名字的東西起誓的，對吧？不要忘記呀，期限就三天。那就再見了。」

魔鬼一邊以哄人的殷勤語調說著，一邊特地鄭重其事地向牛販子鞠躬。

＊　＊　＊

牛販子很後悔一不小心就上了魔鬼的當。照此下去，他最終要被那個惡魔抓住，身體和靈魂，都要遭受「不滅之烈火」的焚燒。那麼一來，拋棄迄今的宗旨、接受洗禮就沒有意義了。

然而一旦以我主耶穌基督的名義起誓、承諾，他就不能毀約。當然，如果方濟大人也在，總會有辦法的，但不巧現在他也不在。所以，三天裡，他夜不能寐，思考破解魔鬼的圈套。要做到這一點，就是無論如何也要知道那種植物的名字，除此之外別無他法。然而，就連方濟大人都不知道名字，哪裡會有懂的人呢……

終於到了約定期滿前的晚上，牛販子又牽來那頭黃牛，悄悄地走到副祭司住的房子旁邊。房子與田地相連，面對大路。到了一看，副祭司似乎已經睡了，窗戶沒有透出燈光。正好月亮出來了，是一個夜色朦朧的晚上，寂靜的田野各處，昏暗中隱約可見那種紫色花。牛販子在惴惴不安之中想出了一個法子，好不容易悄悄來到這裡的，但面對萬籟俱寂的夜色，他又不知不覺害怕了，心想不如乾脆打道回府吧。尤其一想到在那扇門的背後，長著山羊角的先生正做著地獄的夢時，他好不容易鼓起來的勇氣也就沒了。然而再一想到要把身體和靈魂交到惡魔手裡，就覺得這當然還不是氣餒的時候。

於是，牛販子一邊祈求聖母馬利亞保佑，一邊狠下心來實施預定的計畫。所謂計畫也無他——將牽來的黃牛解脫韁繩，狠揍牠的屁股，讓牠猛衝進那塊地裡。

黃牛的屁股挨打，痛得蹦跳起來。牠撞破了柵欄，衝進田裡亂跑。牛角撞在房子木板牆上也不止一兩次，加上牛蹄聲和吼叫聲，攪動著薄薄的夜霧，動靜著實不小。於是，有人打開窗戶，露出臉來——因為天黑，看不清情況，但肯定就是化身為副祭司的魔鬼。也許是心理作用吧，他頭上的角，在夜幕下清晰可見。

「這頭畜生，怎麼糟蹋起我的菸草田來了？」

魔鬼揮動著手，睡意朦朧地怒吼道。看來他剛入睡就被打擾，怒不可遏。藏身田裡觀察動靜的牛販子，像聽見天主聲音似的，分明聽見了魔鬼的這句話：

「這頭畜生，怎麼糟蹋起我的菸草田來了？」

＊＊＊

之後的事情，就像所有這一類故事一樣，非常圓滿地結束了。也就是說，牛販子順利地說對了「菸草」這個名字，戰勝了魔鬼。就這樣，田裡長的菸草盡數歸他所有。事情的經過就是這樣。

從前的這個傳說，我覺得似乎有更深刻的意義。為何這麼說呢？魔鬼雖然不能得到牛販子的身體和靈魂，但相對而言，菸草卻因此遍及日本全國。如此看來，正如牛販子得救伴隨著另一面的墮落一樣，魔鬼的失敗，也伴隨著另一面的成功吧。魔鬼摔倒了，這一跤沒有白摔。人類自以為戰勝了誘惑之時，就沒有意外輸掉的地方嗎？

我順便簡單寫一下魔鬼的演變吧。隨著方濟大人歸來，依靠神聖五芒星的威力，終於將魔鬼驅逐出那片土地。據說之後他仍以副祭司的裝扮在各處遊蕩。根據某項紀錄，在南蠻寺[7]建立前後，他屢屢出沒於京都。有一種說法是，那位隨意擺弄松永彈正[8]的果心居士，正是此惡魔——因為是出自小泉八雲[9]先生的作品，在此恕不贅述。後來，遇上豐臣、德川兩代查禁外來宗教，他剛開始還有現身，但最終完全離開了日本——紀錄上，有關魔鬼的消息就大至到此為止了。明治之後，未能再獲悉此舶來者的動靜，實在太遺憾了……

大正五年（一九一六）十月

7 南蠻寺，十六世紀後半葉建於日本各地的基督教教堂的俗稱，以一五七五年建於京都四條坊門的最為著名。

8 松永彈正，即松永久秀（一五一〇—一五七七），室町時代武將。

9 小泉八雲（一八五〇—一九〇四），愛爾蘭裔日本作家，原名拉夫卡迪奧·赫恩，一八九六年入籍日本，從妻姓小泉，改名八雲，怪談文學鼻祖。

南京的基督

一

一個秋天的半夜，在南京奇望街的一所房子裡，一名臉色蒼白的中國姑娘坐在舊桌旁，一手托腮，一手無聊地拿西瓜子嗑著。

桌上的煤油燈發出晦暗的光亮。與其說燈光照亮了房間，不如說是更添了陰鬱的效果。在壁紙剝落的房間一角，露出毯子的床上掛著蚊帳。桌子對面有一把舊椅子，被遺忘了似的擺在那裡。除此之外，環顧室內，再沒有任何擺設。

姑娘對此並不在乎，她不時停下嗑西瓜子，抬起水靈靈的眼睛，定定望著桌子對面的牆壁。細看之下，那牆壁上的一個彎鉤，果然恭謹地懸掛著一個小小的黃銅十字架。而那個十字架上面，是一個稚拙的基督受難浮雕，耶穌高高張開雙臂。浮雕磨損嚴重，輪廓像個影子似的模模糊糊。

每次當姑娘的目光望向耶穌，長睫毛後面的寂寞神色就瞬間消失，取而代之的是無邪的希望之光復甦了。但那視線隨即又移開了。她總是歎一口氣，黑緞子上衣已無光澤，肩頭垂了下來，又吧唧吧唧地嗑起碟子裡的西瓜子。

姑娘名叫宋金花，年僅十五歲，是個私窩子裡的暗娼。她為了給貧窮的家糊口，夜夜在這個房間裡接客。在秦淮河上的眾多私窩子中，金花這種等級的容貌者，肯定很多。而像她那麼好脾氣的姑娘，這遠近有沒有第二個卻是個疑問。她跟同輩的賣笑女人不同，既不撒謊，也不使性子，每個晚上都帶著開心的微笑，應酬來到這個陰鬱房間的各種客人。偶爾他們留下來的錢多過說好的金額時，她便讓獨自過活的父親喝上一杯。

金花這樣做事，肯定是天性使然。但是，假如除此之外還有什麼理由的話，那就是金花從小就信了羅馬天主教，就如牆上的十字架所示，那是她已故母親教的。

且說今年春天，一位年輕的日本旅行家在金花房裡度過了一個愉快的夜晚。他來看上海的賽馬，順帶欣賞中國南部的風景。當時他身著西服、嘴裡叼著根菸，把小金花輕輕放在自己的膝上，但突然就看見了牆上的十字架。於是，他疑惑地用含混的中國話搭話道：

「你是耶穌教徒嗎？」

「對呀，我五歲時受洗的。」

「那你還做這種生意？」

這一瞬間，他的聲音裡似乎混雜著諷刺的腔調。但金花用綁著丫髻的腦袋靠著他的肩膀，像平時一樣大大方方地露齒而笑：

「我要是不做這種買賣，爹爹和我都得餓死。」

「你父親是老人嗎？」

「嗯——都直不起腰了。」

「可是啊——可是，你做這種營生，去不了天國吧？」

「不會。」

金花瞥了一眼十字架，顯出一種深思的眼神。

「因為我覺得，天國裡的基督大人一定會體諒我的心情。否則，基督大人就跟姚家巷警署的警察一樣了。」

年輕的日本旅行家微笑了。他把手伸入西服內袋，取出一對翡翠耳環來，給她的耳朵掛上。

「這是剛買的，想帶回日本做小禮物。就作為今晚的留念送你吧。」

金花從第一個接客之夜起，就是這樣深信不疑的。

然而，從約一個月之前起，這位虔敬的暗娼不幸染上了惡性楊梅瘡[1]。朋友陳山茶聽說了，教她喝鴉片酒，說是止痛很好用。之後又有朋友毛迎春特地帶來自己服剩下的汞藍丸和迦路米。但不知為何，即便閉門不接客，金花的病也不見好轉。

於是，某日陳山茶來金花房間玩時，認真地跟她說了一個有迷信色彩的療法：

「你的病是從客人身上傳染來的，所以要趕緊找個人傳染出去。這麼一來，你的病肯定兩三天之內就好了。」

金花托著腮，仍舊怏怏不樂。不過，她對於山茶的話多少動了好奇心。她輕輕追問道：

「真的？」

「噢噢，真的哩。我姊也跟你那樣，病怎麼也好不了。不過一傳染給了客人，馬上就好起來了。」

「那個客人怎麼樣了？」

「客人就可憐了。聽說連眼睛都瞎掉了。」

山茶離開之後，金花獨自跪在牆上懸掛的十字架前，仰望著受難的基督，由衷地禱告說：

「天國裡的基督大人：我為了供養爹爹，做著下賤的營生。但是，我的營生只髒了我一個人，沒連累任何人。所以，我覺得，自己即便死了，也必定能去天國。可是，我現在

1 楊梅瘡，方言，即梅毒。

如果不把這個病傳染給客人，就不能像之前那樣做生意。看來我即便餓死——那麼一來，這病倒也好了——也千萬得留意，別跟客人上床。否則，我就是為了自己走運，讓無冤無仇的人遭殃。但再怎麼說，我都只是一個女子，不知何時會經受不住誘惑。天國裡的基督大人，求求您保佑，除了您之外我沒有人可以依靠了。」

宋金花下了這樣的決心，之後無論山茶或者迎春怎麼慫恿她，她都頑固地不接客。時不時又有熟客來她的房間玩，但她除了一起吸菸之外，絕不順從客人的意思。

「我得了可怕的病。挨近您的話，會傳染給您的。」

如果客人醉酒硬來，要她不要顧忌，金花總是這樣說，甚至不惜讓人看她得病的證據。所以，客人漸漸就不來她房間玩了。與此同時，她的生活也變得一日比一日艱難……

今晚，她仍舊靠著這張桌子，怔怔地坐了好一會兒。她的房間依舊沒有客人到來的動靜。夜已漸深，進入她耳中的聲音，只有某處蟋蟀的鳴叫聲。不僅如此，沒有火氣的房間裡，寒冷就像潮水湧來，從鋪地板的石頭上，漸漸浸過她的緞面鞋子和鞋子裡頭纖細的腳。

從剛才起，金花就望著晦暗的煤油燈光出神。不一會兒，她打一個寒戰，撓撓掛著翡翠耳環的耳朵，忍住了一個小小的哈欠。幾乎就在那一瞬間，塗漆的門猛地打開，一個陌生的外國人踉蹌著，從外面進來了。因為勢頭太猛吧，桌子上的煤油燈焰「啪」地躥起，帶油煙的火光照亮了狹窄的房間。客人在燈光的映照下，幾乎撲倒在桌子上，但隨即又站直了，這回卻向後蹣跚著，重重地憑靠在剛剛關上的塗漆門上。

金花不禁站了起來，目瞪口呆地望著這個陌生外國人。客人年約三十五六歲的樣子吧，大眼睛，絡腮鬍，臉頰曬得黑黑的，身著暗紋茶褐色西服，戴一頂布鴨舌帽。此人是外國人無疑，唯一一點沒弄明白的是，分不清他是西洋人還是東洋人。他的黑髮從帽子下擠出，嘴裡銜著沒點著的菸斗，堵在門口的模樣，怎麼瞧都像一個醉漢在胡鬧。

「您有事嗎？」

金花略感無聊，她枯站在桌前，責備地問道。這時，對方搖搖頭，示意自己不懂中國話。然後，他拿開叼著的菸斗，很流利地說了一句外國話，意思不明。這回輪到金花搖頭回應，翡翠耳環在桌上的煤油燈光下晃動。

客人看她皺著秀眉，疑惑不已，突然大聲笑了，隨手摘下鴨舌帽，搖搖晃晃走向前來。他在桌子對面的椅子上一屁股坐下來。

這時，金花感到這個外國人的面孔似曾相識，有一種親切感。客人不客氣地拿起了碟子裡的西瓜子，但他也不嗑，眼睛定定望著金花，不久又做了個手勢，說了句什麼外國話。她還是不明白他說了什麼，只是朦朦朧朧地推測，這個外國人多少明白她的營生。

跟不懂中國話的外國人共度長夜，對金花而言並非稀罕事。於是她坐下來，露出她慣有的甜甜微笑，說起了對方完全聽不懂的笑話。但客人就像聽得懂似的，她每說幾句，他就開心大笑，比之前更加迅速地做出各種手勢。

客人呼出的氣息帶著酒味。但是，那張快樂的紅臉洋溢著男性的活力，似乎讓落寞的房間氣氛都變得明朗起來了。至少對於金花而言，不用說平日裡見慣的、住在南京的本國人了，就是她迄今見過的東洋西洋的外國人，都不如他棒。儘管如此，剛才就有的之前見過的感覺卻怎麼也無法消除。金花看著客人額上的黑色鬈髮，殷勤招呼的同時，拚命想喚起見過這張臉的記憶。

「是前些時候和胖太太一起搭乘畫舫的人嗎？不對不對，那人的頭髮紅得多了。那麼，可能是拍攝秦淮河上的夫子廟的人吧。不過，感覺那人比這位客人年紀大許多……對對，之前在利涉橋邊的飯館前有一堆人聚集，有一個像這名客人的人，正用一根粗粗的藤條鞭打人力車夫的後背。或許——但那人的眼睛更藍吧……」

金花正想著，仍舊興致勃勃的外國人不知何時給菸斗裝上了菸，吐出了好聞的菸味。他突然又說了什麼，這回規矩地笑著，伸出一隻手的兩根指頭送到金花眼前，做了個「2」的姿勢。兩根指頭是「兩美元」，這誰都明白的。但金花不留客過夜，她靈巧地嗑著西瓜子，笑嘻嘻地搖搖頭，做了兩次「不」的示意。這時，客人傲慢地將兩肘撐在桌上，在昏暗的煤油燈光之中，把那張醉臉湊了過來，定定看她。然後，他又伸出三根指頭，露出等待回答的眼神。

金花將椅子輕輕挪開一點，嘴裡含著瓜子仁，一時有些困惑了：客人應該是以為她說兩美元不能成交吧。但彼此言語不通，想讓他充分理解詳情，終究不可能。於是，金花一邊後悔自己的輕率，一邊挪開沉靜的視線，無奈地、更乾脆地再次搖頭。

然而，對面這個外國人臉上帶著淺淺的笑意，遲疑了一下之後，伸出了四根手指，又重重地說了句外國話。萬般無奈的金花捂著臉，連微笑的力氣也沒有了，她下了決心：都這樣了，也只有一直搖頭拒絕，直到對方放棄了。就在她心裡想著的時候，客人的手就像捉了個看不見的東西似的，最終張開了五指。

之後好一會兒，兩人用手勢和姿勢持續著爭論。其間，客人很有耐性地一根一根增加著手指頭，最後表示不惜出十美元的架勢。然而面對在私窩子而言是大價錢的十美元，金花的決心也不動搖。

她從剛才起就離開了椅子，斜倚在桌前，當對方張開兩手的手指時，她懊惱地一跺腳，連續猛搖幾下頭。就在此時，不知觸碰了什麼，懸掛在彎鉤上的十字架掉了，它發出微弱的金屬聲，落在腳旁的石板上。

她慌忙伸手去撿珍貴的十字架。此時，她不經意望向雕在十字架上的、受難基督像的臉部，卻不可思議地發現，這張臉酷似桌子對面的外國人！

「怪不得似曾相識，原來是基督大人的臉啊。」

金花將銅十字架按在黑緞子上衣的胸前，把驚訝的目光投向桌子對面的客人的臉。在煤油燈光下，客人帶著酒氣的臉映照著紅光，他時不時吐煙，若有所思地微笑。而且那雙眼睛似乎在她身上——恐怕是從白皙的頸項到掛著翡翠耳環的耳朵周圍徘徊。然而，客人的這個樣子，金花也感覺到充滿親切的威嚴。

不一會兒，客人停止了抽菸斗，特地歪著腦袋，帶笑說了句話。那句話在金花心上，就如同催眠師在被催眠者耳邊的喃喃細語，發揮了暗示的作用。她似乎把那麼堅定的決心都拋到了腦後，垂下笑意盈盈的視線，手裡摩挲著銅十字架，扭捏地挨近這位怪洋人。

客人摸索著西褲的口袋，發出「嘩啦嘩啦」的銀幣聲音。他依舊眼中帶笑，好一會兒饒有趣味地打量著金花站立的身姿。當他眼中的淺笑變成了熱情的光芒時，他從椅子上一躍而起，帶著酒氣的西服胳臂緊緊地摟著金花。金花魂飛魄散般，拚命把掛著翡翠耳環的頭向後仰，蒼白的臉頰泛起潮紅，迷離的眼睛盯著迫近鼻尖的那張臉。是讓這個奇特的外國人任意擺弄自己的身體呢，還是為了不傳染疾病、拒絕他的接吻呢——當然，完全輪不到她來思考。金花任客人滿是鬍子的嘴吻她的雙唇，燃燒般的戀愛歡喜——她頭一次領略戀愛的歡喜，在她胸中激盪……

二

幾個小時之後，在煤油燈熄滅的房間裡，只有蟋蟀的低吟，給床上兩人的鼻息增加了寂寞的秋意。但是，其間金花的夢如同一縷青煙，從床上的舊蚊帳裡，高高地飛升到星月夜空之上。

* * *

金花坐在紫檀椅上，動筷子吃著擺滿桌子的菜。魚翅燕窩、蒸蛋、熏鯉魚、肉丸子、海參羹——菜式多得數不過來。而且食具全都是精緻的小碗小碟，畫滿了青花或者金鳳凰。她的椅子後面，有一扇紗窗，窗外是一條河吧，不斷傳來靜靜的水聲和划槳聲。這就是她從小見慣的秦淮河的感覺，但是，此刻她所在的，的確是天國裡的、基督大人的家。

金花時不時停下筷子，看看桌子周圍。而寬敞的房間裡，有雕龍的柱子，有大朵菊花的盆栽，有微微冒著熱氣的飯菜，但一個人影也沒有。

奇特的是，每當桌上有一個碟子空了，馬上就有一盤新菜熱氣騰騰地送上來。有時還沒下筷子，整隻的燒雞就翻飛起來，打翻了紹興老酒的瓶子，飛上房間的天花板。

這時，她注意到，有一個人悄無聲息地走到她的椅子後面。於是，她手拿著筷子，靜靜地扭頭去看。那裡並沒有窗戶，不知為何，鋪了緞子坐墊的紫檀椅子上，坐著一個陌生外國人，他銜著黃銅水菸管，神態悠然。

金花一眼認出，他就是今晚來房間裡過夜的人。唯一不同的，是峨眉月似的光環，懸在這個人頭頂上方一尺左右的空中。此時，金花眼前又送上來一大碟冒著熱氣、令人垂涎的佳餚，彷彿是從桌面湧現出來似的。她隨即舉筷要夾菜，但突然想到身後的外國人，便扭頭客氣地說：「您也這邊請吧。」

「嗯，你自己吃吧。吃了這頓飯，你的病今晚之內就會好。」

頭頂有光環的外國人仍舊銜著水菸管，流露出無限慈愛的微笑。

「那您不吃飯嗎？」

「我嗎？我不喜歡中國菜。你還不知道我嗎？耶穌基督一次也沒吃過中國菜的呀。」

南京的基督這樣說著，緩緩離開紫檀椅子，從後親吻了一下發呆的金花的臉頰。

＊　＊　＊

天國之夢醒來時，秋日晨光正帶著清寒，漸漸照進狹窄的房間。在垂著舊蚊帳、小船似的床中間，的確還有些暖意殘留在昏暗中。金花仰躺著，臉龐浮現在昏暗之中。顏色難辨的舊毯子蓋著她圓圓的下巴，她還沒醒。但是，氣色不佳的雙頰上，似乎仍帶著昨晚的汗跡，油膩的頭髮紛亂，表明心跡的唇間，微露糯米般白白的細齒。

金花醒了，但她的心思仍蕩漾在夢的記憶中：菊花、水聲、整隻的燒雞、耶穌基督等等。當床上漸漸明亮起來時，她心蕩神馳的愉快心情清晰地跌進了無情的現實中：昨夜跟那位奇特的外國人上了這張藤床——

「如果把病傳給那個人……」

金花這麼一想，心頭就頓時陰暗下來，覺得今早已沒臉再見他。但已醒來了，她更不堪忍受的是不能馬上就看見那張曬黑的臉、那張她想念的臉。於是，稍微遲疑之後，她怯怯地睜開眼睛，環顧此刻天已大亮的床上。然而，令人意外的是，床上除了蓋毯子的她以外，長得像十字架上的耶穌的他已無蹤影。

「看來，是一場夢吧。」

金花把髒兮兮的毯子一掀，在床上坐起來。她雙手揉揉眼睛，撩起沉沉的蚊帳，把仍帶睡意的目光投向房間裡。

在早晨清冷的空氣中，房間裡所有東西的輪廓，都近乎殘酷地清晰呈現出來。舊桌子、熄了火的煤油燈，還有一張倒在地上、一張向著牆壁的椅子——一切都像昨晚一樣。不僅如此，甚至小小黃銅十字架置身在桌上散布的西瓜子之中，仍在放射暗淡的光芒。金花眨眨眼睛適應光線，茫然環顧四周，橫坐在凌亂的床頭，好一會兒姿勢也不變一下。

「的確不是做夢。」

金花嘟囔著，回想著那外國人種種不可理解的舉動。當然，不用多想，也許趁她熟睡的時候，他悄悄溜出房間，離去了。可是他那麼愛撫她，卻一句話也不說就走掉，這與其說是難以相信，不如說是不願相信。另外，她還忘了向那奇怪的外國人收取說好的十美元呢。

「他真的走掉了嗎？」

她心事重重，想披上脫在毛毯上的黑緞上衣。突然，她停住了手，臉上開始有了鮮明的血色。這是因為聽見了塗漆的門外傳來了那個外國人的腳步聲嗎？還是因為滲透到枕頭和毯子的、他的酒氣和體味，偶然地喚起了她昨夜羞澀的回憶呢？不，就在這一瞬間，她察覺到了自己身上發生的奇蹟：一夜之間，極惡性的楊梅瘡就痊癒得毫無痕跡了。

「那麼說，那個人就是基督大人了。」

她不禁翻滾下床，只穿著內衣就跪在冷冰冰的地板上，就像與再生之主交談的、美麗的聖母馬利亞一樣，獻上虔誠的祈禱……

三

第二年春天的一個夜晚，年輕的日本旅行家再次在昏暗的煤油燈下，與宋金花隔桌而坐。

「還掛著十字架嘛。」

那天晚上，當他有點嘲諷地說起時，金花一下子認真起來，說出了那個晚上基督降臨南京、不可思議地治好了她的病的故事。

年輕的日本旅行家邊聽故事，邊心裡頭想：

「我認識那個外國人。他是個日美混血兒。名字好像是喬治．默里吧。他曾得意地跟我認識的一個路透社電報局的通訊員炫耀，他睡了一個信基督的南京暗娼一晚，趁人家熟睡之時溜走了。我之前來的時候，正好與他同住上海的旅館，所以仍記得他的糟樣子。他也自稱是英文報紙的通訊員，但舉止不像個男子漢，為人頗不堪。他後來得了惡性梅毒，最終瘋了，也許就是傳染上了這名女子的病。但是，這名女子直到現在，仍把那個無賴混血兒當作耶穌基督。我究竟是應該跟她說出真相，還是沉默，好讓她永遠做著一個古老西洋傳說般的美夢？」

金花說完故事，旅行家才省悟般地擦著火柴，狠狠吸一口菸，然後裝作感動了，一時計窮地問：

「是這樣啊。真是不可思議！可是——可是，之後你一次也沒復發過嗎？」

「對，一次都沒有。」

金花嗑著西瓜子，臉上熠熠生輝，毫不遲疑地回答。

本小說寫作時，仰仗於谷崎潤一郎先生大作《秦淮一夜》甚多。附記表示感謝之意。

大正九年（一九二〇）六月

掉腦袋的故事

上

何小二扔掉軍刀，拚了命摟緊馬脖子。他感覺脖子的確被砍中了——不，這也許是抱住了馬脖子後這麼想的。又或是脖子上發出「鏘」的一聲，有了感覺——與此同時他抱住了馬脖子。這麼說，馬也受傷了？何小二剛趴伏在馬鞍前緣，馬隨即一聲嘶鳴，鼻孔朝天，猛衝過一片混亂的敵我雙方，筆直衝入了無邊的高粱地裡。身後響了兩三下槍聲，但在他聽來，猶如是在夢中。

比人高的高粱如波浪般起伏，被疾馳的馬踩踏著。高粱或左或右掃過他的髮辮，輕叩他的軍服，又拭去他脖子上流出的黑血。但對他而言，沒有時間一一感受這些，唯有被砍中這一簡單的事實，痛苦地烙印在腦子裡。被砍中了，被砍中了——他一邊在心裡頭念叨著，一邊一再地用靴跟踢馬腹，儘管馬匹已經汗流浹背。

約十分鐘之前，何小二與騎兵戰友一起，前往一個小村偵察，那個村子與己方陣地僅一河之隔。

途中，在一片泛黃的高粱地裡，他們遭遇了一隊日本騎兵。因為情況太突然，敵我雙方都無暇舉槍瞄準——至少己方的人一見有紅帶子的軍帽和有「紅排骨」[1]的軍服，就全體一齊拔出軍刀，向那邊撥轉馬頭。千鈞一髮之際，眼前只有敵人，就是一心殺敵。沒一個人會想，萬一自己被殺怎麼辦。所以他們一撥轉馬頭，就像猛犬露出獠牙一樣，向日本騎兵猛撲過去。而敵人也被跟他們一樣的衝動支配了，瞬間之後，許多張猙獰的臉，就像他們的臉照鏡子似的，也都露出獠牙，出沒於他們的左右。而跟那些面孔一樣，許多軍刀開始在他們周圍匆匆揮動，呼呼作響。

後來的事情，在時間順序上就不大明確了。奇怪的是，他清晰地記得，高高的高粱像遇上暴風雨般猛烈搖晃，高粱穗尖上高懸一個紅銅般的太陽。而騷動持續了多久，其間先後發生了什麼事情，就都一無所知了。總而言之，在那期間，何小二像瘋子似的大喊大叫著意思不明的話，拚命揮動軍刀。他感覺軍刀被染紅了，卻似乎沒有砍中目標的感覺。

漸漸地，揮舞的軍刀因油汗而變得滑溜，隨之竟口乾起來了。就在此時，一個日本騎兵殺氣騰騰，瞪眼咧嘴，突然衝到他的馬前。紅帶子軍帽裂口上，露出了日本兵剪成寸頭的腦袋。何小二見了，猛舉軍刀奮力從帽子上劈下去。但他的軍刀碰到的，既不是對方的軍帽，也不是帽子下的腦袋，而是對方自下往上擋的軍刀刀刃。

在周圍沸騰的嘈雜聲中，兩刀「哐」的交鋒聲音清晰瘆人，鋼鐵碰撞的氣味一下子刺激地鑽進鼻孔。與此同時，反射的日光一晃，對方寬幅的軍刀畫了一個大圈，從頭頂直劈下來。這時，何小二感覺有一個無法言喻的冰涼之物發出「鏘」一聲，進入了他的脖子根。

馬馱著因傷痛呻吟的何小二，在高粱地裡拚命跑。無論怎麼跑，長勢旺盛的高粱地還是無邊無際。人喊馬嘶聲、軍刀拚殺聲不知不覺中已經消失了。秋天的日頭，在遼東和日本沒有變化。

重申一下：何小二在馬背上搖搖晃晃，因傷而呻吟。但從他緊咬的牙關中透出來的聲音聽來，意思比單純的呻吟複雜一點。之所以這麼說，是因為他並不僅僅因為自己肉體的痛苦而呻吟，他是為了精神上的痛苦——為了以恐懼死亡為主的、瞬間萬變的感情變化而哭喊。

他為永別於這個世界而悲傷不已。還有，他怨恨讓他離別這個世界的所有人和事，再就是為無奈要離別這個世界而生自己的氣。如此紛亂的感情糾纏著他，沒完沒了地折磨他。所以，他隨著這些感情的來來去去，一時叫喊著「死吧、死吧」，一時又喊爹喊娘，或者痛

1 「紅排骨」，日本舊陸軍軍服的胸部，縫製了肋骨狀的裝飾，民間俗稱「紅排骨」。

罵日本騎兵。但不幸的是，話一出他的口，就變成了毫無意義的沙啞呻吟。他已經虛弱到如此地步了！

「我最倒楣了，這麼年輕就來這種地方打仗，像條狗一樣輕易就斷送了性命。這裡頭，我第一痛恨殺我的日本人。其次，要恨那個派我們出來偵察的、我們隊的長官。最後，我恨開始這場戰爭的日本和清國。不，除此之外，還有可恨的事情！凡是讓我當兵的人，都算我的敵人。我就是因為這些人，此刻要告別這個還有好多事情想做的世界了。啊啊，我多愚蠢啊，竟然任由這些人和事來擺布！」

何小二的呻吟包含著這樣的意思。他摟緊了馬脖子，馬在高粱地裡不停地跑。奔馳的馬不時驚起一群鵪鶉，馬卻完全不以為意。儘管馬背上的主人時不時差點滑落下來，馬卻口吐白沫，照舊跑著。

所以，如果命運允許，何小二肯定會一邊呻吟著，把自己的不幸訴諸上天，一邊一整天在馬背上搖搖欲墜，直至紅銅般的太陽西斜。

這片平地漸漸有了坡度，流過高粱地之間的渾濁小河在前方開闊起來，決定何小二命運的幾棵河柳，低垂的柳梢掛著快要掉的葉子，威嚴地立在河邊上。於是，就在何小二的馬通過其間時，繁茂的枝條突然將他的身體兜起，倒栽蔥似的拋到水邊軟泥地上。

在那一刻，何小二因某種聯想，眼前出現了亮眼的黃色火焰——那是他小時候見過的、家裡廚房大灶下燃起的亮眼黃色火焰。他想「啊啊，著火了」——接下來的瞬間，他便已經失去了意識……

中

何小二從馬背上摔下來，完全昏迷了。傷口不知不覺中幾乎不痛了。他渾身是泥和血，記得自己躺在無人的河邊，仰望著柳條輕拂，藍天深邃。那天空看起來，比他迄今所見的天空都更高、更藍，感覺恰如將一個藍色大缸倒置，從底下窺探一樣。而且在那缸底上，泡泡堆起來似的雲團時隱時現，令人感覺像是被不停擺動的柳條抹去了似的。

也許何小二沒有完全失去意識吧。但是，種種實際上不存在的東西，如同影子般來來去去，呈現在他眼前。首先出現的，是母親髒兮兮的裙子。孩子時的他，歡喜也好，傷心也罷，不知有多少次扯著母親有點髒的裙子。

他不禁伸手要去抓住它，但裙子隨即從眼前消失無蹤。裙子即將消失之時，變得紗一樣薄，它後面的雲團，像雲母般通透。

之後，他出生的屋後那片廣闊芝麻地，滑動著流淌過來了。盛夏的芝麻地寂寞地開著花，等待日落似的。何小二站在那些芝麻之中，尋找自己和兄弟的身影。但那裡沒有任何人的動靜，只有淡淡的花和葉子悄然變成一體，沐浴著淡淡的陽光。這些景象彷彿空間傾斜，被扯走了似的消失無蹤。

緊接著，就有奇特的東西從空中蜿蜒而來。仔細看，那是元宵夜遊行的大龍燈，長度足有近十公尺。用竹子搭成的架子上面糊著紙，用顏料畫上了絢爛的色彩，形狀和畫上所見的龍完全一樣。

明明是白天，但裡面像是點了蠟燭，彷彿出現了藍天。更加不可思議的是，那盞龍燈似乎是活的，此刻它那長長的鬢鬚正自動地左右搖擺——何小二正想著，它也漸漸游出視野之外，一下子就消失了。

龍燈不見了，這回卻有一隻女人的纖足突然出現在空中。因為是纏足的，勉強只有三寸長。在柔軟彎曲的腳趾尖上，淺白色的趾甲柔和地透著肉色。小二的心就彷彿在夢中被跳蚤叮了一口，關於那隻腳的記憶隱約帶來了遙遠的悲傷。

假如可以再次觸摸那隻腳——但那肯定做不到了。這裡和看見那隻腳的地方之間，遠隔數百里之遙。正想著，眼看著腳變得透明起來，被雲影自然地吸收掉了。

就在腳消失的時刻，從何小二的心底裡襲來不可思議的寂寞，這是迄今沒有過的。在他頭頂上，籠罩著寬闊的藍天，無聲無息。即便不情願，人也只能在天空下，被天空刮來的風吹動著，持續悲慘的生活。這多麼寂寞啊。而迄今自己竟然不知道有這種寂寞，多麼不可思議！何小二不禁長歎一聲。

這時，在他的眼睛和天空之間，一隊頭戴紅帶子軍帽的日本騎兵慌慌張張闖了進來，速度之快屬迄今之最，隨即又以同樣的速度消失無蹤。啊啊，那些騎兵的寂寞，也跟自己一樣吧。假如他們並不是幻影，真希望自己和他們互相安慰！有那麼一刻能忘掉這種寂寞也好啊。但是，現在為時已晚。

何小二眼中淚如泉湧，無法停止。以他的淚眼回顧時，不必說，他迄今的生活是如何充滿著醜陋！他想向所有人道歉，然後，他還想寬恕所有人。

「假如這次我得救了，我會不惜做任何事情來補償過去。」

他哭著，在心底裡這樣嘀咕道。無限深邃、無限湛藍的天空像對他這些話聽而不聞似的，一尺一尺或者一寸一寸地，慢慢下降至他的胸口上。

在一片藍色之中隱約閃爍的東西，大致上是白日可見的星星吧。那種影子似的東西，現在也都不再從眼前掠過了。

何小二再度歎息，然後突然雙唇顫動，最後漸漸閉上了眼睛。

下

日清兩國之間媾和後約過了一年，一個早春的上午，在北京的日本公使館一室，公使館武官木村陸軍少佐和奉命在內地視察的農商務省山川工程師圍坐桌前，以一杯咖啡、一支雪茄忘卻忙碌，沉浸在閒聊之中。雖說是早春，但因為大壁爐生著火，室內溫暖得動輒要冒汗的樣子。桌上放的盆栽紅梅不時送來具有中國氣息的香氣。

兩人之間的話題，好一會兒都是圍繞著西太后，後來又轉為對日清戰爭[2]的追憶。

木村少佐想起了什麼似的，突然站起身，將房間一角放的《神州日報》報夾子拿到桌上來。然後，他在山川面前翻到某一頁，手指著某處，用眼神示意他「請讀一下」。因為太突然了，工程師略微吃了一驚，但他平日裡很清楚這位少佐不像個軍人，為人十分灑脫。於是，他心中猜想是與戰爭有關的奇聞軼事，倉促間掃了一眼報紙。果然，報紙上轉為日本報紙腔調，以滿滿的方塊字，小題大做地刊登著這樣的報導：

> 街上的剃頭店主何小二者，是出征日清戰爭、屢立戰功的勇士，但凱旋之後不修操行，因酒色傷身。
>
> 之前某日，在某酒樓與同飲者發生口角，彼此拉扯，打起架來，最後他身負重傷，

當場斃命。尤其不可思議的是，該人頸部的傷口，並非由當場的凶器所致，全是因日清戰爭中所負舊傷再度迸裂而致。

據目擊者說，爭鬥之中，該人與桌子一起翻倒，隨即腦袋便只剩一塊咽部皮膚相連，鮮血噴湧，撲倒地上。但是，當局認為真相可疑，眼下正嚴格追捕犯人。按《聊齋志異》載，諸城某甲有丟失頭顱之事，如該何小二，也不能說是不可能吧，云云。

山川工程師讀畢，一時茫然，說道：「這，怎麼了？」這時，木村少佐緩緩吐一口雪茄的煙，從容地微笑道：

「有趣吧？這種事情只有在中國才有可能。」

「對啊，哪裡都有怎麼受得了？」

山川工程師也笑著，將長了的菸灰彈落菸灰缸中。

「而且，更有趣的是……」少佐煞有介事地認真起來，打住了話頭，「我認識這個叫何小二的傢伙。」

「你認識？這倒是很意外。莫非你明明是使館人員，卻和新聞記者一起，捏造不三不四

2 日清戰爭，指中日甲午戰爭。

的謊言嗎？」

「誰會幹那種無聊事嘛。我那時候——在屯營的戰鬥中負傷時，因為那個叫何小二的傢伙也被我軍野戰醫院收容，我藉著練習中國話，跟他說過兩三次話。說到頸部受傷者，十有八九就是他。他說是出來偵察時，遭遇我軍騎兵，脖子上挨了一刀。」

「嘿，奇特的緣分啊。但照這份報紙說，這是個無賴吧。這種人還不如當時就死了，這世上少點禍害呢。」

「那陣子呢，他可是個誠實又友善的人。即便在俘虜當中，也很少有這麼順從的傢伙。所以，軍醫官也好，別人也好，少有地喜歡他，特別給他好好治傷。據說他說起自己的身世也挺有趣的，尤其是他告訴我的頸部受重傷、從馬匹上摔下來時的感覺，我現在都記得一清二楚。他掉進了河邊的泥水中，眼望著河柳遮擋的天空。他清清楚楚地記得天空中出現了母親的裙子、女人的裸足、開著花的芝麻田。」

木村少佐扔掉菸蒂，瞥一眼桌上的紅梅，將咖啡杯送到嘴邊，自言自語般地說下去：

「那傢伙看見這些東西時，深有感觸地說，自己迄今的生活太可悲了。」

「但戰爭一結束，他馬上就變成了無賴？所以啊，人是靠不住的。」

山川工程師把頭靠在椅背上，伸伸腳，諷刺地向天花板吐出雪茄的煙。

「您說人靠不住，是說那傢伙假裝老實嗎？」

「對呀。」

「不，我不這麼看。我覺得，至少當時那傢伙是真情實感的吧。恐怕這回掉腦袋的同時（直接借用報紙的話）也這麼感覺的吧。這件事情我是這樣想的：那傢伙打架的時候，因為醉了，跟桌子一起摔了出去。這下子他舊傷迸裂，垂著長髮辮的腦袋摔在地板上。那傢伙之前看見的母親的裙子呀、女人的裸足呀，或者開著花的芝麻地仍與當時一樣，這些東西就縈迴在他的眼前吧。或者儘管有屋簷，但那傢伙也許還會遙望深邃的藍天。那時，那傢伙又痛切感覺自己迄今的生活太可悲了。但這回大勢已去。之前他是在昏迷時被日本護理兵發現，救助了。此次打架的對方趁機又打又踢，於是這傢伙後悔不迭，斷了氣。」

山川工程師笑得雙肩顫動。

「您是個傑出的幻想家。但既然如此，為何他有過那樣的遭遇，卻變成了無賴呢？」

「那正是另一種『人是靠不住的』，跟您所說的不同。」

木村少佐點燃一根新的雪茄，快活地微笑著說道。

「我們有必要痛切地明白：我們自己是靠不住的。實際上，只有知道了這一點，才能有幾分可靠。否則，就像何小二掉腦袋一樣，我們的人格也不知何時要掉落——中國報紙上說的這事，也必須這樣去讀。」

大正六年（一九一七）十二月

黑暗中的問答

一

某個聲音：你跟我，是想法完全不同的人。

我：那不是我的責任。

某個聲音：但是，你自己也加深了那個誤解。

我：我沒有做過這種事。

某個聲音：但是，你愛風流——或者說，裝成愛的樣子。

我：我愛風流。

某個聲音：你愛的是哪一方？是愛風流？還是愛一個女人？

我：我兩者都愛。

某個聲音：（冷笑）看來你不覺得兩者是矛盾的。

我：誰會覺得有矛盾？愛一個女子的人，也許不愛古瀨戶茶碗。但是，那是因為他沒有愛古瀨戶茶碗的感覺。

某個聲音：風流人就必須二選一。

我：不巧，我天生就比風流人有更多欲望。但是，將來也許我會選擇古瀨戶茶碗，而不是一個女人。

某個聲音：那麼，你不徹底。

我：假如說那是不徹底，得流感之後仍用冷水擦身的我，就比誰都徹底了吧？

某個聲音：不要逞強了吧，你內心軟弱。你當然是為了反抗自己承受的輿論，而這樣子說而已。

我：我當然是那麼打算的。首先，你想想吧，不反抗的話，最後就被壓垮了。

某個聲音：你這傢伙真狡猾。

我：我一點也不狡猾。即便發生再微小的事情，我的心臟也像觸碰冰似的發冷。

某個聲音：你自以為是強人嗎？

我：我當然是強人的其中一個。但我不是最強的那一個。假如我是最大的強人，我會像歌德那樣安於成為偶像吧。

某個聲音：歌德的戀愛很純潔。

我：那是說謊，是文藝史家的謊言。歌德恰好三十五歲的那年，突然逃到義大利。沒錯。他只能逃走。知道這一祕密的人，除了歌德自己以外，只有斯坦因夫人[1]一人而已吧。

某個聲音：你說這話是為自己辯護。沒有比自我辯護更輕而易舉的了。

我：自我辯護並不容易。如果自我辯護這麼輕而易舉，那就沒有律師這個職業了。

某個聲音：能言善辯、厚顏無恥的傢伙！誰都不會再理你了。

我：我還擁有予我感激的樹木和水。除此之外，我還擁有三百多冊中日東西的書。

某個聲音：但是，你將永遠失去你的讀者。

我：我擁有將來的讀者。

某個聲音：將來的讀者會給你麵包嗎？

我：即便當世的讀者也不輕易給。我的最高稿費限於一頁稿紙十日圓。

某個聲音：可是，你擁有財產吧？

我：我的財產，僅是位於本所的一塊巴掌大的地皮而已。我的月收入最高之時，也不超過三百日圓。

某個聲音：可是，你擁有一所房子。還有，近代文藝讀本的……

我：做那個家的支柱對我來說太沉重了。近代文藝讀本的版稅總是被你預支花掉。因為我得到的也就四、五百日圓。

某個聲音：但你是那個讀本的編者。光是這一點，你就有愧於良心。

我：你說我什麼事情要覺得慚愧？

某個聲音：你加入了教育家。

我：那是撒謊。是教育家加入了我們。是我要回了那個工作。

某個聲音：你也算夏目老師的弟子嗎？

我：我當然是夏目老師的弟子。你也許知道擅長文墨的漱石先生，但並不知道那位瘋子似的天才夏目先生吧。

某個聲音：你並沒有思想。偶爾有的也只是自相矛盾的思想。

我：那是我進步的證據。蠢人總以為太陽比臉盆小。

某個聲音：你的傲慢會毀了你的。

我：我不時這樣想——我也許不會壽終正寢。

某個聲音：你看起來不懼怕死亡啊？

我：我懼怕死亡。但要死並不困難。我曾兩三次勒住自己的脖子。但是，難受約二十秒鐘後，甚至感覺到快感。比起死亡，我若遇上不快的事情，總願意不惜一死。

某個聲音：那麼，你為何沒死？在任何人眼中，你都是法律上的犯人吧？

---

1 斯坦因夫人，威瑪大公的侍從、馮．斯坦因男爵的夫人。她一直支持歌德。

我：我也明白。像魏爾倫那樣、華格納那樣，或者像野心勃勃的史特林堡那樣。

某個聲音：但是，你沒有抵償罪過。

我：不，我在贖罪。苦難就是最好的贖罪。

某個聲音：你是無可救藥的壞人。

我：我才是一個好男兒。假如我是壞人，我不會這麼難受。不僅如此，壞人還必然利用戀愛，從女人身上榨取錢財吧。

某個聲音：那麼，也許你是個笨蛋。

我：沒錯，我可能是個笨蛋。那本叫什麼《傻瓜的懺悔》[2]的書，是近似於我的笨蛋寫的。

某個聲音：另外，你還不諳世故。

我：假如以通曉世事為最佳，企業家就是最高等的吧。

某個聲音：你輕蔑戀愛。但就現在看來，你總歸算個戀愛至上主義者。

我：不，即便在今日，我還斷然不是戀愛至上主義者。我是詩人，是藝術家。

某個聲音：但是，你不是為了戀愛，拋棄父母妻子了嗎？

我：你撒謊！我只是為我自己才拋棄父母、妻子，和孩子的。

某個聲音：那麼，你是個利己主義者。

我：我不巧不是利己主義者。但是我想成為利己主義者。

某個聲音：你不幸染上了現代個人主義崇拜。

我：所以我才是現代人。

某個聲音：現代人不如古人。

我：古人也曾是現代人。

某個聲音：你不憐惜妻子孩子嗎？

我：誰能不憐惜呢？你讀讀高更的信吧。

某個聲音：你打算認可你做的所有事情吧？

我：假如我認可我做的所有事情，根本就不必跟你做什麼問答。

某個聲音：那麼，還是不認可吧？

我：我只是放棄了。

某個聲音：但是，你的責任怎麼辦？

我：四分之一是我的遺傳，四分之一是我的境遇，四分之一是我的偶然——我的責任

2 《傻瓜的懺悔》，史特林堡的作品之一。一八八七年用法語寫成，幾經編輯修改，於一八九三年首次以德文譯本出版，也譯作《狂人辯詞》。

僅占四分之一而已。

某個聲音：你真差勁！

我：誰都跟我差不多低劣吧。

某個聲音：那麼，你是個惡魔主義者。

我：不巧我並不是惡魔主義者。尤其對處於安全地帶的惡魔主義者，我總是很輕蔑。

某個聲音：（一時無言）總而言之，你很煎熬，你不妨承認。

我：不，你別莫名其妙地過於自信。我或許對很煎熬一事感到自豪。不僅如此，「得則懼失」並不是強人的作為吧。

某個聲音：你或許是個正直之人。但是，又或許是個小丑。

我：我也覺得是其中之一。

某個聲音：你總是相信你自己是現實主義者。

我：我是相當程度的理想主義者。

某個聲音：你或許會毀滅。

我：但是，創造我的東西會創造第二個我吧。

某個聲音：那麼，你就只管煎熬好了。我只剩與你告別了。

我：等等。在那之前，請千萬聽我說：向我不停發問的你——無形的你，是什麼東西？

某個聲音：我嗎？我是在世界的黎明時與雅各角力的天使。[3]

二

某個聲音：你有值得敬佩的勇氣。

我：不，我沒有勇氣。假如我有勇氣，我就不會跳進獅子的大嘴巴，而是等著牠來吃我。

某個聲音：但是你所做的事情很有人情味。

我：最有人情味的同時，又很動物性。

某個聲音：你做的事情不是壞事。你只是為現代的社會制度所苦。

我：即便社會制度改變了，我的行為註定會造成幾個人的不幸。

某個聲音：但是，你沒有自殺。總而言之你有力量。

3 典出「雅各與天使角力」，《聖經．創世記》中的一個故事，說的是雅各攜妻兒回鄉，途中的一個夜晚天使降臨，為了讓雅各認識到自己的聰明、才幹、能力如何渺小與不可靠，天使向雅各提出挑戰，雅各遂與之角力。

我：我多次想自殺。尤其為了偽裝成自然死亡，我每天吃十隻蒼蠅。把蒼蠅搗碎之後吞咽下去，沒有什麼感覺。但是，嚼爛的話就會覺得髒。

某個聲音：於是你就變得偉大了吧。

我：我不尋求什麼偉大，我想要的只是平和而已。請讀讀華格納的信吧，他寫道：「只要有錢跟心愛的妻子和兩三個孩子過日子，不弄偉大的藝術也滿足了。」就連華格納也這樣。那位倔強的華格納！

某個聲音：總而言之你很煎熬。你不是沒良心的人。

我：我沒有什麼良心，有的只是神經而已。

某個聲音：你的家庭生活很不幸。

我：但我老婆一直對我很忠實。

某個聲音：你的悲劇，在於比其他人有更堅強的理智。

我：撒謊。我的喜劇，是比其他人更缺乏世間的智慧。

某個聲音：但是，你很誠實。你在一切沒有顯露時，向你愛的女人的丈夫挑明了一切。

我：那也是謊言。我在感覺非挑明不可之前，沒有挑明。

某個聲音：你是詩人，是藝術家。你不管什麼情況都是被允許的。

我：我是詩人，是藝術家，但也是社會的一分子。我背負著十字架，並非不可思議。

即便如此也還是太輕了吧。

某個聲音：你忘記了你的自我。尊重你的個性，輕蔑惡俗的民眾吧。

我：不用你說，我也尊重我的個性。但是，我不輕蔑民眾。我說過——「可為玉碎，也要瓦全。」莎士比亞或歌德，或者近松門左衛門也曾一度消亡了吧。然而產生他們的胎盤——廣大民眾並不會消亡。所有藝術即便改變了形式，也必然不久又產生出來。

某個聲音：你寫的東西是獨創性的。

我：不，絕不是獨創性的。首先，誰會是獨創性的？即便古今天才寫的東西，原型也到處都有。我從中不時竊取。

某個聲音：但是你說過的。

我：我所說的，只是我做不到的而已。假如是我做得到的，說之前便已經做了吧。

某個聲音：你確信自己是超人吧？

我：不，我不是超人。我們都不是超人。超人只有查拉圖斯特拉一個而已。而且，那位查拉圖斯特拉是怎麼死的，就連尼采自己也不知道。[4]

4　《查拉圖斯特拉如是說》原定最後兩章描寫查拉圖斯特拉的布道和最後的死亡，但最後停在第四卷，以「預兆」一章作結。

某個聲音：連你也懼怕社會嗎？

我：誰不懼怕社會呢？

某個聲音：看看待了三年牢獄的王爾德吧。他說過：「隨意自殺，是敗於社會。」

我：王爾德坐牢時，一再企圖自殺。而他之所以沒有自殺，只是沒有辦法而已。

某個聲音：你蹂躪善惡吧？

我：我今後越發想做個善人。

某個聲音：你過於單純。

我：不，我過於複雜。

某個聲音：但是，你安心吧。你不會沒有讀者的。

我：那是在著作權終止之後。

某個聲音：你是為愛所苦。

我：為愛？文藝青年式的奉承就算了吧。我只是戀情受挫而已。

某個聲音：誰都容易戀情受挫。

我：就像是誰都容易沉溺於金錢之欲一樣。

某個聲音：你被釘在人生的十字架上了。

我：這不能成為我的驕傲。殺害情婦、綁架拐帶也是被釘上人生的十字架。

某個聲音：人生並非是如此陰暗的東西。

我：誰都知道，除了「被選中的少數」之外，人生對誰都是陰暗的。而且，所謂「被選中的少數」，又是笨蛋和惡人的別名。

某個聲音：那就隨你的便，受你的苦去吧。你知道我嗎——特地來安慰你的我？

我：你是一條狗。是從前變成一條狗，進到浮士德房間去的惡魔[5]。

三

某個聲音：你在做什麼？

我：我在寫作。

某個聲音：為什麼要寫？

我：只因為不寫不行。

某個聲音：那就寫吧。寫到你死為止！

我：當然——首先，除此之外別無他法。

5 指惡魔梅菲斯特。

某個聲音：沒想到你滿沉著鎮定的。

我：不，我一點也不鎮定。懂我的人，就知道我的痛苦了吧。

某個聲音：你的微笑哪裡去了？

我：已歸天上諸神。要對人生報以微笑，首先要有平衡的性格；其次要有錢；第三必須擁有比我更加強壯的神經。

某個聲音：但是，你變得輕鬆愉快了啊。

我：嗯，我變得輕鬆愉快了。取而代之的是我赤裸的肩頭必須擔負起一生的重擔。

某個聲音：你只能按你的活法活。或者說，你也只能……

我：沒錯，只能按我的死法死。

某個聲音：你和原先的你不一樣，要變成新的你了吧。

我：我永遠都是我自己。只是外表變化了吧，就像蛇蛻皮那樣。

某個聲音：你什麼都明白。

我：不，我不明白。我意識到的，只是我靈魂的一部分而已。我意識不到的部分——我靈魂的非洲茫茫無際，一直延伸。我就是害怕這一點。在光明之中，怪物無從棲身。但是，在無邊無際的黑暗中，還有東西沉睡著。

某個聲音：你也曾是我的孩子。

我：是誰——吻我的你？不，我知道你。

某個聲音：那你認為我是誰？

我：是奪走我平和的東西。是破壞我的伊比鳩魯主義[6]的東西。是讓我失去——不，不止是我——失去從前中國聖人教導的中庸之道的東西。到處都躺著你的犧牲品，無論是文學史上，還是新聞報導上。

某個聲音：你將它稱為什麼？

我：我——我不知道該叫它什麼。但是，假如借用他人的話語，則你是超越我們的力量，是支配我們的 Daimôn（惡魔）。

某個聲音：你祝福你自己吧。我不來跟任何人說話。

我：不，我比誰都更警惕你的到來。你所到之處沒有平和，而且你像倫琴射線[7]那樣，滲透所有東西。

某個聲音：那麼，你今後也大意不得了。

我：我今後當然要小心。只是我拿起筆的時候……

6 這裡指古希臘學者伊比鳩魯提倡的愉悅主義。

7 倫琴射線，即X光。

某個聲音：你是說，你拿筆的時候我就來？

我：誰說了要你來？我是一群小作家中的一個，也只想成為一群小作家中的一個。除此之外，我就得不到平和。但是，我拿起筆的時候，也許就成了你的俘虜。

某個聲音：那就隨時小心注意吧。首先，我也許會把你的話付諸實踐。那就再見吧！我會再來見你的。

我：（獨自一人）芥川龍之介！芥川龍之介，扎穩你的根！你是風中的蘆葦。天氣變幻莫測，只能站穩腳步了。那是為了你自己啊！與此同時，也是為了你的孩子。別自我陶醉啊，同時也不要變得低三下四。今後，你要重新做起。

昭和二年（一九二七）遺稿

附錄
芥川龍之介年表

一八九二年（出生）

三月一日出生於日本東京，是父親新原敏三的長子。因生於辰年辰月辰日辰時，取名龍之介。

十月，母親阿福精神病發作，無力看顧孩子，因此龍之介被送到位於本所區的外婆芥川家。養父芥川道章是母親的兄長，是當時東京府的土木課長。芥川家是士族家庭，文人氣息濃厚。

一八九七年（五歲）

入讀回向院旁邊的江東小學附屬幼稚園。

一八九八年（六歲）

四月，入讀位於本所六町的江東小學，體質偏弱，但學習成績優異。

一九〇二年（十歲）

四月，與野口真道等同學一起創辦傳閱雜誌《日出界》。喜愛讀書，對中國古典文學十分感興趣。

一九〇三年（十一歲）

生母去世後，父親與生母的妹妹、龍之介的小姨結婚。

一九〇四年（十二歲）

二月，日俄戰爭爆發。

因生父與繼母生下弟弟得二，新原家有了新的子嗣。

八月，生父廢除龍之介的長子繼承權，他入籍芥川家，正式被過繼為芥川家的養子。養母養父與大姨對龍之介都十分疼愛。

一九〇五年（十三歲）

從江東小學畢業，入讀位於本所柳原的東京府立第三中學。初中時代學業成績優秀，漢文尤其出色。熟讀尾崎紅葉、國木田獨步、夏目漱石、森鷗外等人的作品。在外國作家中，關注易卜生、阿納托爾．法朗士等人。當時最喜歡歷史學科，希望將來成為歷史學家。

一九一〇年（十八歲）

三月，從府立第三中學畢業。

九月，因成績優異免試入讀第一高等學校一部乙班（文科）。同年秋，芥川家移居新宿。

一九一一年（十九歲）

入住本鄉的一高學生宿舍，度過一年的宿舍生活。作為認真學習的高中生，文質彬彬，愛讀波特萊爾、史特林堡、阿納托爾．法朗士等人的作品。

一九一二年（二十歲）

一月，動筆寫《大川之水》，兩年後發表。

七月三十日，明治天皇駕崩，之後大正天皇即位（大正元年）。

一九一三年（二十一歲）

七月，在二十七人中以第二名的成績畢業於一高。

九月，入讀東京帝國大學英文系。

一九一四年（二十二歲）

二月，與豐島與志雄、久米正雄、菊池寬、山本有三、土屋文明等一起復刊《新思潮》同人雜誌（此為該雜誌第三次復刊）。並以「柳川龍之介」為筆名，在創刊號上發表翻譯的葉慈及阿納托爾．法朗士的作品。

與青山學院英文系的女生吉田彌生開始交往。

一九一五年（二十三歲）

年初，與吉田彌生的婚事遭到了家庭的強烈反對，芥川痛苦萬分。在給友人的信中寫道：「究竟有沒有無私的

愛？」（一九一五年二月二十八日，致恒藤恭）

十一月，在《帝國文學》上發表〈羅生門〉，但當時沒有迴響。

十二月，經同學林原耕三介紹出席漱石山房的「星期四聚會」，其後入夏目漱石門下。

一九一六年（二十四歲）

二月，與久米正雄、菊池寬等一起復刊《新思潮》同人雜誌（此為第四次復刊），並在創刊號上發表〈鼻子〉，此作受到夏目漱石讚賞，成為出道文壇之作。

七月，畢業於東京帝國大學英文系。

九月，在《新小說》上發表〈芋粥〉，得到好評。此後，他陸續發表短篇小說。

十二月，到海軍機關學校做特約教官，月薪六十日圓。同月九日，老師夏目漱石去世。

一九一七年（二十五歲）

二月，對俳句產生興趣。

五月，第一部短篇小說集《羅生門》由阿蘭陀書房出版。

六月，谷崎潤一郎、久米正雄、鈴木三重吉等文壇中堅力量為《羅生門》舉辦了出版紀念會。

一九一八年（二十六歲）

二月二日，與塚本文結婚。

三月，成為大阪每日新聞社社友，月薪五十日圓，稿酬標準照舊，條件是只為此一家報紙撰稿。其間熱衷於研究俳句。

七月，在《大阪每日新聞》發表〈地獄變〉，春陽堂將小說集《鼻子》收入「新興文藝叢書」出版。

十月，在《新小說》上發表〈枯野抄〉。

一九一九年（二十七歲）

三月十六日，生父新原敏三患流感去世，享年六十八歲。

同月，從海軍機關學校辭職。成為大阪每日新聞社特約職員，無須上班可領取月薪一三〇日圓，每年專為該報社寫幾篇小說，不取稿費。

四月二十八日，從鎌倉再次搬回東京田端，與養父母住在一起。其在田端的書齋名為「我鬼窟」。

五月，與菊池寬一起遊長崎，尋訪基督教遺跡。

一九二〇年（二十八歲）

三月，長子出生，以「寬」字的萬葉假名取名為「比呂志」。春，在上野「清凌亭」結識時年十五歲的女招待佐多稻子。

十一月，與久米正雄、菊池寬、宇野浩二等人一起去京都、大阪演講旅行。

這一年，發表了〈南京的基督〉、〈杜子春〉、〈影〉等作品。

一九二一年（二十九歲）

三月，被大阪每日新聞社以海外觀察員的身分派往中國。從上海出發，一路遊覽了杭州、蘇州、揚州、南京和蕪湖，然後溯江而上至漢口，遊洞庭，訪長沙，經鄭州、洛陽前往北京。
七月底經朝鮮回國。這一年，發表了〈秋山圖〉、〈往生畫卷〉、〈上海遊記〉等。

一九二二年（三十歲）

四月，書齋改名為「澄江堂」。
四月二十五日至五月三十日，再遊長崎。
七月九日，文豪森鷗外去世。
十一月，次子多加志出生。此時他身體衰弱，飽受疾病折磨。這一年，發表了〈竹林中〉、〈斗車〉、〈六宮姬君〉等作品。

一九二三年（三十一歲）

一月，菊池寬創辦《文藝春秋》，頭版連載〈侏儒的話〉。
三—四月，到湯河原接受溫泉治療。
六月，有島武郎殉情，深受觸動。
八月，在山梨縣清光寺暑期大學做有關文藝的演講。
十月，經室生犀星介紹結識堀辰雄。
十二月，在《中央公論》上發表〈啊哈哈哈〉，文風轉變。

一九二四年（三十二歲）

一月，在《新潮》上發表〈一塊土地〉。
八月，在輕井澤避暑。
十月，叔叔去世，所倚重的內弟塚本八洲亦患咯血。遭受痔瘡、神經衰弱等病的折磨，身體更加虛弱。

一九二五年（三十三歲）

四月，新潮社出版《現代小說全集》，《芥川龍之介》作為第一卷發行。在修善寺新井旅館接受溫泉治療。
七月，三子也寸志出生。
八月下旬至九月，赴輕井澤。
十月，受興文社所託，編輯《近代日本文藝讀本》全五卷完畢，但在收錄作品和稿酬分配上有分歧，耗費心力。
十一月，由改造社出版《中國遊記》。健康狀況惡化。

一九二六年（三十四歲）

一月，為治胃病、神經衰弱、痔瘡等疾病，待在湯河原至二月中旬。
四月，前往鵠沼，與妻子、兒子住在東屋旅館靜養。

一九二七年（三十五歲）

新年伊始，姊姊家失火，住宅被燒毀，因該宅購買了巨額保險，姊夫西川豐被懷疑為縱火犯，西川豐在苦惱中臥軌自殺。姊夫死後，芥川為姊姊家所欠高利貸四處奔波，致使神經衰弱更加嚴重。

四月開始，在《改造》上連載〈文藝的，過於文藝的〉一文，與谷崎潤一郎就「小說的思想」展開論戰。

七月二十四日，在田端的臥室裡服藥自殺。

他枕邊放著《聖經》和三封遺書（分別致妻子、孩子和菊池寬）以及〈致一位舊友的手記〉。

二十七日，在谷中火葬場舉行葬禮。

作者簡介

芥川龍之介（1892-1927）

日本近代文學史上的偉大作家，聞名世界的短篇小說巨匠。

二十三歲，與初戀吉田彌生的婚事遭到家族反對，戀情破滅促使他深入思索人性，並由此促發了著名小說〈羅生門〉的誕生。二十四歲，從東京帝國大學畢業，不久短篇小說集《羅生門》問世，他一舉成名。二十六歲，發表小說名作〈地獄變〉。

一九二七年芥川龍之介留下「對將來唯隱隱覺得不安」的遺言後自盡，時年三十五歲。消息傳出，震驚世人。

一九三五年，為紀念芥川，在日本作家菊池寬的提議下，「芥川獎」設立，至今已成為日本純文學至高獎項。

芥川龍之介一生共創作了一百五十多篇短篇小說，另有多種隨筆、遊記，他用冷靜克制的語言，幫助讀者瞭解人性。

譯者簡介

林青華

翻譯家，廣東工業大學外語學院副教授。曾翻譯出版谷崎潤一郎、三島由紀夫、夢枕貘、東野圭吾、松本清張等人的作品。

譯作包括谷崎潤一郎《夢之浮橋》、夢枕貘《陰陽師》、東野圭吾《悖論13》、松本清張《點與線》等。

二〇二三年全新譯作《羅生門》、《地獄變》、《芭蕉雜記》、《中國遊記》入選「作家榜經典名著」。

地獄變 / 芥川龍之介著；林青華譯 . -- 初版 . -- 臺北市：時報文化出版企業股份有限公司 , 2024.12
320 面；14.8 x 21 公分 . -- (愛經典；83)

ISBN 978-626-419-080-0 (精裝)
861.478　113018554

本書譯自日本岩波書店 1977 年版《芥川龍之介全集》

作家榜®经典名著
读经典名著，认准作家榜

ISBN 978-626-419-080-0
Printed in Taiwan

愛經典 0 0 8 3
地獄變

作者—芥川龍之介｜譯者—林青華｜編輯—邱淑鈴｜企畫—張瑋之｜封面設計—朱疋｜校對—邱淑鈴、蕭淑芳｜總編輯—胡金倫｜董事長—趙政岷｜出版者—時報文化出版企業股份有限公司　108019 臺北市和平西路三段二四〇號四樓　發行專線—（〇二）二三〇六—六八四二　讀者服務專線—〇八〇〇—二三一—七〇五、（〇二）二三〇四—七一〇三　讀者服務傳真—（〇二）二三〇四—六八五八　郵撥—一九三四四七二四時報文化出版公司　信箱—10899 臺北華江橋郵局第 99 信箱　時報悅讀網—http://www.readingtimes.com.tw｜電子郵件信箱—new@readingtimes.com.tw｜法律顧問—理律法律事務所　陳長文律師、李念祖律師｜印刷—勁達印刷有限公司｜初版一刷—二〇二四年十二月二十日｜定價—新台幣四五〇元｜（缺頁或破損的書，請寄回更換）

時報文化出版公司成立於一九七五年，並於一九九九年股票上櫃公開發行，於二〇〇八年脫離中時集團非屬旺中，以「尊重智慧與創意的文化事業」為信念。